ZHONGGUO XIAOSHUO
100 QIANG

中国小说100强（1978—2022）

美食家

陆文夫 著

北京联合出版公司
Beijing United Publishing Co.,Ltd.

图书在版编目（CIP）数据

美食家 / 陆文夫著. -- 北京 ：北京联合出版公司，2023.9

（中国小说100强）

ISBN 978-7-5596-7049-6

Ⅰ.①美… Ⅱ.①陆… Ⅲ.①长篇小说－中国－当代 Ⅳ.①I247.5

中国国家版本馆CIP数据核字(2023)第118004号

美食家

作　　者：	陆文夫
出 品 人：	赵红仕
出版监制：	张晓冬　范晓潮
责任编辑：	李　伟
特约编辑：	和庚方　张　颖
封面设计：	武　一

北京联合出版公司出版

（北京市西城区德外大街83号楼9层　100088）

北京兴星伟业印刷有限公司印刷　新华书店经销

字数171千字　650毫米×920毫米　1/16　18印张

2023年9月第1版　2023年9月第1次印刷

ISBN 978-7-5596-7049-6

定价：58.00元

版权所有，侵权必究

未经书面许可，不得以任何方式转载、复制、翻印本书部分或全部内容。
本书若有质量问题，请与本公司图书销售中心联系调换。
电话：010-65868687

中国小说100强（1978—2022）丛书

编委会

丛书总策划

张　明　　著名出版人

张　英　　资深媒体人

编委主任

吴义勤　　中国作协副主席

　　　　　中国小说学会会长

编　委

吴义勤　　中国作协副主席、中国小说学会会长

宗仁发　　《作家》杂志主编

谢有顺　　中山大学教授、中国小说学会副会长

顾建平　　《小说选刊》副主编

张　英　　资深媒体人

文　欢　　作家、出版人

总　序

"中国小说100强"（1978—2022）是资深出版人张明先生和腾讯读书知名记者张英先生共同策划发起的一套大型文学丛书。他们邀请我和宗仁发、谢有顺、顾建平、文欢一起组成编委会，并特邀徐晨亮参与，经过认真研讨和多轮投票最终评定了100人的入选小说家目录。由于编委们大多都是长期在中国文学现场与中国文学一路同行的一线编辑、出版家、评论家和文学记者，可以说都是最专业的文学读者，因此，本套书对专业性的追求是理所当然的，编委们的个人趣味、审美爱好虽有不同，但对作家和文学本身的尊重、对小说艺术的尊重、对文学史和阅读史的尊重，决定了丛书编选的原则、方向和基本逻辑。

从文学史的角度来说，1978年以后开启的新时期文学是中国当代文学的黄金时代，不仅涌现了一批至今享誉世界的优秀作家，而且创造了许多脍炙人口的文学经典，并某种程度上改写了20世纪中国文学史的版图。而在中国新时期文学的经典家族中，小说和小说家无疑是艺术成就最高、影响力最大的部分。"中国小说100强"（1978—2022）就是试图将这个时期的具有经典性的小说家和中国小说的经典之作完整、系统地筛选和呈现出来，并以此构成对新时期文学史的某种回顾与重读、观察与评判。呈现在读者面前的这套丛书是对1978—2022年间中国当代小说发展历程的一次全面、系统的整体性回顾与检阅，是中国当代文学经典化的重要成果，从特定的角度集中展示了中国新时期文学在小说创作方面的巨大成就。需要说明的是，与1978—2022年新时期文学繁荣兴盛的局面相比，100位作家和100本书还远远不能涵盖中国当代小说的全貌，很多堪称经典的小说也许因为各种原因并未能进入。莫言、苏童、余华等作家本来都在编委投票评定的名单里，但因为他们已与某些出版社签下了专有出版合同，不允许其他出版社另出小说集，因而只能因不可抗原因而割爱，遗珠之憾实难避免，而且文学的审美本身也是多元的，我们的判断、评价、选择也许与有些读者的认知和判断是冲突的，但我们绝无把自己的标准强加于别人的意思。我们呈现的只是我们观察中国这个时期当代小说的一个角度、一种标准，我们坚持文学性、学术性、专业性、民间性，注重作家个体的生活体验、叙事能力和艺术功力，我们突破代际局限，老、中、青小说家都平等对待，王蒙、冯骥才、梁晓声、铁凝、阿来等名家名作蔚为大观，徐则臣、阿乙、弋舟、鲁敏、林森等新人新作也是目不暇接，我们特别关注文学的新生力量，尤其是近10年作品多次获国家大奖、市场人气爆棚的新生代小说家，我们禀持包容、开放、多元的审美立场，无论是专注用现实题材传达个人迥异驳杂人生经验、用心用情书写和表现时代精神的现实主义作家，还是执着于艺术探索和个体风格的实验性作家，在丛书里都是一视同仁。我们坚信我们是忠实于自己的艺术理想、艺术原则和艺术良心的，但我们并不认为自己的角度和标准是唯一的，我们期待并尊重各种各样的观察角度和文学判断。

当然，编选和出版"中国小说100强"（1978—2022）这套大型丛书，除了上述对文学史、小说史成就的整体呈现这一追求之外，我们还有更深远、更宏大的学术目标，那就是全力推进中国当代文学"经典化"的历程和"全民阅读·书香中国"建设。

从1949年发端的中国当代文学已经有了70多年的发展历程，但对这70多年文学的评价一直存在巨大的分歧，"极端的否定"与"极端的肯定"常常让我们看不到当代文学的真相。有人认为中国当代文学达到了前所未有的高度和水平。王蒙先生在法兰克福书展上就说：中国当代文学现在是有史以来最繁荣的时期。余秋雨、刘再复甚至认为中国当代文学的成就远远超过了现代文学。也有人极端否定中国当代文学，认为中国当代文学都是垃圾。他们认为现代文学要远远超过当代文学，中国当代文学连与现代文学比较的资格都没有。比如说，相对于鲁（迅）、郭（沫若）、茅（盾）、巴（金）、老（舍）、曹（禺）这样大师级的人物，中国当代作家都是渺小的侏儒，根本不能相提并论，两者比较就是对大师的亵渎。应该说，与对中国当代文学的肯定之声相比，对当代文学的否定和轻视显然更成气候、更为普遍也更有市场。尽管否定者各自的角度和出发点不同，但中国当代作家、作品与中外文学大师、文学经典之间不可比拟的巨大距离却是唱衰中国当代文学者的主要论据。这种判断通常沿着两个逻辑展开：一是对中外文学大师精神价值、道德价值和人格价值的夸大与拔高，对文学大师的不证自明的宗教化、神性化的崇拜。二是对文学经典的神秘化、神圣化、绝对化、空洞化的理解与阐释。在此，我们看到了一个非常有趣的悖论：当谈论经典作家和文学大师时我们总是仰视而崇拜，他们的局限我们要么视而不见要么宽容原谅，但当我们谈论身边作家和身边作品时，我们总是专注于其弱点和局限，反而对其优点视而不见。问题还不在于这种姿态本身的厚此薄彼与伦理偏见，而是这种姿态背后所蕴含的"当代虚无主义"。这种"虚无主义"的最大后果就是对当代作家作品"经典化"的阻滞，对当代文学经典化历程的阻隔与拖延。一方面，我们视当下作家作品为"无物"，拒绝对其进行"经典化"的工作，另一方面又以早就完全"经典化"了的大师和经典来作为贬低当下泥沙俱下的文学现实的依据。这种不在同一个层面上的比较，不仅毫无意义，而且只能使得文学评价上的不公正以及各种偏激的怪论愈演愈烈。

其实，说中国当代文学如何不堪或如何优秀都没有说服力。关键是要进行"经典化"的工作，只有"经典化"的工作完成了才有可能比较客观地对当代的作家作品形成文学史的判断。对当代的"经典化"不是对过往经典、大师的否定，也不是对当代文学唱赞歌，而是要建立一个既立足文学史又与时俱进并与当代文学发展同步的认识评价体系和筛选体系。当然，我们也要承认，"经典化"问题是一个非常复杂的问题，并不是凭热情和冲动一下子就能完成的，但我们至少应该完成认识论上的"转变"并真正启动这样一个"过程"。

现在媒体上流行一些对于中国当代文学经典化冷嘲热讽的稀奇古怪的言论，其核心一是否定中国当代文学有经典、有大师，其二是否定批评界、学术界有关"经典化"的主张，认为在一个无经典的时代，"经典"是怎么"化"也"化"不出来的，"经典化"是一个实实在在的"伪命题"。其实，对于文学，每个人有不同的判断、不同的理解这很正常，每一种观点也都值得尊重。但是，在"经典"和"经典化"这个问题上，我却不能不说，上述观点存在对"经典"和"经典化"的双重误解，因而具有严重的误导性和危害性。

首先，就"经典"而言，否定中国当代文学早就不是什么新鲜事，对当代文学的虚无主义态度在很多人那里早已根深蒂固。我不想争论这背后的是与非，也不想分析这种观点背后的社会基础与人性基础。我只想指出，这种观点单从学理层面上看就已陷入了三个巨大误区：

第一个误区，是对经典的神圣化和神秘化的误区。很多人把经典想象为一个绝对的、神圣的、遥远的文学存在，觉得文学经典就是一个绝对的、乌托邦化的、十全十美的、所有人都喜欢的东西。这其实是为了阻隔当代文学和"经典"这个词发生关系。因为经典既然是绝对的、神圣的、乌托邦的、十全十美的,那我们今天哪一部作品会有这样的特性呢?如果回顾一下人类文学史,有这样特性的作品好像也没有。事实上,没有一部作品可以十全十美,也没有一部作品能让所有人喜欢。在这个问题上,我们应该明确的是,"经典"不是十全十美、无可挑剔的代名词,在人类文学史上似乎并不存在毫无缺点并能被任何人所认同的"经典"。因此,对每一个时代来说,"经典"并不是指那些高不可攀的神圣的、神秘的存在,只不过是那些比较优秀、能被比较多的人喜爱的作品而已。从这个意义上说,当今中国文坛谈论"经典"时那种神圣化、莫测高深的乌托邦姿态,不过是遮蔽和否定当代文学的一种不自觉的方式,他们假定了一种遥远、神秘、绝对、完美的"经典形象",并以对此一本正经的信仰、崇拜和无限拔高,建立了一整套关于中国当代文学的伦理话语体系与道德话语体系,从而充满正义感地宣判着中国当代文学的死刑。

　　第二个误区,是经典会自动呈现的误区。很多人会说,是金子总是会发光的。但对文学来说,文学经典的产生有着特殊性,即,它不是一个"标签",它一定是在阅读的意义上才会产生意义和价值的,也只有在阅读的意义上才能够实现价值,没有被阅读的作品没有被发现的作品就没有价值,就不会发光。而且经典的价值本身也不是固定不变的。如果一个作品的价值一开始就是固定不变的,那这个作品的价值就一定是有限的。经典一定会在不同的时代面对不同的读者呈现出完全不同的价值。这也是所谓文学永恒性的来源。也就是说,文学的永恒性不是指它的某一个意义、某一个价值的永恒,而是指它具有意义、价值的永恒再生性,它可以不断地延伸价值,可以不断地被创造、不断地被发现,这才是经典价值的根本。所以说,经典不但不会自动呈现,而且一定要在读者的阅读或者阐释、评价中才会呈现其价值。

第三个误区，是经典命名权的误区。很多人把经典的命名视为一种特殊权力。这有两个层面的问题：一，是现代人还是后代人具有命名权；二，是权威还是普通人具有命名权。说一个时代的作品是经典，是当代人说了算还是后代人说了算？从理论上来说当然是后代人说了算。我们宁愿把一切交给时间。但是，时间本身是不可信的，它不是客观的，是意识形态化的。某种意义上，时间确会消除文学的很多污染包括意识形态的污染，时间会让我们更清楚地看清模糊的、被掩盖的真相，但是时间同时也会使文学的现场感和鲜活性受到磨损与侵蚀，甚至时间本身也难逃意识形态的污染。此外，如果把一切交给时间，还有一个前提，那就是对后代的读者要有足够的信任，要相信他们能够完成对我们这个时代文学的经典化使命。但我们对后代的读者，其实是没有信心的。我们今天已经陷入了严重的阅读危机，我们怎么能寄希望后代人有更大的阅读热情呢？幻想后代的人用考古的方式对我们这个时代的文学进行经典命名，这现实吗？我不相信后人对我们身处时代"考古"式的阐释会比我们亲历的"经验"更可靠，也不相信，后人对我们身处时代文学的理解会比我们亲历者更准确。我觉得，一部被后代命名为"经典"的作品，在它所处的时代也一定会是被认可为"经典"的作品，我不相信，在当代默默无闻的作品在后代会被"考古"挖掘为"经典"。也许有人会举张爱玲、钱钟书、沈从文的例子，但我要说的是，他们的文学价值早在他们生活的时代就已被认可了，只不过很长时间由于意识形态的原因我们的文学史不谈及他们罢了。此外，在经典命名的问题上，我们还要回答的是当代作家究竟为谁写作的问题。当代作家是为同代人写作还是为后代人写作？幻想同代人不阅读、不接受的作品后代人会接受，这本身就是非常乌托邦的。更何况，当代作家所表现的经验以及对世界的认识，是当代人更能理解还是后代人更能理解？当然是当代人更能理解当代作家所表达的生活和经验，更能够产生共鸣。因此，从这个角度来说，当代人对一个时代经典的命名显然比后代人更重要。第二个层面，就是普通人、普通读者和权威的关系。理论上，我们都相信文学权威对一个时代文学经典命名的重要性，权威当然更有价值。但我们又不能够迷信文学权威。如果把一个时代文学经典的命名权仅仅交给几个权威，那也是非常危险的。这个危险表现在什么地方呢？就是几个人的错误会放大为整个时代的错误，几个人的偏见会放大为整个时代的偏见。我们有很多这样的文学史教训。在这个问题上，我们既要相信权威又不能迷信权威，我们要追求文学经典评价的民主化、民主性。对一个时代文学的判断应该是全体阅读者共同参与的民主化的过程，各种文学声音都应该能够有效地发出。这个时代的文学阅读，最理想的状态应该是一种互补性的阅读。为什么叫"互补性的阅读"？因为一个批评家再敬业，再劳动模范，一个人也读不过来所有的作品。举个例子：现在我们一年有5000部以上的长篇小说，一个批评家如果很敬业，每天在家读二十四小时，他能读多少部？一天读一部，一年也只能读三百部。但他一个人读不完，不等于我们整个时代的读者都读不完。这就需要互补性阅读。所有的读者互补性地读完所有作品。在所有作品都被阅读过的情况下，所有的声音都能发出来的情况下，各种声音的碰撞、妥协、对话，就会形成对这个时代文学比较客观、科学的判断。因此，文学的经典不是由某一个"权威"命名的，而是由一个时代所有的阅读者共同命名的，可以说，每一个阅读者都是一个命名者，他都有对经典进行命名的使命、责任和"权力"。而作为一个文学研究者或一个文学出版者，参与当代文学的进程，参与当代文学经典的筛选、淘洗和确立过程，更是一种义不容辞的责任和使命。说到底，"经典"是主观的，"经典"的确立是一个持续不断的"过程"，"经典"的价值是逐步呈现的，对于一部经典作品来说，它的当代认可、当代评价是不可或缺的。尽管这种认可和评价也许有偏颇，但是没有这种认可和评价，它就无法从浩如烟海的文本世界中突围而出，它就会永久地被埋没。从这个意义上说，在当代任何一部能够被阅读、谈论的文本都是幸运的,这是它变成"经典"的必要洗礼和必然路径。

总之,我们所提倡的"经典化"不是要简单地呈现一种结果,不是要简单地对一个时代的文学作品排座次,不是要武断地指出某部作品是"经典",某部作品不是"经典",不是要颁发一个"谁是经典"的荣誉证书,而是要进入一个发现文学价值、感受文学价值、呈现文学价值的过程。所谓"经典化"的"化"实际上就是文学价值影响人的精神生活的过程,就是通过文学阅读发现和呈现文学价值的过程。可以说,文学的经典化过程,既是一个历史化的过程,更是一个当代化的过程。文学的经典化时时刻刻都在进行着,它需要当代人的积极参与和实践。因此,哪怕你是一个对当代文学的虚无主义者,你可以不承认当代文学有经典,但只要你还承认有文学,你还需要和相信文学,还承认当代文学对人的精神生活具有影响力,你就不应该否定当代文学经典化的重要性。没有这个"经典化",当代文学就不会进入和影响当代人的生活,就失去了存在的意义。每一个人,哪怕你是权威,你也不能以自己的好恶剥夺他人阅读文学和享受文学的权利。

从这个意义上说,当代文学的经典化当然是一个真命题而不是一个伪命题。在一个资讯泛滥的时代,给读者以经典的指引是文学界、出版界共同的责任,而这也是我们编辑出版这套书的意义所在。

最后,感谢张明和张英先生为本套书付出的辛劳,感谢北京立丰天文化传播有限公司、北京金圣典文化有限公司的资金支持,感谢全体编委和北京联合出版公司各位编辑,感谢所有对本套丛书的出版给予大力支持的作家和他们的家人。

是为序。

吴义勤

2022年冬于北京

目录
Contents

毕业了____1

井____48

小巷深处____112

美食家____129

小贩世家____216

献　身____231

围　墙____255

毕业了

一

小巷里又出来了一位人物，一位黄黄胖胖、腰背微驼、眼皮松弛、头发花白、衣着背时的不太老的老太婆。这样的老太婆巷子里很多，随便找找就可以找到十几个。她们有的在家抱孙孙，有的替人家当保姆，有的什么也不干，却也忙得不亦乐乎。

这位老太婆是个离休干部，干部一离休也就进入了生活流。人们每日清晨看见她去拿牛奶，买油条，挎着篮子买菜去。下午又看见她与各家的保姆为伍，抱着个小天使似的外孙女，站在巷子口看马路。看见自行车便说丁零零，看见摩托车便说啪啪啪，看见汽车便喊叭叭胡，让那没有翅膀的小天使先认清人间的交通工具。

早先几年，巷子里的人都称这位老太婆为李同志，因为她那时每日都要上班办公事，不与保姆为伍，是个在职干部。这两年人们便改口喊她李师母，因为她的丈夫还没有离休，是大学里的副教授。教授便是老师，老师的太太当然称师母，千百年来都是如此。可那老师不姓李，是姓吴，叫吴黎。按照旧时的习俗，女子应该跟丈夫，这位老太婆应该称作吴师母。现在叫作李师母，虽然有点不通，却也是尊重女权，于不通之中倒也看出了社会的进步。这位老太婆活了大半辈子，总算还保住了自己的姓氏。只是那些当保姆的人流动性很大，闹不清她是姓李还是姓吴，是同志还是师母，便随着孩子口气喊她一声好婆，姓氏、名字都没有。

终于有一天，半条巷子里的人都知道了这位好婆的名字。那邮递员拿着一个牛皮纸的大信套，在巷子里到处敲门："李曼丽，哪家有个李曼丽？这信封上的门牌号码都不对！"

这一敲一喊便惊动了许多人，人人都愿意为邮递员出点儿力气，可也都是瞎积极。有两位坐在门口喝晚茶的退休老头聚拢来了，看那神气颇有点权威，巷子里的老住户他们哪个不熟悉！

两个老头拿着信封揣摩："李曼丽，这是个姑娘的名字，十七八岁的大姑娘我们只知道她叫大毛，叫小妹，大号可不熟悉。"

"好像记得有个李曼华，名气挺响的。"

"你老糊涂啦，那是周曼华，是个电影明星，四十年前走过红的。"

"对对，四十年前我也走过红，那时候我在上海的汇丰洋行里……"

"二十八号里有个李曼翁，是个画画儿的。"

"不对呀，那李曼翁是个白胡子老头，少说也有八十几岁。"

"对不起了，邮递员同志，这人恐怕是住在那座大楼里的，我天天看见那大楼里有许多时髦的姑娘进进出出，其中或许有个李曼丽。"

邮递员抬起头来了，看着那座叫人头痛的六层楼。这楼是前两年拆掉一排旧房造起来的，住户来自四面八方，谁也不认识谁。爬上去一家家地敲门，起码得花半个钟头，耽误不起。于是便拉开嗓门儿叫唤："李曼丽，楼上可有个李曼丽？"

李曼丽正抱着小天使站在巷子口喊叭叭胡哩，忽听得有人喊自己的名字，这名字自己听起来也觉得有些生疏似的。开始以为是喊别人，回过头一看，见那邮递员的大嘴巴是冲着大楼叫喊的，她是住在大楼里。

巷子里的一群人也都微张着嘴，抬起头来看大楼，希望那楼窗里能有个时髦的女人出现。

四楼上有一扇窗子打开了，是个男的："谁呀？不对！"

二楼上有一扇窗子打开了，是个孩子："别喊啦，我的爸爸叫李百利。"

李曼丽抱着小外孙女走到邮递员的身边，一看那个牛皮纸的大信封，是某某大学寄来的："噢，这信是我的。"

人们满脸惊疑："是你的？"

"是的，我叫李曼丽，户口簿上写得清清楚楚的。"

邮递员提意见了："啊呀，李师母，以后你索性就叫别人写吴黎教授的名字，写了他的名字即使忘了写号码，我也会投到你家的信箱里。"

"怎么，我就不作兴有自己的名字？"

"呃，有有，李曼丽，拿去。"邮递员逗逗那可爱的小天使："小宝宝，你叫什么名字？等到有人写信给你的时候，我恐怕也当爷爷啰！"邮递员挥挥手，骑上自行车飞驰而去。

巷子里的人可把个李曼丽围住了。

"李……师母。"这李曼丽三个字还是没有派上用场，人们觉得这个漂亮的名字和这个老太婆总有点对不上号，叫不出口："……李师母，我们同在一条巷子里住了这么多年，那旧房子还没有拆的时候就看见你进进出出的，就是不知道你叫李曼丽。新来的人更不谈了，还以为你是替人家做保姆的。"

"李师母，这信封里装的什么东西，挺大的。"

李曼丽知道信封里装的什么东西，便索性拿出来让大家看看，让那些把她当作师母、保姆和好婆的人也认识认识李曼丽！好在那信封是用订书机打封的，拆起来很容易。她小心翼翼地拆开大信封，抽出一张硬纸片，摊开来一看，嚅！赫然一张大学毕业证书，鲜艳夺目，光彩熠熠，毛笔正楷填写着三个字：李曼丽！这是一张重点大学的正式文凭，是教育部认可的，不是从什么讲习班里搞来的。如果李曼丽能缩掉二十岁的话，就凭这张文凭也能提拔重用，工资加一级。可惜那毕业的时间填的是一九四九年，要想提拔也来不及。

巷子里的人绝大多数没有见过大学文凭，只听说现在的大学文凭很金贵，一张纸比一块金牌还值钱，可就不知道这张纸是什么样子的。大家伸着脖子轮流看，从这双手传到那双手里，相互叮嘱："当心点！"

大家看完文凭便看李曼丽，连声啧啧，肃然敬佩，想不到这位看不上眼的老太婆竟然也是大学毕业！

有人不解了："好婆，你解放前就毕业了，怎么拖到现在才发文凭给你，这官僚主义可严重呢！"

退休的老头呵责了："别瞎说，老文凭在'文化大革命'期间不是被抄掉了，就是被自己烧掉了，因为那上面印着国民党的青天白日旗，许多人还因此当了一阵子反革命呐。现在是落实政策，补发的。李……李曼丽，你说对不对？"退休的老头掉转了一下舌头，总算喊出了李曼丽，因为他和李曼丽是同辈，是有资格直呼其名的。

李曼丽摇摇头："不对，解放前我只读了三年大学，后来便参加了革命工作，现在有规定，凡属此种情况的便发给毕业证书，承认毕业，安慰安慰。其实嘛，我也只能算是大学肄业。"

"噢，话不能这样说，从前的大学质量高，读三年等于现在读五年。"退休的老头有个老观点，总觉得新的不如老的。

李曼丽没有答话，把文凭收起来，装进封套，塞在小外孙女的手里："小毛毛，给你吧，好婆要它有什么用呢！……"说着便把头埋在孩子的怀里，急匆匆地进了大楼。

看的人也扫兴了："是呀，离休了还要文凭做啥呢，有没有文凭都一样，当保姆不拿工资，反而倒贴钱！"

"给我家大山就好啦，他没有大学文凭，什么好差事也没有挨到，连个梯队也没有进得去。"

那位在汇丰洋行混过的老头却跷起大拇指："噢，这个老太婆有两下子，那时候就读大学，年轻时一定是很摩登的，这从名字上就可以看得出，李曼丽，多美！曼丽是什么，曼丽就是玛丽，Mary，那时候的名字里就带点洋味，其摩登是可想而知的。现在学洋的人只知道穿牛仔裤，还没有想到要把自己的名字改成露西、乔治、约翰什么的，差远呢！"

二

李曼丽上楼以后，便把小外孙女儿放在坐车里，从那小手中把文凭拿过来，放在镜台上，再把一串小摇铃放在她的面前，然后再抄起洗脸的毛巾来，擦干刚刚在巷子里突然涌出的一点眼泪。人老了眼泪也不多，想哭也就是那么几滴。

"毕业了，毕业了……"李曼丽轻轻地喊了两声，深深地叹了口气。这是一个多么漫长的学年啊，整整地读了三十五年！三十五年的人生大课堂到离休也算毕业，想不到这离休证书和毕业证书几乎是同时到手，而且是离休在前，毕业在后。两张证书证明了一个女人的大半生，可是李曼丽觉得这两张证书都不能证明她这大半生的主要劳绩。那个退休的老头一知半解，从前的大学也不一定都是好的，那要看你怎么读，读的是什么科系。她在大学里只学了一些派不上用场的东西。三十五年来当一个普通的办事员，风雨辛劳，工作也做了不少，可那离休证书上也没有什么值得记载的，想起来都是些刻板而琐碎的事，不想也就是一片模糊的记忆。作为一个女人……这话有点不大好说，但是说出来也没有什么关系：上帝交给女人双重任务，除掉工作之外还有家务。工作已经成了模糊的记忆，这家，这家里的一切都十分形象而具体，永远也不会模糊的。她衔泥衔草地建立了一个家，一个人生的归宿之地，在这堆满杂物的窝巢里，每一样物件都记载着她的劳绩，那看得见的历史恐怕也就写在这里。这一段十分重要的历史没有任何证书，将来也不会写在悼词里。李曼丽的心里有点不踏实，她情愿要一份这样的证书，因为她感到这一段十分重要的历史正在受到未来的冲击。所谓未来也没有什么了不起，都是一些小事，吴黎和孩子们对这家庭的破旧，零乱，布置得不合理等等大有意见，经常提出各种各样的改革方案，总之是要把她那历史的成就送进收购站、旧货店和垃圾堆。李曼丽也感到这个家庭有些零乱，破旧，有些破箱子和破橱柜也需要修理修理，但对那些赶时髦的所谓改革方案不感兴趣。什么现代化的家庭陈设呀，无非是几张皮沙发（人造革的），弹簧床，梳妆台和床头柜，这些玩意儿她年轻的时候都见过，在大学里还研究过，就是那么回事，没啥道理。到现在还花钱费事地去搞这些华而不实的事情，还不如集中精力把小外孙女儿照料得好点，让她将来能读到大学毕业。第二代人已经荒废了，第三代是马虎不得的。李曼丽随手拖过一张破旧的小木椅子，拍了拍那经常要滑脱的榫头，坐到小毛毛的身边，亲亲她的小脸，心里想还是这种小木椅子好，破虽破，用起来方便，如果是一张皮沙发的话，怎么能随便拖动呢！

  李曼丽和小毛毛共同玩弄着一串小铃铛，老人的混沌呆滞和孩子的纯真无知恰好交融在一起，窗外的日头渐渐地沉西……

  女儿和女婿下班回来了，他们一个去做晚饭，一个到晒台上收东西，暂时不到李曼丽的房间里去，以免被小毛毛缠住手脚不能做事体。

  吴黎也回来了，这位头发秃得差不多的副教授，爬起楼梯来还颇有弹跳力，脚步声不那么迭拖迭拖的。

  哐啷啷一声巨响，吴黎教授被一只铅桶绊了一个大筋斗，膝盖上火辣辣的。

  李曼丽被巨响从混沌中惊醒，知道是吴黎摔了筋斗，他那七十公斤的身躯摔下来的响声是两样的，她慌忙从房间里奔出来，赶到客厅里拉吴黎："我的老爷爷，走路怎么不当心点，这么大的年纪跌不起！"

  吴黎似乎故意扩大事态，趴在地上不肯起，嘴里哼哼的。

  李曼丽慌了："怎么啦，伤在哪里？起来呀，你起来呀，让我看看呐！"吴黎不起身她是拉不动的。

  吴黎撑起来了，立即摔开李曼丽的手："放开，这一次死不了，死了也好腾出地方来让你堆东西。"

  李曼丽一听便知道跌得不重，跌重了是顾不上说气话的，这秃顶老头又要借故生端唱老戏，对家里的杂乱无章发脾气。

  吴黎捂着膝盖站起来了，环顾四周却没有地方可坐的。所谓的客厅实在不能待客，一张大方桌，一个庞大的玻璃柜，四张骨牌凳塞在桌肚里，两张木椅子放在一张小圆桌的旁边，还有些乱七八糟的东西把个客厅兼作饭厅挤得满满的，只有一米五平方的水泥地是空的。在这稀有的空地上却又放着一只破旧的铅皮桶（闯祸的东西）和一把小木椅，李曼丽曾经坐在那里削过土豆皮。

吴黎教授不能坐在椅子上吗，还站在那里干什么呢？不行，椅子上，凳子上都堆着日用物件，脱下来的衣裳，未打好的毛衣，还有女儿芹芹昨天买回来的一双皮鞋什么的，客厅里只有物的座位，没有人的座位，人要坐便得挪东西。

吴黎教授双目圆睁："你看，你看，这家里像个狗窝似的！"

李曼丽赶紧挪东西，拿女儿出气："芹芹，你这倒头的皮鞋还要不要呢？东一双西一双的。"

芹芹从房里奔出来，拎起皮鞋便逃回去，老两口争吵得赶紧回避，城门失火要殃及池鱼。

吴黎向椅子上一坐，挽起裤管来一看，不好，膝盖上磕破了一块皮，还出血呢！"你看，你看，这都是你干的好事！"

李曼丽也心疼："啊呀，我又不是故意害你的，不碍，替你擦点儿紫药水。"李曼丽开始找紫药水，她的家是个百货公司，样样俱备，就是一时想不起紫药水放在哪里，便拉柜门，开抽屉，慌慌张张地找了一气。"芹芹，你有没有看见紫药水放在哪里？"

"不知道！"吴芹回了一声，没有露面。

女婿小弟从里面跑出来了："我好像看见有个黑瓶子滚在墙角落里。"说着便跪倒在地，伸手从玻璃柜和墙头的夹缝里摸出个瓶子来，吹吹灰，果然是紫药水，只是那瓶盖没有了，干得倒不出一点滴，随手就要向簸箕里丢。

李曼丽连忙止住："别动，干的也好用，只要向里面加点儿开水。"

吴黎教授抹上了用开水浸泡的紫药水，这牢骚就开了头：

"房子本来是住人的,现在却成了住物的,物和人在争夺生存的空间,物把人挤到了一个角落里;物本来是为人所用的,人却成了物的奴隶!"吴黎教授先从理论的高度来阐述问题。"我看过一个荒诞派的剧本,叫《椅子》,什么内容也没有,就是两个人不停地向舞台上搬椅子,椅子堆成山,人被椅子压得像个爬虫似的,钻在椅子空隙里说一些莫名其妙的话。以前我看不懂,现在懂了,人创造了一个物质的世界,结果自己却被压在这世界的下面动弹不得,行动不便。"吴教授配合理论引证事例,下面就要联系实际:"我们家就很荒诞,四个大人住了六十四个平方米,国家对我们算得上照顾了,可是你们看看,到处是东西,椅子上也有,还是破的。算下来大概只有十个平方米住人,其余都是堆物的。要改变,再不改变就对不起人民也对不起自己,外国留学生来看了也不像话,简直有伤国体……"吴教授的调门儿越拉越高了。

一家四口都站在吴黎的面前听讲演。

女儿抱着小毛毛,听得颇有兴味,但也不抱多少希望。她知道爸爸的情绪很容易高涨,但那稳定性是极差的,只要妈妈发起进攻,他就会节节败退。

小毛毛也在专心听着,她当然听不懂,只是因为老爷爷的声调和手势使她感到兴趣,赛过动画片。

女婿倚在大玻璃柜上听着,内心的反应很强烈,他希望爸爸能攻下碉堡,他就可以向纵深发展。对于这个家他早有打算,方案也是现成的。他要在所有的地面上再敷一层奶黄色的水泥,划格子,打蜡,弄得像个拼木地板似的。墙壁上要贴墙布,或者是涂湖绿色106胶水。要装壁灯、吊灯、吸顶灯,所有的窗户都要装窗帘盒,拉两层窗帘,一层是透光的,一层是不透光的,白天看电视也方便。家具要改朝换代，现在的家具太多，却没有一件是像样的，杂乱无章堆得满地。换，转角沙发，折叠椅，长方形的餐桌，会客吃饭两便。房间里是单人弹簧床，可分可合的，捷克式的床头柜，组合式的橱，橱上要加一节，向高空发展。爸爸的书房更要弄得像样点，两排书架顶天立地，免得他老是把书籍塞在床肚里。那里要布置得有点书卷气，不用沙发，用斑竹椅。现在的这个家哪像个教授的家啊，还不如一个卖油氽粢饭糕的。女婿的这番宏伟计划已经考虑过很多遍，实现也是可能的。他在木材加工厂工作，认识很多做木匠的个体户，那些人什么都会做，价钱也便宜，问题不在钱，而在于有个丈母娘挡在前面。

李曼丽站在女婿的前面，根本没有把吴黎的演说放在心上，似听非听。今天是因为吴黎的膝盖上磕破了皮，所以她还照顾点。换了平时的话，她早就顶过去了："物、物，没有这些物你能活到今天？阔的啥呀，你才快活了几天！"几句话便顶得吴黎哑口无言。

吴黎的演讲还在继续，李曼丽却侧起耳朵摆摆手："嘘，轻点，好像有人敲门似的。"

"嘭嘭！"又响了两下。

李曼丽挥挥手："教授先生，下课了，门外有人找你。"说着便溜到大门口。

大门一开便热闹了，那叽呱之声就像几个小姑娘会面。

"Mary！"

"啊呀，莎莎！"

"菲菲！"

听那称呼和笑声来的两个姑娘都不会超过十八岁，但进来两个小老太婆却和李曼丽差不多年纪。三个人拍拍打打，勾肩搭背，那神态倒也和小姑娘差不多。

"你的毕业证书拿到了没有？"

"拿到了，刚刚拿到的。"

"哈哈，我们毕业啦！"

"呔！吴教授，这下子你不要跟我们摆老了，我们也是大学毕业，文凭都有了，可不是假的！"

吴黎认识李曼丽的这两位老同学，也知道有补发文凭的事体，见到这三个小老太婆顿时变得年轻了，自己也受到了感染："真的拿到文凭啦，曼丽，你的呢？"

李曼丽向大玻璃柜上努努嘴："在那里。"

吴黎把文凭抽出来，抖了抖，拎在手里旋转了一百八十度，那笨重的身躯也变得轻盈点："啊哈，老太婆毕业啦，毕业啦！莎莎，你们应该开个庆祝会，我来替你们筹备。"

李曼丽一乜眼："要你瞎积极。"

莎莎说："是呀，我们就是为这件事来的。吴黎，你还记得那个王胖子吗，此人到现在还是挺热心的，我们的文凭都是他代领代寄。他建议把在本市的同学都找来，后天开个毕业联欢会，地点就在我家里，他张罗事务，你主持派对（Party），放心，那个王胖子还是很会办事的。"所谓的王胖子大概是她们班里的一个男同学，那时候的大学里总有个把王胖子或小胖子之类的人物，热心于替女同学跑腿，被差到校外去买糖果和花生米。

李曼丽笑笑："那个王胖子大概也老糊涂了，他写的门牌号码还是三十多年前的。"

"那能怪人家吗，连我也只知道你们新近搬了家，确切的地址也不知道在哪里，还是巷子里的那个老头儿指点我们的。曼丽，听说你们家的房子很宽大，能让我们参观吗？"

11

李曼丽慌忙摇手："啊呀，不能看，乱七八糟地忙得没空整理。"

　　"看看，随便看看，多提意见。"吴黎来劲了，他的演说还没有结束哩！

　　两个小老太婆也有点没遮拦，不管女主人同意不同意，便把李曼丽的家看个遍，连厕所里也去伸伸头。

　　"曼丽呀……"莎莎要发表意见了。这个莎莎从前曾经跟吴黎谈过恋爱的，后来莎莎觉得吴黎有点戆，吴黎也觉得莎莎有些疯疯癫癫，两个人才没有继续好下去。人到老死也不会改脾气，这莎莎还是那么没遮没拦的。"看样子你的'家政系'算是白念了，有了文凭也不能算毕业。你把这个家弄得像旧货摊，一点儿章法都没有，主要是靠摊和堆。"

　　"对！"吴黎十分赞赏莎莎的词，摊和堆是对他家十分准确的总结。

　　菲菲说："你在'家政系'不是学过家庭布置吗，老学问怎么不拿出来用用呢？"

　　"忘了，后来我转了社会教育系。"李曼丽把文凭拿起来："你们看，这不是社会教育系毕业？社会教育是只管社会不整家的！"

　　女儿女婿对这些老太婆们的谈话有点听不懂，一会儿夹句英语，一会儿又是什么家政系。只听说大学里有物理系、化学系、中文系、法律系，那家政系是个什么东西？

　　"爸爸，家政系是学什么的？"

　　吴黎欢叫起来了："呀，伟大！这个伟大的科系在中国的土地上早已绝迹，那是教会学校干的玩意儿，专门教女生如何主持家政，诸如家庭陈设，养育孩子，笼络丈夫，购物穿衣，社会交际，培养出来的人才都是准备当阔太太的。可惜你妈的命运不济，跟着我这个穷光蛋吃尽了苦头。"

李曼丽反驳了："你瞎说一气，我们那时也研究社会改革，家庭结构，除掉英文之外还要学法语哩！"

"嚆！"女婿十分惊奇，想不到老妈妈还学过两门外语呢，可就不知道至今有没有把字母忘记，要不然的话可以不必叫小毛毛喊叭叭胡，而叫她念 ABC，从小便进行外语训练。

"嚆什么呀。"莎莎摆老了："我们当年比你们神气多呐，像你穿的这种瘦三西装，当年是放在地摊上卖的。"

小弟拉了拉西装上衣："嗨嗨，厂里发的。"

"……你妈当年就更神气啦，冬天穿一件翻毛短大衣，是狐皮的，还有一只可当钱包使用的手筒。长筒丝袜，高跟皮鞋，还擦口红呢，Misuando 对不对？"莎莎又对李曼丽说了一句英语，密斯凡陀是一种法国口红的名字。

李曼丽直摇头："莎莎，你还出我的洋相干什么呢？"

"这也不是出洋相，是让青年人知道知道，我们这些老太婆也不是天生的老保守、老落后，什么市面都见过的！"莎莎拉了拉羊毛外套，脚还踮了一踮，好像要报幕似的，她在大学里就欢喜出风头，到开晚会便满场飞。

莎莎的风姿引起了人们的注意，这位老太婆的装扮还是比较入时的。一件米黄色大翻领的羊毛上衣是束腰的，针织尼龙的长裤自然挺直地下垂，小喇叭裤脚管覆盖在高跟鞋的上面；头发烫做得很平服，脸上好像还有点胭脂似的，那焦黄疲乏的老态不太明显。李曼丽有点眼热了："莎莎，你倒还是和从前一样，还是那么兴致勃勃的。"

"是呀，不必灰心丧气，从离休到离开人世还有一大段呢，应该精神点。曼丽姐，你也去把头发烫烫，做两件像样的衣裳，把家里弄得整齐些，人也活得舒畅。"莎莎亲昵地拉过李曼丽，替她拉正衬衫的领头。李曼丽穿衣不照镜子，那衬衫领一半在羊毛衫的里面一半在外面。莎莎像抚慰着一只失落的羔羊："我的 Mary，你怎么会弄得这种样子呢！吴黎，你这个戆大，看你把曼丽姐折磨的，还笑呐，再不彻底改悔我就要发动老同学斗你！"

吴黎摊开双手："天晓得，天晓得，这怎么能怪我呢！"

菲菲不大讲话，就觉得莎莎的话多了一点，催道："莎莎，走吧，还要去通知别人呐。"

"好，就走，这就走。曼丽，大后天一定来呀，不来的话我就差王胖子来请你！"

客人走了以后，吴黎还要把自己的演说继续下去，这下子他有更多的材料了，包括外人的反应在内："怎么样，我说……"

李曼丽摆摆手："好了，别啰唆了，我也不是老保守、老落后，莎莎的那点能耐，老实说，我还没有把它放在眼里哩，改，彻底地改，看我的！"李曼丽的自尊心受到了外来的刺激，顿时有了点活力。

女儿女婿欢呼雀跃："妈妈万岁！"连那不懂事的小毛毛也向好婆招招手。

李曼丽也有点兴致勃勃了："要改便得大家动手，首先要处理各种各样的垃圾。"

吴黎拍手叫好："对，这句话说在点子上面。"他兴奋地向前跨了一步，又把那个破铅皮桶踢得哐啷啷的："先从它开始，这个绊脚的东西！"吴黎说着便把铅皮桶拎出门外，投到垃圾通道里。铅皮桶在通道里翻着筋斗，哐啷哐啷，惊天动地，从三楼一直滚到底层的垃圾箱里。

三

第二天早晨，吴黎起来洗脸，一眼就看见了那个铅皮桶，好端端放在客厅里。他叫起来了："是谁把这个破桶捡回来的？"

李曼丽从厨房里冒出头来了，压着嗓门儿："轻点，毛毛还睡着呢！"

吴黎指指那破铅桶："是你？"

李曼丽笑笑："我从街上买菜回来，看见它滚在垃圾箱的外面，怪可怜，算起来它已经跟了我们几十年，井里浸，河里泡，如今破旧了滚在地上也没人捡。我今天又买了三斤土豆，再把它捡回来用几天。"

吴黎直摇头："我的老太呀，一个破铅桶也舍不得丢，这么大的个烂摊子怎么处理，看样子你昨晚上说的话都是空的。"

"别急嘛，改革也要慢慢地来，一步步向前。你还要像当年全家下放一样，三天之内把个家搬得空空的，唉……那个六九年的冬天多冷呀，我们还用这个小铅桶化过冰水哩。奇怪，这些年一年比一年暖和，那样的冬天再也没有出现。"李曼丽坐到小木椅上削土豆了，咚，笃，把那削好的土豆抛到铅桶里："哎，吴黎，昨天晚上你老打鼾，我可一夜没有好睡，这个家到底怎么弄呢？"

"彻底改变！"

"话是不错，原则也是好定的。可我想来想去，这三张床就很难处理。首先是那张大床，芹芹他们睡的。床也老了，又大又笨，棕垫已经修过四回，可那床是我妈给的。你还记得吗，我们结婚的时候公家只发了一副铺板，两个背包搁在铺板上，两张小草席拼在一起。我妈一看就哭了，终身大事怎么能这样马虎呢。她那时也穷到底了，回去就把她自己睡的床送来，说我从前就是生在这张床上的，是我的衣胞之地。这张床帮过我们多少忙呀，那时候我们没有箱子也没有柜，一年四季的衣裳都是放在床上的，床底下也能塞不少东西。芹芹和她的姐姐把这张大床当作游戏的场地，最欢喜在床上翻筋斗，我们两个人坐在床沿上看；笑够了，玩累了，一家四口便横在床上睡，谁也碰不着谁。这张床多大呀！现在已经买不到这么大的草席……吴黎，今年的清明节我们忘了到妈妈的坟上去了，那块墓碑不知道还在不在呢……"笃，李曼丽向破铅桶里投进一颗土豆："……孩子们慢慢地长大了，要分床睡，我们家开始有了第二张床，现在我睡的那张小铁床，是从旧货店买来的。当时我就不肯要，这种铁床我知道，我在大学里用过的。这实在不是床，是个铁架子，上面要放席梦思，就是现在流行的弹簧垫。可你是个大洋盘，看中上面的钢丝网，说是有弹力，结果两个孩子睡得滚在一起，不是你压着我，就是我压着你，经常吵嘴。唉，为这张铁床还跟人家吵了一场呐，记得吗？那年大炼钢铁，活见鬼，小高炉日夜冒烟，就是出不来铁水，不知道是谁出的坏主意，发动全城的人来个抗旱运动，把人家的铁门、钢窗、铁架、铁器，统统拿去投到小高炉里，化出铁来算产量，放卫星哩。机关里的那个长脚多凶呀，晃着两条腿，带着几个人，要把这张铁床拿去化铁水。说是谁不把铁器交出来，就是反对大炼钢铁，是党员的开除党籍，不是党员的要做行政处理。我才不吃他这一套哩，毛主席号召大炼钢铁，没有号召大化钢铁，就是不肯把铁床交出去。你那时已经当右派了，不敢吭气，只是劝我：'别吵别吵，交出去，交出去！'交出去？交掉了孩子睡在哪里？我那时也不知道是哪来的勇气，为了孩子好像疯了似的，他说一句，我顶一句，他说我是思想有问题，我说他是假传圣旨，胡来一气。两个孩子也乖巧，趴在床上又哭又闹，谁也拿不去。铁床是保下来了，一顶铁帽子却戴上头，反对三面红旗……那个长脚大概也在家里抱孙子了吧，可我要把这张铁床留下来，作一个历史的见证，看看到底是他对还是我对！"笃，李曼丽又把一颗土豆抛进铅桶里。

吴黎听着这些有一搭没一搭的话，叹了口气："忘了吧，忘记也是一种进步。"

"忘记？没有那么容易！喔，接受了妈妈的一张大床说是和资产阶级的家庭划不清界限，保了一张铁床说是反对三面红旗！从此以后，一个大学生就只能当办事员了，当了三十五年，从一个小姑娘当到老太婆，当到回家削土豆皮，还是缺少能力怎么的！"噗，一个土豆摔在铅桶里，响声很有力。

"咳咳，这都是些过去的事了，老太，别生气。"

"过去？对你来说当然是过去了，副教授。这教授嘛，不久也可以批，还写了两本《红楼梦研究》什么的。你的梦已经醒了，我的梦还没有到头，晚上做梦还是在大学里，满腔热情地为社会……笑啥，你以为我就没有理想的，天生是想当阔太太的，想当阔太太也不嫁给你。你为什么要丢掉莎莎来和我谈呀，还不是因为我比她有头脑，又和你臭味相投。莎莎倒过了几十年的好日子，没有受什么熬煎，看相貌也比我神气点，我有什么呀，两手空空，连用政治生命保下来的两张床你们也要处理！"

吴黎一听，出事儿了，这两张床是动不得的："那就把这两张床留着，做个纪念，处理我睡的小木床，把它送进垃圾堆！"

李曼丽的手也停下来了，眼也抬起来了："你呀，不是我说你，男人的心眼儿都是活的，喜新厌旧，毫不怜惜，动不动就要把什么送进垃圾堆。那是一张普通的小木床吗？是你用汗水和眼泪泡出来的，你不心疼我还心疼呢……那个六九年的冬天多冷呀，海边上的风又大，西北风刮起来像狼嚎，把屋顶上的茅草刮得乱飞，我在家里冻得直跺脚，你到供销社去买木头。我一会儿到门口看一眼，希望那个昏黄的太阳不要沉下去。太阳一落渡口就要封冻，你就只能蜷缩在渡口的茅棚里，又冷又饿是会冻死的。远远地看见你回来了，你别说，那海边上也有个好处，空旷无物，一眼能看出去二三里，而且看得出是谁。你那时瘦得像个猴，肩上扛了一段大木头，头被木头压得看不见，远望就像个英文字母T。你摇摇晃晃地走回来，那最后的几步路也不知道你是怎么熬过来的，脸色煞白，额头上的汗水像黄豆。飘飘荡荡，好像马上就要倒下去。我急忙奔出门来想扶你，可你大喊：'走开，走开！'咕咚一声把木头摔在地，人也跟着木头摔下去，额头上摔破一块皮。那比昨天摔得重多了，可你也没有发脾气。我替你包扎的时候你一声也没有吭，只是刷刷地淌眼泪：'我对不起孩子，也对不起你！'我也哭了，何必说这样伤心的话呢，全家下放到这海边上来，也不是你一个人的罪过造成的，不是右派的人也得下放，垃圾堆里也有真珠子呢，可你总觉得于心有愧，总觉得我和孩子是受了你的连累，拼死命地对家庭赎罪。你要替大女儿做一张床，让她们姐妹两个分开来睡，睡得舒服点。三间茅屋三张床，每人都有个安身之地。你那时也不看《红楼梦》了，专门研究木工手艺，还准备靠它混饭吃哩！嗨，你别说，那种日子现在想起来倒真像一场梦似的。你那时的身体多好呀，血压不高，心脏也没有问题，跌个筋斗抓把泥，挑担挑水，从里面忙到外面。下雪天就在家里做木床，天不亮起来刨，大雪封门的时候脱得只剩一件单衣，用汗水来向孩子们赎罪。不能叫你歇，喊你歇歇便要淌眼泪假装挥汗水,当我没有看见呢。那张床做得多牢呀,起码可以用一百年,做好以后一家四口坐在床沿上,一起跳蹦,它动也不动,你还得意哩。可是大女儿问你:'爸爸,我们就在这里,就在这张床上睡到老吗?'你听了双手捂住个脸,'孩子,我对不起你!'哭得嗷嗷地……"

吴黎的眼泪流下来了:"别说啦,老太,这张小床也不处理!"

三张床都不能动,这家庭改革的计划就有一半儿落了空。不管是在家庭里还是在宾馆里,床在房间里总是占着十分显要的地位,房间是否整齐华丽,和床有很大的关系。如果把一张油漆斑驳的小铁床和一张抹过桐油的笨重的木床放在一起,即使当中放一张捷克式的床头柜,也有点不伦不类。假如再在墙头上贴墙布、装壁灯,那就有点儿像慈禧太后的画像,把锦衣和宝石套在一个干瘪、丑陋的老太婆身上,怎么看也不美,弄得不好还会吓人一跳呢!

小弟听说三张床都不能动,直挠头。他住的那个房间总共是十四个平方米,那老外婆传下来的大床就占掉了五分之二的地位,还有一口三夹板的衣橱,一个白木杂拼的被头柜。他的宏伟计划是除掉两只矮脚弹簧床之外,还要放一对航空沙发,一张茶几,一只百灵圆台和四张法国式的靠背,放在哪里?即使勉强地塞进去,那航空沙发和清末民初的楮木大床怎能为伍呢,这种大床是放在老式的房子里面的,那种老式的房子只讲几间、几进,不算什么平方米,一个房间可能比一个中套还大点。高层的单元建筑已经成了一种固定的形式。这种模式就决定了家具的改变,不管你愿意不愿意。当然,马马虎虎地再混几年也可以,混到最后还得变。小弟潜心地研究过单元房子的室内陈设,翻过资料也看过电视片,觉得现代化的家具主要是少而精,要灵活、轻巧、多用、多变,注意向高空发展,要把那老的平面概念换成立体概念，放射思维，可那大床、大橱、大柜向十四个平方米的房间里一放，你还能射到哪里去？

小弟把自己的观点向两位老人陈述，吴黎首先点头："好，不愧是八十年代的青年，思想活跃，见解新颖，也符合逻辑。我们就不行啦，新的已经来了，老的却无法抛弃。老太，你看怎么办呢？"曾经大发宏论的吴教授顿时失却了主意。女儿芹芹掩嘴笑，这是爸爸的老脾气。

李曼丽对丈夫和女儿不大客气，对女婿却有几分介意，不想使孩子太失望，何况这孩子也有头脑，并非是胡来一气。她开始折衷了，折衷虽然会使双方都达不到愿望，却也往往是可行的："这样吧，把那张大床还给我们睡，我们老了，也不必要什么新玩意儿。我在那张床上走到这个世界上来，还让我在这张床上走到那个世界里去。把铁床和木床拆掉，用塑料纸包好放在阳台上，留着做个纪念，将来也好指给小毛毛看，让她知道，她的外公和外婆还曾经有过那么一段痛苦的经历，幸福也不是随便得来的。"

小弟听了不同意，他的改革计划是一个整体，并不是想独善其身。把大床放到爸爸妈妈的房间里，那个房间又怎么摆布呢？那里的杂物肯定会堆成山，这山又会水土流失，慢慢就会流到自己的房间里，哪里有空当便要放东西，这是妈妈的老脾气。改革必须是有增有减，有生有灭，不能只是作方位的转移。那阳台上怎么堆得下呀，缸、盆、桶、绳、旧木头，堆得连晒衣裳也不方便。那里他也想清理呢，全部处理掉，放几盆盆景和花草，夏天放两张藤躺椅，让老头老太坐着乘乘风凉什么的，家里暂时还没有条件装空调。

吴黎想来想去，从老太和小弟的相左中抓住了关键，关键是一张大床没法处理。他突然想出个主意来了："这样吧，我们把大床卖掉，把床变成钱，再把钱变成床，一脉相承，物质不灭，你睡在新床上就感觉到是睡在老床上,因为这新床也是老床变的。"吴黎教授昨天是用的荒诞派,今天却用上了意识流。

李曼丽眨眨眼,觉得这个办法也可以考虑,便问女婿:"小弟,你看这张大床能卖几个钱?"

小弟对木器家什的行情还是比较熟悉的:"这床嘛,如果在三年之前卖,大概能值两百块,因为有农民欢喜这种床,他们买回去油漆一番,修理修理,给儿子结婚也蛮像样的。现在不行了,郊区的农民富得淌油,他们要么就做新的,要么就买旧红木的。这张床要是红木的就好了,起码值一千。外婆家的资本家可能也不大,把张榉木床当宝贝,榉木很结实,可它会翘的……"

"说呀,到底值多少钱?"

"这话就很难说啦,如果有人要的话,大概能值五十块钱。"

"什么?"李曼丽跳起来了:"这么大的一张床只值五十块钱!我修了四回棕绷还花掉二十多呢。什么物质不灭呀,三捣两捣就灭得差不多了,外婆在九泉之下也要骂:这些不肖的东西!"

四

三天之内全家没有动静,方案定不下来改革无从谈起。生活照常进行,习惯性的。李曼丽每日清晨起来买菜,买早点,拿牛奶;下午抱着小毛毛到巷子口看一气,喊几声叭叭胡再上楼。唯一的变化就是多了一个搭闲的,那位在汇丰洋行混过的老头从此认识了李曼丽,而且认为只有李曼丽才真正懂得洋东西。这老头儿也奇怪,他不是要保

21

存国粹而是要保存洋粹。他并不反对洋，而是认为现在洋得不正规，没有绅士派头，缺少原味。所以他和李曼丽搭闲时那个味儿也是两样的，总是把摩托车叫作马达卡，把沙发叫作5、4，好像读简谱似的。李曼丽听了有点好笑，她的英文虽然忘光了，可那发音还是受过正规训练的，听得出这老头儿有洋泾浜①味，过去大概是在洋行里跑街的。可这人却是见多识广，和他谈谈也有兴味。管它呢，年纪大的人谈到过去的事物，都能够求同而不存异。

到了第四天就不行了，李曼丽要决定一个问题：那毕业联欢会到底是去还是不去。去也没有多大意思，看莎莎疯疯癫癫；不去又怕那王胖子来追，那人是块牛皮糖，黏糊糊的。

吴黎坚决主张去，离休了的人要多参加社交活动，不能老是孵在家里。有些老头儿离休的时候身体还好，离休了以后便老是坐着不动，哪里也不去，慢慢地就迷糊了，坐下来便打瞌睡，危险！老打瞌睡可不是好兆头。特别是这种可以使人回到年轻时代去的会议，那是非去不可的，那种气氛，谈笑，回忆，可以横扫暮气，增加生气，虽然这种增加是暂时的，可暂时要比没有好一点。

女儿极力怂恿："妈妈，去！整天在家烧饭带毛毛也闷得很，出去透透气。"

李曼丽觉得吴黎的话文不对题，他说的是老头，老太婆可没有这点福气，哪个老太婆离休了是坐着不动的，想打瞌睡还没有空闲呢。还是女儿的话有道理，出去透透气，去会会那些老同学，谈谈各自离校后的经历，看看还有没有比自己更倒霉的。

---

① 洋泾浜是上海一地名，早年有许多英国人居住。与英国人往来的中国人都会说几句似通非通发音不准的英语。后来这洋泾浜便成了专用名词，泛指半吊子英语。

李曼丽到底读过两年家政系，对参加社交活动还是有点儿讲究的。她到理发店里去洗了头，虽然没有烫发，却也吹了一吹，吹得额前倾斜，两鬓下垂，发梢向里卷，使得那胖脸也似乎小了一点。上了发蜡，使那稀疏的白发也变得不太明显。她也不是真的连一件像样的衣服都没有，有一套西装裙服，那是离休前做的，面料考究，做工精细，现在看起来只是式样老了，稍许宽大了一点。没有关系，李曼丽对此很有研究，西服主要是看面料，看做工。面料高贵，做工精细，穿起来自然就有绅士派头。式样是其次，因为式样年年变，长短宽紧是轮着翻的，专翻新花样的人只能算是时髦，那教养好像差了一点。当然，式样老掉了牙也不行，那是表明绅士、太太们若干年前很有钱，现在已经倒了霉。

李曼丽做这套裙服也是憋了一口气，是穿着它去参加离休的欢送会："怎么样，还没有老得走不动呢！"可那次的效果不太好，几乎是所有的老太婆都穿得很漂亮，几个小老头还在会场的外面较膀劲，夸海口，说是如果再打仗的话，照样能一夜行军八十里，不知道是真的还是假的。

李曼丽把西式裙服一穿，向客厅的正中一站，对着镜台捋捋头发，拉正领头，转过身来对着吴黎把眼睛一闪："怎么样，还可以？"

吴黎高兴极了，那闪烁的眼神还是在大学的走廊里见过的，那时候他比李曼丽高一级。"啊啊，十八岁，十八岁！"

芹芹对打扮妈妈也很积极："穿皮鞋，把我的高跟鞋穿起来，新的！"

李曼丽点点头，穿西式裙服当然是不宜穿布鞋的。她把女儿的高跟鞋一穿，站起身来前后走了几步。神呐，人也高了，腰也软了，胸脯也是挺直的。高跟鞋就是有这么点好处，穿起来脚跟垫高，重心向前，为了保持平衡就必需挺起胸脯抬起头，从而纠正了李曼丽那腰背微驼的缺点。

芹芹拍手叫好："妈妈穿西装有派头，比那莎莎阿姨的风度好，莎莎阿姨虽然穿得漂亮，看起来却有点轻骨头。"

"瞎说！把你的新皮包拿来，借给我背背。"李曼丽索性故态复萌了，她穿翻毛狐皮大衣的时候手里也有只包哩。

李曼丽拎着小皮包，穿着高跟鞋，腰肢摆动，胸脯挺直地下了楼，不慌不忙她从巷子里走出去，看见那个退休的老头竖起手，一声"哈罗"差点儿没有叫出口。

那位坐着喝茶的老头慌忙垂手直立，好像看见了他当年的老板约翰逊的夫人似的，小着嗓门儿对他的伙伴说："看见啦，同样是穿西装，派头就是两样的，硬是有那种'尖头儿们'的气息。"洋泾浜英语把绅士读作"尖头儿们"，其实把 gentleman 用在女人的身上也是不确切的。

五

这一场毕业联欢会足足地开了四个钟头，用过了茶点才结束的。没法用公款请客，每人出了三块钱。

李曼丽回来时满脸绯红，余兴未消，嗓门儿也是挺响的："芹芹，快把塑料拖鞋拿来，长远没有穿高跟鞋了，可有点儿受洋罪，脚后跟生疼。"她向小木椅子上一坐，咚一下，好像坐空了似的，在莎莎家一直坐沙发靠背，没防着这小木椅子太低。

李曼丽把高跟鞋一脱："啊，吴黎，可惜你没有去，热闹呢。其实去也没有关系，好几个人都带了丈夫和太太。疯啦，一个个变得像小孩儿似的，还跳舞呢。我开始不敢跳，以为都忘光了，可这跳舞也像游泳，下了水就会氽起来的。只是身体笨拙了，那时候你常说，和我跳舞就像抱着一枝柳，想摆到哪里就摆到那里。现在不行啦，王胖子和我跳，就像一对碌碡滚来滚去……哎，累死我了！"李曼丽从小木椅子上换坐到凳子上，觉得还是坐得高些舒服，如果有张沙发躺躺就更适意。李曼丽突然感到自己的家有些不舒服了，就像一个出国回来的人对某些地方看不惯似的。她环顾四周，觉得自己的家实在有点不像话，算起来莎莎家的客厅也不比自家的大，可人家的客厅里没有杂而无用的东西，靠墙一长排沙发，带转角的，来了十几个客人个个有座位。当中是可拼的长台和折叠椅，收起来可以跳舞，放下来可以用茶点，倒和女婿的设想是差不多的。"小弟，你对家庭改革的想法我今天总算见到了，有点道理。特别是那种可拼的长沙发，小巧，靠墙放又不占地方，不知道买一套要多少钱？"

"不贵不贵，请人做更便宜。"小弟的眼睛亮起来了，有门儿呐！

"只是那折叠椅太难看，镀锌的铁架塑料面，俗气。最好是用木头做，用绸缎蒙椅面。也不要全用折叠椅，一排排地放着，好像开会，缺少一种家庭气息。可以做一种沙发凳，有圆的也有方的，上面一层坐垫，里面是空的，可以放东西。那种凳现在看不见了，其实很实用，也轻便。客人来了坐在沙发上，你搬张沙发凳坐在他的身边，谈话方便，也显得亲热。对了，你只想到贴墙布，装壁灯，还没有考虑墙壁上应当挂点儿什么东西。现在的楼房不高，挂西洋画比较适宜，最好是狭长的。一个家庭里没有几张画，就缺少点文化气息，教授先生，你说对不对？"

吴黎竖起大拇指:"啊哈,家政系,家政系!"

小弟也很佩服,这家政系恐怕是有点道理,出点儿主意都不是一般化的。

芹芹笑了:"妈,你今天是跳舞跳得起劲了,说几句空话让小弟欢喜欢喜。"

"不不,我本来就主张改革,只是反对乱来一气。你们知道妨碍改革的问题是啥?床?不对,留下一张大床来也没有多大的关系。问题的实质不在于形式,而在于内容。破衣橱、杂木柜、大镜台、纸板箱、藤条篓、旧皮箱,这些东西的外形都很难看,可却动它不得,因为它的里面都装满了东西,如果都是空的话,我还要这些破烂干什么呢?要从根本上着手,由内向外地清理。"李曼丽动真的了:"从明天开始,你们吃饭就马虎点,把小毛毛带到阿姨家去放几天,让我做一番大清理。老实说,我也不愿意把个烂摊子一代代地传下去!"

吴黎来劲了:"啊哈,老太真的毕业啦,这个联欢会开得有道理。芹芹,小弟,我们大家齐动手,帮助妈妈清理!"

李曼丽连忙制止:"不要你们瞎起哄,你们知道什么东西有用,什么东西没用?"

第二天的一早,李曼丽的家里开始大混乱了,这种混乱当然是不可避免的。她打开橱门,拉开抽屉,撬开纸板箱,翻转藤条篓,一一审视,决定舍取。她的目标也很明确,家里能不能清爽整齐,就决定于是否舍得丢垃圾,能不能把那些根本无用,长期不用,偶尔一用的杂物送进收购站或旧货店。

家庭的杂物基本上分为三大类,穿的、用的和玩的。玩的不多,穿用为主,以穿为最,所以李曼丽决定先从衣服、被褥下手,这两样处理好了,那纸板箱和杂木柜就会是空的。她也知道这两样东西杂乱如麻，所以咬牙来个一刀切，把凡是三年之内没有穿过或偶尔穿过一次的衣服统统作为处理的对象，分门别类，包好扎好，准备送进旧货店。

各式各样的东西摊开了，记忆的闸门也就打开了。李曼丽跑来跑去地搬东西，搬弄着自己这大半辈子的经历，每一样东西都有故事，都有来历，这种故事没人要听，可对李曼丽来说却是非同小可的。大人物的故事可以编戏，小人物的故事只有靠自己牢记，自我称赞，自我安慰，靠作家也是靠不住的。作家也不知道那块布头有什么用，李曼丽看到那块布头便感到欣慰，那是生活中的一种胜利。吴黎做一套咔叽布的中山装，她算准了可以多四寸料，可那裁缝却不肯给，她据理力争讨回来，准备打补丁，换领头。后来吴黎在农场劳动，那件中山装的领子磨破了，李曼丽剪下二寸布，泡在碱水里，洗旧了以后再换领子，换上去以后平整自然，看不出是换过的。吴黎年轻时就有点名士派头，邋遢而且随便，自从和李曼丽结婚之后，衣帽整齐，衬衫常洗，衣服上从来不缺一粒纽扣。丈夫身上衣，看出家中妻，吴黎的同事们经常夸奖："你那老婆是个贤妻！"李曼丽至今想想还很得意："是嘛，要是没有我的话，他还不知怎么活过来哩！"

李曼丽在一堆旧衣服里把那件洗得泛白的旧中山装找出来，把剩下的二寸布塞在中山装的口袋里，心里想，要是有一位贤惠的农民的妻子把这件中山装买回去，她会知道这二寸布有什么用处的。

李曼丽把旧中山装从衣堆里向外一拖，却带出了两顶白色的兔子帽，小孩儿戴的。李曼丽一看就欢喜，忍不住坐在小木椅子上，把兔子帽拿着玩一气。真像个小白兔，红耳朵，红眼睛，红鼻头。你别说，这吴黎有时也会买东西，这两顶白兔帽是他在未当右派之前从北京买回来的。两个女儿只相差一岁，像双胞胎似的，戴上白兔帽手拉手地到托儿所里去，马路上的人都停下来，看着这一对小姐妹，还有人对骑车子的人叫喊："当心，让小白兔先穿过去！"做妈妈的人多么自豪呀，再也没有什么比称赞孩子更使她高兴的。孩子们也高兴，经常在托儿所里表演，演小白兔是用不着化妆的，演完了回来高兴得在床上翻筋斗。那时候家里也只有两间房子，可那两间房子里却充满了欢乐的气息、希望的气息。吴黎经常要唱歌："我们的生活天天向上，我们的前途万丈光芒。"李曼丽也觉得前途无量，像这样子下去用不了多少年，她那读家政系时的美梦就可以实现：丈夫受人尊敬，女儿都很美丽，一套宽大的公寓，进门便是壁橱，那橱没有门，顶上有许多铜钩，底下是一条木槽，铜钩上挂衣帽，木槽里是插伞的。房间里是贴壁板，红地毯，客厅里有壁炉，烧木柴的。沙发等等就不用谈了，夫妻的卧室也是分开的。妻子的卧室里有一张庞大的梳妆台，每日清晨起来先梳洗化妆，然后才能和丈夫见面，为的是不让自己的倦容和慵态被丈夫看见，让丈夫觉得自己的妻子永远是那样的精神、美丽……这就是年轻时代的梦啊，久远而陈旧的记忆。这种梦似乎在回过来了，可这兔子帽怎么办呢，处理不处理？想起来了，姐妹俩戴着兔子帽曾经合拍过一张照片，那照片还在，实物就不必保留，否则的话，所谓的处理又会落空的。

　　李曼丽把兔子帽和旧中山装放在一起，想想又不放心，那照片到底还在不在呢，如果不在的话，这一段幸福的生活就会毫无影迹。她放下帽子去翻抽屉，找出那本旧相册，翻到第二页。在，两个孩子在右上角呆着，戴着兔子帽，穿着花棉袄，一个在呆望，一个很神气。唉，孩子还是小的时候好玩，长大了就很讨厌，要这要那的。李曼丽忘记理东西了，却把相册继续翻下去。翻了许久却看到一张姐妹俩梳着小辫子，穿着连衣裙的照片。李曼丽这才醒悟过来，是呀，那两套连衣裙还在纸板箱里呢！

李曼丽放下相册去掏纸板箱，从几件旧棉衣中把那两条裙拣出来。她看了以后有点不相信，记得这两条裙是非常漂亮的，怎么现在看起来却不那么显眼呢？红绿点子的花布，上半身是白色的，方领无袖，肩膀处钉了一圈荷叶边。李曼丽拎着裙子呆住了，耳边响起了无数孩子的欢叫，眼前有无数的孩子在奔跑，脸红汗淌，喳喳唧唧，那是一年一度的"六一"儿童节，欢乐的节日。可那时的家庭中已经毫无欢乐的气息了。愁云总是笼罩着，心上压着石头。吴黎打成右派以后被送到农场改造去了，和犯人在一起，虽然和犯人有点区别，却也是不能回家的。李曼丽又要上班，又要照顾孩子，有空又要去看吴黎，实在忙得精疲力竭。那时候会又多，每晚都要开到十点。李曼丽只能把钥匙挂在孩子的脖子上，早晨烧好中饭出门，晚饭就让孩子们自己烧，吃了睡觉。好在困难年也没有什么吃的，烧饭做菜都很方便。只是困难年的孩子懂事早，姐姐不肯放油，妹妹忘了放盐，烧出来的菜是没法吃的。李曼丽每天回来的时候两个孩子都睡熟了，只有大女儿在桌上留张纸条，向妈妈传递一点信息："我今天考了100分。"或者是："隔壁的小虎又打妹妹。"

　　那天晚上李曼丽回到家也快十点，可是俩孩子还没有睡，坐在床沿上等她呢！

　　李曼丽奇怪了："你们怎么还不睡？"

　　"等你。"

　　"什么事呀？"

　　"妈妈，你知道明天是什么节日吗？"

　　"哎呀，妈妈忙昏啦，把你们的节日都忘记了。什么礼物都没有，爸爸不在家，又不能带你们上街去……"李曼丽说不下去了，吴黎在农场里有没有想到孩子们的节日？

大女儿比较懂事，听到说爸爸便低下了头。家里没有爸爸就没有欢乐，有了爸爸却又抬不起头。她的中队长也不能当了，老师还要她和爸爸划清界限哩。

小女儿可不管，有话就要说："妈妈，明天大游行，老师说了，男生都穿白衬衫，女生都要穿裙子，穿裙子的排在前面扛红旗，不穿裙子的只能排在末尾。妈妈，我们也要穿裙子！"

李曼丽为难了："为什么不早说呀，这么晚到哪里去弄裙子呢？"

"老师早上就说了，你不回来，没法告诉你。"

"噢……是妈妈不好，不能怪你……"

大女儿见妈妈为难，便拉拉妹妹："算了吧，我们就排在末尾。"

"不嘛，我要排在前面，我要扛红旗，不能老是落后受人欺！"小女儿哇地哭出来了，政治的烟雾也弥漫到了孩子们的行列里。

李曼丽是一个被认为政治上落后而性格又很死硬的人，这点儿事情是难不倒她的，连忙替孩子擦眼泪："别哭，你们先睡，不许睁眼睛，妈妈变戏法，明天早晨保证有两条裙子飞到床面前！"

孩子们含泪微笑睡下了，李曼丽却像晴雯补裘似的，从箱子里找出一块花布，这花布是买回来准备做窗帘的，又找出了一段白府绸，这府绸本来是准备给吴黎做衬衫的。吴黎在泥水里滚，不能再穿白的了，穿脏了也难洗。

李曼丽开始缝裙子了，那时候又没有缝纫机，全靠一针一线，针针线线又牵动着思念和记忆。前几年的儿童节多欢乐啊，那是孩子们的节日，也是大人们的节日。她和吴黎早就为孩子们准备了节日的礼物，在节日的早晨送到孩子们的床前，"六一"儿童节总是从欢声和笑语开始的。下午要带孩子们上街，吃冰激凌，喝甘蔗水，然后再到百货公司里去买东西，挤在玩具柜的面前不肯走，买个洋娃娃，买个哈巴狗。孩子们玩疯了,玩累了,回来的时候要爸爸抱,吴黎的个子大,一手抱一个,嘻嘻哈哈地走进巷子里。幸福的夫妻,美丽的孩子,欢乐的节日,所有的人都看着他们,所有的人都张嘴展眉,整个的世界都充满着笑意,可这世界说变就变……

真的变了,窗外有了风声,乌云遮盖星斗。要下雨了吧?李曼丽希望下雨,下雨天农场休息,让吴黎喘口气。他瘦了,弱了,没有吃的……别下雨呀,下了雨不能游行,这裙子也是白做的……李曼丽一线牵着两头,到三点钟才做好第一件。三点钟以后困倦便袭击过来了,人像脱了水一样,浑身都是空的,眼皮不停地下垂,针在眼前模糊起来,不停地扎着食指和大拇指,血珠儿在花布上添了几个红点。慈母手中线,应该是密密缝的,李曼丽来不及了,把针脚拉得很稀,不会下雨啦,那启明星亮晶晶的。

两个孩子早就醒过来了,看见妈妈还蜷缩在窗前,裙子还没有做好呢,便连忙闭上眼睛,假装睡着了似的。等到妈妈大喊一声:"起来吧,裙子变出来啦!"两个人同时跳起来,抱住妈妈的头。大女儿哭了:"妈妈,你一夜都没有睡!"李曼丽没有哭,一手搂着一个女儿,也想学吴黎,抱着两个孩子走一会,可她抱不动,实在用完了最后的一点力气。

李曼丽的办公室就在马路边,游行的队伍要从她的窗下通过。她呆呆地伏在窗台上,要看看自己的女儿是怎样走在行列里。

来了,那彩色缤纷的队伍走过来了,两个女儿果然是排在前面,扛着红旗,十分神气,肩膀上的荷叶边像蝴蝶的翅膀似的。李曼丽忍不住喊了一声,孩子们没有听见,正挥动着红旗喊万岁,李曼丽也想对天高喊:"吴黎,我对得起孩子也对得起你,我没有让她们排在末尾!"眼泪不停地往下流……

……那时眼泪也真多，流起来就没有断头，现在的李曼丽也哭了，却只有两行眼泪挂在鼻梁边。她操起那两条旧裙子，擦了擦鼻翼。放下裙子去喝口水，坐在小木椅子上休息。她累了，理不动了，吴黎穿过的那件旧皮袄就在手边，想拿却没有力气。

　　李曼丽坐在小木椅子上，想想却来了气：所有的右派都平反啦，可有谁来为右派的妻子唱赞歌呢？好像她们都是些坏女人，丈夫成了右派便离婚。那样的女人当然也有，正像那右派也不全是好的，后来的事实证明，有那么几个右派实在也不怎么的！

六

　　李曼丽理了一整天，那衣服和被褥才动了二分之一。有些事情确实费考虑。比如那条八斤重的大棉胎，又硬又厚，永远也用不着了。可这棉花胎是吴黎的妈妈送来的。老太太在农村里听说城里的棉胎只有三四斤，而且凭计划供应，那怎么行！吴黎自小就怕冷，一冷就颤抖，嘴唇边都是紫的。老太太在屋后偷种了十几棵棉花，瞒着干部，说是当花儿看的。聚了五年才弹成这条棉花胎，那网纱都是老太太用手捻的。妈妈送的一张大床留下来了，婆婆送的棉花胎怎能处理？妈妈和婆婆虽然都去世了，可这一碗水还是要端平的，死人和活人有关联！

　　吴黎和女儿女婿又下班回来了，小毛毛也抱回来了，一见家里的这种混乱状态，大家都又高兴又惊奇。高兴的是老太真的下决心清理了，面貌一新是指日可待的；惊的是家里居然有这么多破破烂烂的东西，清理确实不易。

吴黎表示慰问:"怎么样,老太,累了吧?"

李曼丽叹了口气:"累了,吴黎,我好像在自己结束自己。"

"嗳,话不能这样说,应该说是含笑向昨天告别!"

"我笑不起来。"

"那就挥泪向昨天告别吧,这话的调子低一些,却也是真实的。"

"是呀,泪是挥了,可这别要别到哪一天?你看,翻了一整天还没有理出个眉目来哩!"

"唉,'剪不断,理还乱,是离愁,别有一般滋味在心头。'"吴黎即兴念了几句南唐李后主的词,跟着又做补充:"我们的情况和李后主决然不同,他那时是国破家亡,我们现在是国富家旺。同样的一种情绪,一种词句,在不同的时代背景下都有不同的含义,曼丽,这一点首先是要弄清楚的。"

李曼丽翻翻眼,她弄不清楚吴黎为什么要对她上课,谁不懂呀,这右派是当怕了还是怎么的!

女婿小弟想出个办法来了:"妈,这样吧,你老人家坐在椅子上,让我们来动手。我拿一件东西你看一眼,你说'留',我就放在左面,你说'丢',我就放在右面,用不着两个小时,保证替你理得清清楚楚。至于那些东西是送废品收购站还是送旧货店,你就别管了,外面的行情我比你熟悉。"

李曼丽觉得这也是个办法,这样做可以提高工作效率,要不然理到哪一天?"好吧,大家先弄饭吃,吃了晚饭一齐动手。来,把小毛毛让我抱一歇。"李曼丽整天没有抱到小毛毛,怪难受的。她从芹芹的手里接过小毛毛,紧紧地搂着,亲亲那苹果似的小脸:"毛毛,你也想好婆吧,阿姨有没有抱你去看叭叭胡呀,来,亲亲好婆。"

那小毛毛也实在可爱,用小手抱住李曼丽的头,拱起小嘴在李曼丽的面颊上点了一点。李曼丽啊了一声，浑身舒坦，血脉流畅，心花怒放，还是抱抱外孙女吧，理那些什么倒头的东西！

晚饭以后开始工作了，清理的序幕这才拉开哩！

小弟把两张木凳子放在正中，请爸爸、妈妈坐在上面，他和芹芹蹲在地下，一递一收，听候指挥。

吴黎点起一支烟，笑嘻嘻地坐到李曼丽的身边，三堂会审哩，这法庭倒也有点特别。

李曼丽把吴黎一推："去去，你在这里反而碍手碍脚，香烟灰掉下来烧坏东西。"

芹芹也主张爸爸离开："你去看报纸吧，老大多了要翻船的！"

正好，吴黎趁机溜之大吉，他不愿听老太的唠叨，更怕那历史的熬煎。

小弟很机灵，他准备玩弄点儿障眼法，先挑一些最无用，最不值钱的东西给老太看，让老太喊丢、丢、丢……丢开头就好了，这老人的思想是有习惯性的，其运动方式是按照惯性定律。依他看来，这些东西全丢了也不可惜。

小弟拿起一双发硬了的塑料鞋。

李曼丽一看："丢。"

小弟拿起一条黄咔叽的西装短裤。

李曼丽一看："丢。"

刚刚丢了这么两下子，芹芹就惹是生非。她是跟着李曼丽长大的，常听妈妈唠叨起各种各样的东西，好像家里有几件传家宝，很名贵，很值钱。一件是那狐皮短大衣，莎莎阿姨那天还提到过的。一件是什么白皮鞋，那时就值三担米。"妈，那皮大衣呢？我只听说过，却从来没有看见。"

"噢！那皮大衣也和人一样，已经变得不像样。小弟，拿来，就在你的屁股后面。"

小弟转过身去，却看不见有什么翻毛皮大衣。

"喏，就在你的手边嘛，那纱卡面子的。"李曼丽指着一件大衣不像大衣，棉袄不像棉袄的东西。

小弟把那件东西拎起来，递到妈妈的手里，觉得那东西有些沉甸甸的。

芹芹大失所望："这就是皮大衣？我见你晒过的。"

李曼丽把大衣搁在双膝上，摊摊开，翻过来："你不能看表面，要看里面。"里面有一层夹里，李曼丽把夹里掀开，便露出黄灿灿的狐皮来："怎么样，道道地地的狐皮，现在买不到，也买不起。皮以貂皮为最好，可那水貂是可以人工饲养的，狐狸就难养了，是个刁东西。二十年代的时髦人都欢喜狐狸皮，那些红角儿、交际花、阔太太，还把整只的狐狸皮围在颈项里。好像宋美龄也围过，我见到过一张画片。我穿这件皮大衣时正好十八岁，是我的二伯送给我过生日的，他有钱。那大衣的式样可好看哪，不比现在的时装差到哪里。去年冬天电视里有皮大衣时装表演，那是什么蹩脚货啊，它那皮大衣是假的，人造毛，化学纤维……"

小弟向芹芹白了一眼，心里想：这一段闲话都是你引出来的，要不然已经丢了五丢。

芹芹对这些老话也不感兴趣，因为她至少已听妈妈讲过三遍，光讲那皮大衣怎么好，可拿在手里的却是一件不像样的老皮袄，那是放羊的老倌儿穿的。

李曼丽从女儿的眼神里看出意思来了，便把话掉了个头，这一段家史是从来没有讲过的："……很可惜，那么好的皮大衣没能原样地保留下来，因为解放以后再也穿不上了，我们革命了，都穿土布的列宁装，还戴八角帽呢。不穿还有人翻老账，说我是贵族小姐，曾经反穿过皮大衣，思想改造不彻底。吓得我把大衣压在箱子底，连晒也不敢拿出来晒。一直压到一九……五九年，你爸爸被送到农场里去劳动改造。那农场就在湖边上，冬天冷得要命呐，和我们后来下放的海边上是差不多的……"

芹芹把头缩起来了，那滋味儿她是尝过的。

"……他开始的时候是抬石头，后来却给了他个好差事，叫他看夜去，看仓库、看草堆，看那越冬的蔬菜地。那时的农民也饿坏了，专门到农场里去偷东西。管教人员看见了也不敢抓，因为他们都带着扁担；抓住了又怎么样，关起来倒是要给饭吃的。于是便叫你爸爸这样的人去看夜，他们认真负责，不敢稍有大意。看见了偷东西的人也不是抓，而是拼命地说好话：'可怜可怜我们吧，我们都是在这里劳动改造的，东西丢了我们就没法儿活下去！'你别说，农民倒也不害人，看见他们来了便回头。你爸爸的差事卸不掉了，整夜都在寒风里，在冰天雪地里走来走去，累了也不能停，停下来是会冻僵的。那时候我每隔半个月便要去看他一次，看见了心如刀绞，怎么办呢，这样下去是会冻死在湖边上的。回来以后便拿剪刀，咬牙把那皮大衣铰了，替他缝了件皮袄，喏，这面子和夹里都是用旧布做的，新的太显眼，夹里也是钉实的，看不出里面是狐皮。劳改分子还能穿狐皮袄吗，那是地主穿的！你爸爸在湖边上穿过这件皮袄，在海边上也穿过这件皮袄，他在去年冬天还想起过，说这皮袄可救了他一命呐。"

小弟听听也改变了观点："妈，那就把这件皮袄留下来吧，做个纪念。"

李曼丽愣了一歇，突然火起来了，觉得家里的罪魁祸首就是吴黎,这家伙欢喜赶浪头:"算啦,丢!他反正也不肯穿了,穿呢子的还嫌重,要买什么羽绒的,忘本的东西!"刷,把皮袄摔到芹芹的手里。摔了又觉得有点可惜,也不能怪吴黎,哪位副教授还肯穿这种东西,一个个都穿羽绒服,像背着个气包似的。"唉,没有那场灾难就好了……芹芹,皮大衣给你穿正合适,我那时的身材也是和你差不多的。现在不是又有人穿啦,长筒皮靴皮大衣,头上还顶着个圆皮帽儿哩,神气得很,也没人骂贵族小姐。"

芹芹微张着嘴,也觉得很可惜,那种打扮她见过,挺帅的!

小弟连忙拎起一件旧的呢上装来了,他要加快工作的进度。

李曼丽一看却摆摆手:"放着,你先把那双白皮鞋拿来,喏,在那藤条篓的里面。"李曼丽为了不使女儿失望,想给她一件好东西。

芹芹笑起来了,皮大衣的后面肯定是白皮鞋,这是妈妈的老话头。皮大衣已经完蛋了,这白皮鞋大概还可以,那时候就值三担米,可不是一般的。现在的皮革虽然调了价,三担米的女鞋还没有见过呐!

小弟把那双白皮鞋拎出来了,首先就感到惊奇,白皮虽然泛了黄,那式样却很别致,用料考究,做工精细,是夏天穿的风凉鞋,空前绝后,可是前面空得不多,春秋天穿穿也可以,而且也是高跟的。

李曼丽从女婿的手中把皮鞋要过来,底对着底,扑扑地敲了两下:"怎么样,听这响声就是两样的。穿高跟皮鞋要有点响声,有了响声人精神,可这响声又不能像铁锤敲石板,好像钉了马掌似的。这鞋也响,可那声音不实,是虚的,它外层是硬底,里层是软木,发空响,有弹性、又轻,你拎拎看,拎在手里像双布鞋似的。"李曼丽把皮鞋递给芹芹,又叫女儿看仔细:"你看,这夹里是用的松紧带,不像有些皮鞋,大一点骨碌骨碌,小一点又挤脚尖,这种皮鞋总是不紧不松,才跟脚哩,你穿,穿起来试试,你姐姐不在家,妈就送给你。"

芹芹很开心，这皮鞋的样子是好，好像是谁从欧洲带回来的，连忙脱掉拖鞋穿皮鞋。大小正好，是轻，真有弹性，舒服极了，忍不住跳了两跳，"嘣儿"，皮鞋崩了个豁口！跳不得呀，这皮鞋已经放了四十年，那皮子是脆的！

芹芹愣了。

小弟笑了。

李曼丽心痛了："穿就穿吧，跳什么呢，好好的一双皮鞋，到头来断送在你手里，败家的东西！"

芹芹不服："还亏得跳了两跳呢，要是不跳的话，肯定会在大街上出洋相，拎着皮鞋赤脚走回来。你的这些老古董，能看不能用。"

小弟笑得合不拢嘴："妈，这事儿倒不能怪她，牛皮又不是铁皮，架得住你放四十年？四十年的铁皮也锈成泥！"

李曼丽生气了："好好，我的东西都不是东西，都不放在你们的眼里，丢！"

"丢！"

"丢！"

…………

七

丢的和留的终于分清了，结果还是丢的多，留的少。丢的去向也分了档，四藤篓破烂要送收购站，三大包衣物要进旧货店。那八斤重的旧棉胎暂时放着，小弟说将来做沙发可以填底，使得在未来的新世界中也有老祖母的功绩，一脉相承，物质不灭。吴黎发明的"意识流"很有用处，它开始遭到李曼丽的反对，现在却成了李曼丽的精神支柱："算啦，留着这些孩子们都不要的东西做啥呢，把那狐皮袄卖掉，替吴黎买个火油取暖器，物质转换了一个形式，同样可以使人温暖。把两顶兔子帽卖掉，替毛毛买个电子玩具，那种会咕咕叫的宇宙飞船，碰到障碍会自动拐弯的。听说那玩意儿很贵，不碍，把两条旧裙子也贴进去，反正都是为孩子。"

选了个星期天的下午，李曼丽带着女儿女婿上街去卖旧货。

吴黎劝道："让孩子们去吧，你这几天忙累了，在家休息休息。"

李曼丽不同意："嘻，那怎么行呢，他们只知道买新的，不懂得卖旧的。再说……这些东西就要和我分手了，怎能不送它们一程呢！"李曼丽有些惆怅了。

吴黎连忙改口："好好，你去，含笑向昨天告别！"

小弟和芹芹倒是笑嘻嘻的，推出一辆自行车，把两个包袱用绳一结，挂在书包架子的两边。另一个包袱就放在书包架子上，小弟推着车，芹芹扶着点。李曼丽在前引路，她老马识途，对旧货店十分熟悉。

李曼丽对旧货店本来也不熟悉，她年轻时很有点派头，对旧货是不屑一顾的。五十年代成家立业，总要添置东西，吴黎有点艺术气息，总认为那些新东西单调、粗陋，不如旧的有情趣，所以老是领着李曼丽在旧货店里逛来逛去。吴黎对旧货也缺乏研究，那些卖旧货的人嘴又甜，所以老是上当受骗。那张小铁床就不说了，现在放在客厅里的那个大玻璃柜，人家说是新式五斗橱，其实却是酒吧间里用的，处理起来还很难搬下楼。

大街上的旧货店本来很多，五十年代卖旧木器、旧碗盆，还有类似古董的小玩意儿，六十年代卖旧手表、旧相机，七十年代卖抄家物资，店堂里还打过架。进入八十年代便逐步销声匿迹，最近又改头换面，卖牛仔裤、尼龙裙，杂牌儿收录机，名牌电风扇，单缸洗衣机，从土到洋，今非昔比。李曼丽领着女儿女婿跑了一大气，却没有找到一家收旧货的商店。好不容易找到了一家，可那店员看见包袱便摇头，说是旧衣服不收，如果有旧的四喇叭收录机还可以考虑。李曼丽瞪眼了："我家的收录机也只有两个喇叭，还是去年刚买的！"

李曼丽在大街上走了个来回，发现新开了不少商店。这些商店都是一个模式，卖洋货的。这些所谓的洋货又很马虎，没有一双像她那样的白皮鞋，更没有一件像她那样的皮大衣，都是骗骗那些赶时髦的。一间门面的小店也叫作什么公司，这名字的本身就是骗！公司是这种样子的吗？三尺长的柜台上还放个大喇叭，吵得人头脑都要炸裂！李曼丽反感了，想赚钱也不能这样恶形恶状，这算什么现代化呀，摆地摊的，过去也吹着洋喇叭拉生意！

小弟和芹芹拉在后面，不停地向那些洋货探头，好像还商量着要买什么呐。

李曼丽大声叫喊："快快，快离开这里，我记得后街上有爿估衣店，不知道还在不在呢……芹芹，我关照你，这种洋盘货不要去买。要穿西装便好好地去做一套，不要穿那种'公司'里买的，厂里发的，免得人家笑话你；要买皮鞋便去订做，那皮鞋厂的厂长是我同学的弟弟。"

芹芹有话不好说："那双高跟鞋就是这家'公司'里买的，你不是也穿了跳舞去？"

后街上的那爿估衣店还在，那店早先是爿当铺，三开间的门面，曲尺形的柜台，很有点气派。山架上堆满了旧衣服，店堂里也是挂得满满的。偌大的店堂里却没有什么人，只有一老一少坐在柜台里聊天。

老的看样子是个老朝奉,少的还留着小胡子呢!

李曼丽指挥着芹芹和小弟,把三个包袱搁到柜台上,可那柜台里的人却没有反应,看是看见了,还盯着看呢,看着玩儿的,好像这事和他们没有关系。

李曼丽主动招呼了:"同志,有点儿东西想卖。"

那小胡子坐着不动,把头转过来:"什么东西?"

"旧衣服。"

"又是旧衣服!老太,我跟你先把话说在前,旧衣服现在不好销,卖不起钱。"

"你看看嘛,旧衣服有卖得起钱的,也有卖不起钱的,不能一概而论。"

小胡子听这老太讲话有点儿水平,看样子不是一般的人,作兴有点好东西,看看呗。便抄着双手走到柜台前,对着包袱把嘴一努:"打开,都打开。"

包袱打开了,东西都摊在柜台上,一件、一堆、一叠,长长的一列。李曼丽向这些东西看了最后的一眼,心里是很难受的。半生的心血、经历、欢乐和眼泪都摊在一个冷淡而傲慢的小胡子面前,要由他来判断价值的高低,他才几岁!

小胡子还很内行似的,在货物的面前走了个来回,跟着便数落开了:"老太,说了你不必动气,这些东西大部分都是垃圾,如果是在美国的话,你处理这堆垃圾不仅不能要钱,而且还要付钱,付一笔垃圾搬运费。"小胡子很得意,好像他也到过美国似的,说几句海话煞煞老太婆锐气,要不然她会漫天要价的。"当然啰,我们现在还没有到那种水平,所以你这些东西多少还能卖几个钱……可你把这件衣服拿来做啥呢,这种衣服只能当破布,送到废品收购站去!"小胡子拎着那件咔叽布的上装直抖合，而且向芹芹和小弟扫了一眼，好像要叫他们来看笑话似的。

李曼丽觉得这也没有什么可笑，蓝咔叽风行了三十年，谁都穿过的，穿新的结婚，穿旧的劳动，怎么能当破布？"卖给农民穿吧，那口袋里还有一块零头布哩。"

小胡子笑起来了："农民！你以为农民还是穿得破破烂烂的？鸟枪换炮啦，他们能挣会花，能挣瞎花，大街上的那些洋货卖给谁呀，大部分是农民买回去的。你这件衣裳别说卖啦，送给他还会生气，以为你还是对农民瞧不起。老太，拎回去吧，这种衣服我们不收。"

"皮货收不收？"李曼丽摔王牌了，别那么瞧人不起。

"皮货，你有皮货？"小胡子有一种不屑的神气。

"你翻都没有翻，怎么知道就没有呢？"李曼丽把那件传家宝捧出来了，送到小胡子的面前。

小胡子把胡子一翘，鼻子一吸，头向后这么一仰，好像闻到了一股汗臭味："这这，这是什么皮货，垃圾堆上捡来的。"

"什么！"李曼丽受到了极大的侮蔑："垃圾堆上捡来的？你是在中国捡的，还是在美国捡的？美国保护野生动物，垃圾堆上捡不到皮。小弟弟，你在中国做生意，就不要随便讲垃圾堆！"

小胡子倒也被镇住了，只好指指那皮袄面子："你看看，叫我怎么说呢？"

"面子当然破旧罗啰，可是卖皮货并不是卖面子的，面子和夹里都不算钱。"李曼丽把皮袄翻过来了，掀开了夹里，双手按在狐皮上，感到一阵暖意，那湖畔和海滨的寒风还在呼啸哩！"你看，多好的狐皮！"

小胡子也懂皮货，师傅教的。他先把毛倒抹了几下，看看是秋狐还是冬狐，冬狐毛稠，秋狐毛稀，夏狐没人打，那是脱毛的季节。接着就看皮板，用手捏一捏，看看有没有走硝，发硬什么的，然后再把皮子托起来，迎光一照，看看毛尖，毛尖如果磨秃了的话，那就说明穿得很苦，或者是和毛线衫直接摩擦的。小胡子忙了一气，觉得这件狐皮袄还不错，而且好销，农村里的老头老太最相信皮货，认为它挡风、暖和、高贵，过去的地主都是夏天穿绸，冬天穿皮。小胡子想做成这笔生意了，可他一看李曼丽的神色，知道她要以此拿价，所以更要煞煞她的傲气："嘿嘿，这皮袄也不怎么的，老了，有点走硝，现在也没人穿，都穿羽绒和中空腈纶棉，又轻又便宜。这种老皮袄嘛……收是可以收，收下来卖给人家去做鞋垫。"

小胡子信口开河，李曼丽却脸色大变：做鞋垫！这件皮大衣到头来还是做鞋垫，还要被人家继续踩下去？大半生都垫掉啦，还要垫！……

小胡子把两顶兔子帽拿起来了，把两条小裙子放在一边。他把兔子帽套在两个拳头上，一转，一颠，在演木偶戏。

芹芹恼火了，这小胡子倒坏呢！"喂，人家是来卖东西的，不是给你玩的。要玩便买下来，连裙子一起买，都是我们小时候穿过的。"

小胡子反唇相讥了："你小时候穿过的又怎么样，现在都是独生子女，你送帽子，他送裙子，多得穿都来不及。旧的儿童用品没人要啰，人家怕上面有细菌，会传染！"小胡子把帽子和裙子一起推到芹芹的面前："喏，请你带回去。"

李曼丽大声喊起来："带回去，带回去！全部带回去！！……芹芹，小弟，快点收起来，我们不卖了，怎么也不卖了，等到那一天，你们把这些东西和我一块儿送到火葬场去！"

那老店员见事体弄僵，连忙出来打圆场："好了好了，别生气，买卖不成仁义在嘛，好商议，老太，你要个价。"

"没有价，管你出多少钱也不卖，回去！"李曼丽的脸色苍白，声音发抖。青春，苦难，妻子的情义，母亲的眼泪，那裙子上的血迹，一部辛酸史却成了一堆垃圾，还有细菌呢！……

李曼丽头也不回地走了，那老店员便对小胡子进行指点："这笔交易给你弄糟了，你把话说过了头。"

小胡子不服："这不是你教的吗，看见老太婆来卖旧货，便要先说她们的东西破烂，过时，没人要，否则她们会把自己的东西当宝贝，头仰在天上讨价钱。"

老店员啧啧嘴："哎，你没有完全领会，老太婆也有各种各样的，这个老太婆还知道美国保护野生动物，那就不是一般的。她卖东西也不像是等钱用，可能是家里胀得摆不下了，处理处理，对于这样的人你就要换一种说法：'好婆，你的这些东西真有意思，说明你们家的日子还是过得不错的。日子越来越好啰，人们的眼光也变了，对过去的事情也不知道。你这狐皮袄算是不错的了吧，可是现在人们不穿它，卖不起价，我们花钱收下来，还不知道哪天才能卖掉，赚几个钱还不够付银行里的利息。你看这兔子帽多好，小妹妹戴上才迷人呢，可是现在的孩子太金贵，人家不肯买旧的。两毛钱卖给我们吧，你别听钱，听钱简直是笑话，还不够买半包烟。我们是把它放在玻璃柜里，作兴有哪个幼儿园会买去做表演……'然后你再把白兔帽套在拳头上，向那老太婆磕磕头：'小白兔，可乖啦，天天在家等妈妈……'我保证那老太婆会笑得合不拢嘴，如果你能说出哪个托儿所真要的话，她肯定会捐献，根本不要钱！"

小胡子听得直翻眼，话是不错，可这有多麻烦："师傅，你还是让我走吧，让我到大街上去摆洋货摊，闭起眼睛来每天能赚五六块，三五一百五，比我现在的工资大三倍。"小胡子正在闹情绪哩！

八

　　李曼丽领着女儿女婿，带着那三个大包袱往回走，走得很快，歇也不歇，一路上都没有吭气。芹芹和小弟紧跟着，不敢讲话，也不敢再向那些洋货店探头。妈妈已经气透了，一碰就要爆炸的！幸亏在巷里碰上那个在汇丰洋行里混过的退休老头，李曼丽的气才另有出口，否则的话，那吴黎可有一顿好受的。

　　那老头看见李曼丽就站起来："曼丽，你们把三个包袱推出推进做啥呢？"老头儿显得更热络了，直接喊 Mary。

　　李曼丽叹了口气："别提啦，他们老的小的搭起档来，要搞什么家庭布置现代化，一些旧东西没处放，想到街上卖掉点。东西没卖掉，却惹了一肚子气……"

　　芹芹赶紧拉了小弟一把，快回家，站在旁边要挨骂。同时也得告诉爸爸，叫他有点准备。

　　那老头儿哈哈一笑："是把你的东西说得一钱不值吧？"

　　"一钱不值倒也罢了，简直是对人的侮蔑！开口就是美国，他哪一天到过美国的！"

　　"啊啊，是这样，开口闭口就拿外国比，要比还轮不着他们呐，我们和外国人共事的时候他们还不知在哪里！曼丽，别生气，这些人也很可怜，想洋又洋不起，结果洋成个半吊子，没有气派，很不正规。"

　　"是呀，我看街上的那些洋货，也没有一件是像样的。"李曼丽倒也没有和这老头儿多兜搭。她怕他再冒出一句洋泾浜英语，听了叫人汗毛竖。

李曼丽扶着楼梯，慢慢地爬上三楼。这时候才感到累了，脚膀也发抖。她推门进去，发现吴黎、芹芹和小弟都十分紧张地坐着，连小毛毛也十分规矩地坐在小车里。

李曼丽奇怪了："你们怎么啦，又在商量什么大计？"

吴黎说："岂敢，我们在等着你刮风下雨哩！"

李曼丽向高凳子上一坐，小弟连忙把一杯茶送到她的面前。李曼丽笑了："用不着你们拍马屁，装服帖，我也不是随便刮风下雨的。现在我想明白了，你们的计划都是学时髦，赶浪头，半里不吊的。墙头上贴塑料布，地上涂油漆，这塑料和油漆都是化学品，有毒的！那算什么沙发呀，人造革，粘皮，木板上放一层泡沫塑料，还说是法国式的，法国人听了要提抗议。要弄就要上正规，不能像穿瘪三西装似的。喏，贴墙板，铺地毯，塑料地毯不能用，有静电。真正的皮沙发你们见过吗，大着哩……"李曼丽把手一划，那沙发足有客厅的三分之一。接着又把她当年在家政系学过的，在美国校长、法国教授、英国牧师家里见到过的陈设说了一遍。

小弟听呆了："那要等到哪一天？"

李曼丽说："别急，慢慢地创造条件，你们总会等到的。我是等不到了，等不到也好，免得到那时再碍手碍脚。唉……别说空话啦，还要过日子呢！芹芹、小弟，大家动手，把这些乱七八糟的东西整理整理，各归原位，哪里拿的还放在哪里。吴黎，你也不要抄手，你那个书房里最乱，书报摊得满地，快点儿收拾去。"

清理十分困难，复原却很方便，路是熟的。小弟力气大，堆得比原来要好看点。李曼丽也到处搜扒，扫地抹灰，捡起破纸和废瓶什么的。

不到两个小时，家里一切如旧，大家一看，都觉得并不那么混乱破旧，还很整齐清洁。这种感觉的产生，主要是从前两天的大混乱而来的，那两天到处都摊着东西，没有站处，没有坐处，甚至连睡处都成了问题，现在一收，咦，蛮灵的！

李曼丽十分满意："吴黎，你看看，这样住住不是挺好吗，何必找麻烦呢？如果把我们的家也弄得和莎莎的家一样，那我会很寂寞，会觉得是住在别人的家里，看不见也摸不着自己用惯了的东西。东西就是人啊，是人的踪迹；人在沙滩上艰难地走过来了，总该留下点脚迹，你说对不对？"

"对对，尽管在一场潮水之后什么也没有了，可在潮水未来之前你总得看见点什么，否则的话你会觉得没有在沙滩上走过，空的。"

"啊，吴黎，你是个好人，你还是了解我的。"李曼丽不禁拍拍吴黎的手。

吴黎也拍拍李曼丽的手："是的，是的……"

小弟笑了，这老两口子还挺亲热。

李曼丽把头一抬："你笑啥，还不替我把用不着的东西送到废品收购站去！"

小弟愣了，什么算是用不着的？

李曼丽指指墙角："喏，在那里。"

这下子那个破铅桶保不住了，谁叫它绊人的，那铅桶里放满了废瓶子、碎玻璃，包括那个黑色无盖的紫药水瓶在内。

小弟拎起破铅桶，到收购站卖了七分钱。

1985 年 6 月

井

一、信息中心的信息

东胡家巷里有个信息中心，专门提供有关饮食、男女方面的消息。这个中心不是新近创办的，它的存在至少也有二百年；它不设主任和顾问，召集人实际上是一口井，一口古老而又很难干涸的井。

这口井坐落在东胡家巷的西头，在朱世一家的小楼下、围墙外、石库门的右半边，隐蔽在一棵香樟树的下面。树下用砖头支着两根长条石，算是石凳，给到井边来劳作的人搁菜篮、等空当，坐在上面闲聊天。东胡家巷在一九七八年之前没有自来水，半条巷子里的人都是靠这口古井过活的。一九七八年之后虽然通水了，但也不是家家都有水龙头，何况那井水冬暖夏凉，又不花钱，那些不能挣钱却很会花钱的阿婆和阿姨，还是乐意到井边来洗衣、洗菜、淘米。乘此机会每日举行一两次非正式的办公会议，提供和交流各种信息，使这个古老的信息中心不因自来水的冲击而自行倒闭。你别瞧不起这个古老的信息中心，它的常委们都是东胡家巷里的活字典，法院和派出所经常要向她们咨询，当然她们总是乐于尽义务，从来不收咨询费。

阿婆和阿姨们到井边来集会时，总是不慌不忙，先把菜篮、木盆、搪瓷盆、塑料盆、吊桶等放在条石上，然后抬起头来看看朱世一家的小木楼。话题经常是从这座小木楼开始，由此及彼，慢慢地延伸开去。因为这座小木楼里经常会发生一点骚动、变异，容易被人们当作话搭头。

远在二十多年前，井边上的常客们就在小木楼的窗户里有过重大的发现，看见那住在楼上的朱世一抱着一个年轻的姑娘在亲嘴！这事儿何等了得，立即像弄堂风似的吹遍了东胡家巷："不好，朱世一有对象了，那姑娘漂亮得像个仙女似的！"那时候的朱世一已经三十多岁了，参加工作也有七八年，大龄青年好不容易找到个仙女，这事儿又有什么不好呢？原因很简单，东胡家巷里的人对朱世一的印象不好，恨不得这小子打八辈子的光棍，或者是被母夜叉迷住了头。这小子说起来也是个世家子弟，据说他的曾祖父曾经见过慈禧太后，这事情谁也没有见过，只见过他的父亲抽大烟，吸白粉，急急匆匆地活了不到三十年；他的妈妈也从来不事生计，靠变卖家当度日。先是卖古董、字画，接下来便卖家具，卖绣品，卖瓷碗瓷盆、果盒、水盂、蜡烛台、铜面盆、红漆马桶、红木小件等小零碎。卖到解放前夕已经四大皆空，连房子也典给了一个做生意的，他自家住在楼上还得付房钱。卖得好啊！解放后划成分时朱家却定为城市贫民。当时的工作组也曾有过怀疑，这样的人家能不能称作城市贫民呢？一查，却又发现朱世一解放前在万康钱庄学过三年生意。卖光吃光前账了结，学生意是徒工，算作工人阶级。毫无疑问，朱世一的家庭出身是城市贫民，本人成分是工人，响当当的。当时，东胡家巷里的活字典们也在井边议论，说是朱世一这小子不能算作工人阶级，那万康钱庄是他舅舅开的，老娘舅害怕他们母子二人月月去借钱，便让他在钱庄里吃个空额，朱世一是拿干薪的。没用，干薪湿薪都是薪，成分是根据解放前三年主要的生活来源而确定的，朱世一只能算是工人阶级。想不到这个成分比万贯家财还可贵，若干年间简直成了一种爵位，入党、做官，直至参加"文化大革命"都可以优先。朱世一立即成了里弄里的积极分子、依靠对象，很快就参加了工作，成了国家干部。二十八岁入了党，三十岁当上科长，在区里管工业。当然，朱世一的飞黄腾达也不完全是靠成分，这小子是另有一功的。可他在东胡家巷里还是老腔调、老脾气，没有因为成了工人阶级而有所改变。他又酸又鬼又吝啬，又有那么一种好像不屑于计较的大少爷派头。吝啬和大派头是一对矛盾，这矛盾的产生倒是和他的出身有关系。世家子弟视黄金如粪土，没落后代是靠卖红木小件过活的，一对矛盾统一在朱世一的身上，形成他是说大话而用小钱。他好像对什么都不在乎，说起来他家里什么都有过，无啥稀奇。可是他家里有只新吊桶，却不大舍得用，因为那吊桶绳是黄麻做的，容易烂。要打水时便伏在楼窗上等机会，看见有人到井边来时便下楼，借人家的吊桶用一回。用就用吧，嘴里还要啰里啰嗦的，"你这根吊桶绳烂啦，拉在手里滑腻腻的，换根吊桶绳又不花几个钱，看你啬的！"世家子弟即使穷到底，那点儿架子还是有的。朱世一自视甚高，不屑与巷子里的市井小民合流，特别是对那些常到井边来的姑娘大娘看不起，觉得她们太俗气。朱世一也想老婆，想得还挺热，可他对老婆有世家的标准，要求优雅、高贵，漂亮得像戏台上的大小姐。那大小姐好是好，可是侍奉她们要花很多钱，要她们侍候男人更是不行的。朱世一请不起丫鬟花不起钱，自己又要当老爷，矛盾统一：找个老婆既要能当小姐看，又要能当丫鬟使。用此标准来找对象，东胡家巷里当然是空的。东胡家巷里的妇女们对他也不客气，常在井边上指东说西，刺刺那个朱世一。可她们自己也不注意，说着说着便要开些粗俗的玩笑，讲床上的事体。朱世一听了便要骂："闭上你们的臭嘴，这些秽话亏你们说得出来的！"可他自己却常常躲在窗子后面偷看姑娘们的大腿，吓得姑娘们在井边上蹲下来时，都把背脊梁朝着他的窗子口。井边上的人看人不论成分，不计官位，的的确确是重在表现，她们对朱世一的飞黄腾达很不服气，只有一点聊以自慰：这小子三十岁上还没有找到老婆，那是天有眼，活报应！

忽听得朱世一有了对象，那姑娘还漂亮得像个仙女似的！东胡家巷里的人气坏了，左右追问那位发现秘密的马阿姨："你老眼昏花了吧，哪个姑娘瞎了眼，会跟朱世一亲嘴！"

马阿姨赌咒发誓："要是我说一句谎，你就请我吃耳光！"

井边上的人更加注意那座小木楼了，几乎是每天都有新发现。发现朱世一拿着小圆镜站在窗子口，对亮光把头发梳了一遍又一遍；发现他的衣着突然整洁起来，每天都把棉布的中山装喷上水，抹平，弄直，挂在窗子外面吹，用此种方法代替电熨斗。尽管人们对朱世一的印象不好，可那朱世一的相貌还可以，稍一打扮，挺帅的。

人们终于在楼窗里看见那位姑娘了，虽然说不上是仙女，可在东胡家巷里却算得上是第一。细长的眉毛，胖胖的脸，下巴却像瓜子尖，丰满中带着秀气。她的头发有点自然鬈曲，两条辫子扎得很紧，额前的刘海儿却是蓬蓬松松的。她穿一件小花点儿的衬衫，罩一件湖绿色开司米的马甲，肩膀瘦削，胸脯很高，一双不大的眼睛像是笑眯眯的，伶俐中带着稚气。朱世一似乎要向井边上的人示威，故意和那位姑娘并肩站在窗子口，说点儿什么话，惹得那位姑娘抿着嘴。这可把井边上的姑娘们气坏了："哼，别看她上半身长得漂亮，说不定是个罗圈腿。"可是当朱世一挨姑娘的肩膀从石库门中走出来时，一个个都看

51

得张开了嘴,这姑娘苗条轻盈,简直可以跳芭蕾。

人们开始打听了,这姑娘谁家的,怎么会被朱世一骗到了手,如果是拐来的话,那是要到派出所报告的。

东胡家巷里的福尔摩斯也不少,很快便打听清楚了。这姑娘叫徐丽莎,二十四岁,爷爷是个资本家,父亲在国外,姑娘是药学院毕业的,因为家庭成分不好,便被分配到一个区属的制药厂里。朱世一常到制药厂里去检查工作,搞七搞八地就骗到了手。

足足有两三月的时间,井边上常开讨论会,研究这个徐丽莎为什么会看上朱世一。大学生的脑子不会笨,怎么会如此糊里糊涂的,旁的不说了,光这年龄就不配。一个二十四,一个三十一,要相差七岁。年轻的姑娘们简直没法理解,这么个漂漂亮亮的人倒好像是给人家做填房的。

马阿姨能够理解:"你们不懂,相差六七岁是可以的。女人家生儿育女,辛苦劳累,容易老。你别看现在有点相差,到了四十岁便可以拉平,到了六十岁时女的已经老得不像样了,可那六十六岁的男人还是肚大腰圆,红光满面。到那时候一看,这徐丽莎还配不上朱世一。再说,这朱世一有多鬼,你知道他告诉徐丽莎自己是几岁?我看最多说是二十七,反正那户口簿子锁在他的抽屉里。"

"户口簿子可以锁,这人却是明摆着的,那么酸,那么吝啬,还有一股大少爷的臭架子,难道那徐丽莎一点儿都没有发现?"

"这事情你们又不懂了,大凡男人追女人的时候,酸的便会变成甜的,嘴巴里说出来的话,都是蜂房里流出来的蜜,吝啬也会变成大气,你要个金的,他绝不会给你银的;大少爷的臭架子早就没有了,你没看见戏台上的大少爷,追起女人来可以爬墙头,小狗尾巴摇急急。等到结了婚呀,嘿嘿,他坐在那里动也不动了,多跑一步路都嫌吃力,反正鱼儿已经落了网，还愁你逃到哪里去！你们这些大姑娘啊……咳，反正说了也没用，到时候便会昏头六冲，恋爱是不长眼睛的！"

大姑娘们被马阿姨的过来人语吓得寒嗖嗖，好像世界上的男人都有点危险。

"我不信，看不出年龄，看不出坏，可这好处总是看得出来的，这朱世一有哪一点可取！"

"可取？说起来这朱世一可取的地方多着哩！人家不麻不疤，眼睛又不对鸡，五官端正，相貌堂堂，如果化妆起来上台演戏，保准你们的眼睛珠子跟着他飞！年纪轻轻便当科长，每月的工资七十几，怎么样，对不起你！家庭出身是贫民，本人的成分是工人，还配不上你这资产阶级的大小姐！资产阶级好逸恶劳，家务活计不会做，只会坐在那里喝咖啡，忸忸怩怩唱个歌儿什么的。长得漂亮又有什么用，漂亮得像朵花，今天开了明天谢；猛然看花的人觉得花美，天天盯着看也就没意味。朱世一是年纪大了等不及，捞到篮里便是菜，换了差不多的人的话，嘿嘿，对这么个出身不好的女人还得考虑考虑。"

井边上的讨论得出了结论：不管是徐丽莎还是朱世一，都是氽到一条臭河浜里来的烂木头，女的没有吃亏，男的也没有讨到便宜。

二、爱情不长眼睛

古老的信息中心没有电子计算机，她们获得数据不准确，结论也是猜测性的，而且夹杂着某种莫名其妙的情绪在里面。对朱世一，她们猜得有点七不离八，对徐丽莎，她们就没法用市井的传统观点来加以分析。

　　徐丽莎为啥会爱上朱世一？这事儿别说是井边上的诸位了，就连徐丽莎自己也是难以说清楚的，爱情本来就是个复杂的东西，有生理的、心理的、道德的、审美的多种因素，难做定量分析。但在有时候也很简单，只要有一种因素起作用，其他的因素便会被暂时挤到一边。徐丽莎的这种主导因素说起来也很可怜，她渴望着有一个男人能对她怜惜，关心她、疼爱她，这对她来说便有了一切。她不需要有什么人在事业上帮助，也不需要仰仗某个男人的权势与能力，这一些她都相信自己。但是她羡慕世界上的每一个人都有人怜惜，连乞丐都是有人同情的，可她却自幼生长在一个同情的空白区里。不错，她的祖父是个大资本家，可这位资本家却是个风流人物，有一妻三妾，子女有十多个，非婚生的子女还不计算在内。她对自己的父母毫无印象，母亲生下她便因产褥热而去世，父亲也只是负责为她取了个名字，这名字也取得很马虎，是从达·芬奇的名画蒙娜丽莎那里摘取过来的。父亲取完了名字便找他的蒙娜丽莎去了。说是去外国留学，至今也不知道是留在哪里。徐丽莎是由一位负责清扫花园的女仆领大的，这位女仆只管她的吃穿，其余的事情便是让她在花园玩花草，扒砖头，看看小虫和蚂蚁。她从来没有受过冻饿与虐待，但也没有受到过怜爱、同情与关切。她常常要做一个梦，梦见她死了，可她又发现她的死和任何人都没有关系，没有一个人为她流眼泪，有三个老妇人在那里轮流啼哭，那是她的二祖母花钱雇来哭丧的。

　　徐丽莎生得很漂亮，这一点她自己也知道，可这美丽并没有为她带来骄傲与勇气，因为她见过开在墙角里的玫瑰，美丽，但也孤寂得可怜。大学里的同学都把她当成白雪公主，懦弱的男生在她的面前不敢抬头，强悍的人却要装出一副骑士的派头来到她的面前，可她最怕的就是骑士，这种人动不动就要拔出剑来决斗。她不需要征服，而是需要怜惜，在强者的面前她会更感到自己柔弱得可怜，再加上她的家庭出身不好，又有查不清的海外关系，使她在自怜之中又夹杂着自卑。有些她认为很好的男同学从她身边走过时都不抬头，她却认为别人是看不起她这资产阶级的大小姐。其实，真正对她另眼相看的人倒是那些管人事档案的，留校没有资格，科研单位也不能去，药能救人也能害人，便一层一级地分到一个区属的制药厂里，仿佛那区属的制药厂就不是造药给人吃的。

制药厂的厂长兼书记名叫何同礼，此人很正派，看不惯那些花里胡哨的事体。如果有个女工穿着花裙、男工梳着油头来上班，他就会先盯着你看一歇，然后板起面孔来问道："你是来上班还是走亲戚的，要走亲戚的请回去！"他认为凡是想打扮的人都有点修正主义。衣服穿暖了就行了呗，打扮个啥呢？喔，女的打扮起来给男的看，男的打扮起来给女的看，夫妻之间用不着天天看，嘿嘿，这打扮的本身就是思想不健康的表现！你说打扮起来不给谁看，那你还打扮干什么呢，花钱费事的。

何同礼对徐丽莎的第一印象就不好，一个漂漂亮亮的弱女子，提着皮箱和网兜，头发蓬蓬松松，好像是用火夹烫过的，又出身于资产阶级，这样的人到歌舞团还差不多，到厂里来干什么呢？也罢，先让她去锻炼锻炼。当然，何同礼的所谓锻炼也不是什么坏意，他是农民出身，种过田，知道对柔弱的茄苗应该怎么管理。对这种苗子不能马上浇水施肥，首先得蹲苗，索性让它干瘦得半死不活，促其根系的发展，待到叶黑茎硬时，再用大水大肥浇下去，这样就不会疯长，不会倒伏，保证果实累累。可是何同礼不了解，人和植物不同，人是有思想有感情的，即使要蹲的话也该把道理说清楚才对。何同礼简单生硬：

"噢，你来啦，先到准备车间洗瓶子去，住在集体宿舍里。"

徐丽莎含泪出了办公室，提着皮箱和网兜向集体宿舍走去。当她知道要分配到一家小药厂里去时，也曾经羡慕过其他同学的幸运，诅咒过自己的出身，但是很快地就产生了一种想象，她总是欢喜靠想象过日子的：也好，厂小人少，上下级之间的关系密切，小工厂也许是一个真正的大家庭哩！当她从办公室走到集体宿舍时，这种幻想已经全部破灭。这是一间阴暗潮湿的房子，在物料仓库的旁边，房内有四个上下铺位，是给做夜班有困难的女工临时住住的。可是困难再大的女工也不肯来住，房间里长出了白色的茅草，一股子霉味。徐丽莎坐在下铺上半天也没有动弹，她觉得又到了一个更为可怕的空白区里。如果病倒在这间房子里的话，有谁来送碗茶汤呢！

那正是"大跃进"的年头，人们满腔热情地在做着一些十分可笑的事体，动不动就是三天三夜不睡觉，累得谁也顾不了谁，连好心的老年工人和热心的青年工人都不知道徐丽莎是从哪里来的，也不知道她是住在哪里。有人以为她是下放劳动的右派，有人以为她是下厂锻炼的知识青年。徐丽莎每天伏在水槽上洗瓶子，下班以后还要到厂内的空场上去大炼钢铁，那里有个土高炉在冒着浓烟，炼出来的铁根本不能用，却消耗着无穷无尽的物力和人力。

过分的劳累使得徐丽莎反而睡不着觉，那土高炉上的鼓风机又响得震天动地。徐丽莎睁着眼睛躺在床上，搬弄着各种幻想来聊以自慰。她从简陋的小高炉想到居里夫人那提炼镭的土设备，想到太上老君的炼丹炉，想到自己也许能提炼出什么灵丹妙药，成为中国的居里夫人，又由居里夫人想到了居里……她不敢奢望有居里那样的好丈夫，但求有个男子能颇为英俊，不卑不亢，主要的是能懂得对人的关怀与怜惜，使得她的命运能和世界上的另一个人联系在一起，说一些她在这个世界上还没有说过的话，做一些她在这个世界上还没有做过的事体，星期天请朋友来家做客，夫妻双双去遛遛公园什么的，那时候她可以脱离苦海，从这个阴暗潮湿的集体宿舍里搬出去！徐丽莎觉得她所想象中的男人这个世界上肯定会有，就是不知道目前在哪里。

来了，朱世一这小子来了！他是到制药厂来检查工作的。这小子见到徐丽莎就着了迷，终于在现实生活中见到了一个美小姐。一打听，原来是个大学生，好极，小姐当然是要有文化的，没有文化怎么能高雅呢。东胡家巷里的那些姑娘就是因为文化低，说出来的话不像弹琵琶，倒是和敲吊桶差不多的。

朱世一动脑筋了，他先向厂长何同礼施加压力，要他在一个星期之内把药物的产量翻一倍，放个卫星迎接国庆节。何同礼是个正派人，他知道这制药可不是闹着玩的，它有一定的规格和浓度，不能随便地添加蒸馏水，蒸馏水也没有这么多呀，加自来水是要送人家的老命的！可是何同礼又不能拒绝，那时的口号是不怕做不到，只怕想不到，想到了而不肯做，那是右倾机会主义。这顶帽子和右派分子也差不离。何同礼只好向朱世一恳求，请他高抬贵手，这事儿不能向上反映，也不能在任何领导人的面前再出这种馊主意，同时，何同礼答应在小高炉上放卫星，把铁的产量翻两倍，因为那已经炼出来的铁块反正没法用，没处去，可以放在炉子里再化一遍，翻它个三番也可以。

朱世一卖个交情，勉强同意，同时批评何同礼不动脑筋，思想保守，分到了一个制药专业的大学生，你却叫她去洗瓶子，为什么不叫她去研究设计，努力提高药物的产量呢，再这样下去可别怪我不客气！

何同礼立即同意："行行行，马上把她调回科室里，让她去研究设计，要什么条件给什么条件！"何同礼不再坚持蹲苗了，农民对两性关系是不迟钝的，他已经感觉到这株弱苗可能要被别人移栽到花盆里。

徐丽莎一下子跳出了苦海，厂里给了她两间小小的办公室，一间工作，一间住居，让她安心地研究设计。当徐丽莎知道这些是出于区里的某个科长的关怀时，心里一阵热，觉得这个世界上突然有一盏灯亮起来了，它的光辉温暖了一个素不相识的女青年。这大概是一盏久经战火与风雨考验的灯，这种灯总是在各种时候给人以希望与鼓励，要不然的话，当年为什么会有那么多的男女青年投入革命的洪流！

徐丽莎惊呆了，站在她面前的朱科长竟是一个颇为英俊的青年！那一天朱世一刚刚在最好的理发店里理过发，眼睛也比平时明亮一点，白衬衫和浅灰色的上装也是平平整整的。

"朱科长……你，你请坐。"

朱世一不卑不亢，似乎还有点腼腆，装得挺像的："哎哎，别喊我什么科长了（别人不喊是不行的），其实我比你也大不了几岁，如果当年能读大学的话，说不定我们还是同学呢！"

同学！同学这两个字有特殊的魅力，老同学、老战友，什么话都是好说的，它意味着平等、亲近，还有许多有趣的记忆。徐丽莎活起来了，说话也是直来直去的："哎呀！你这不是叫我为难吗，我有什么办法使产量翻一倍！"

朱世一笑了："你真是个学生，单纯、天真。我刚出学校门时也是和你一样，现在学乖了，懂得走路是要绕弯子的。那药品的产量能够轻易地翻一倍吗，开玩笑哩！我是有点不服气，为什么要叫一个女同学去洗瓶子、运石头，难道她的学识就没有用武之地？如果我读了四年大学也来洗瓶子，你想想看，那心里可是好受的？"

徐丽莎点点头，觉得这人真像她初中时的一位男同学，那同学老是问她你冷不冷，热不热？"谢谢你了，可是这件事情最后怎么交代呢？"

朱世一摆摆手："这一点你不用管，你只管继续学习，想研究什么课题就研究什么课题，其余的一切都让我来处理，我会说假话，兜圈子，很卑鄙。再见，下次有空来看你。"朱世一落落大方地走了，连头也不回。

可别看不起朱世一，这小子雅俗高低都有一手。他装假就说假，并没有用高尚与真诚来标榜自己。怪了，如果他啰里啰嗦地说自己如何同情别人，如何仗义执言，那徐丽莎就会感到虚假和不怀好意，就会感到又是一个骑士来到面前。现在听起来却十分亲切自然，幽默风趣，怜惜之情心领了，忍不住的微笑挂在嘴角边，只是觉得这位有趣的人离开得太快了一点。

别着急，朱世一会来的，他借故到厂里蹲点来了，逐步增加了和徐丽莎接触的机会。但是他很小心，不那么急吼吼的，他知道，对这样的姑娘绝不能像对待井边上的那些大丫头，必须绕着圈子，找个借口才能走到她的门口。他好像偶然走过，伸头打个招呼，发现她坐的木椅子太高，不久便搬着一张藤靠背椅来了："喏，这是他们给我坐的，算是拍我的马屁。我哪里有工夫坐呀，真正需要的是你，你的这张木椅子太高，坐着不舒服，常坐要驼背。坐吧、坐吧，我要开会去。"朱世一又走了，没有久留。

徐丽莎坐在藤靠背椅上果然舒服，伏案的时间长了还可以靠在椅背上休息休息，休息的时候有点甜蜜，觉得世界上终于有一个人在关心自己，像哥哥照顾妹妹。

过了几天朱世一又来了，手里捧着个电炉子："你看看，这些人真不知道爱惜东西，好好的一个电炉便丢在废品仓库里，我一拨弄，蛮灵的，给你吧，工作上可能需要，生活上也可以派用场，现在的食堂太孬啦，你要懂得照顾自己，冷粥冷饭吃下去要胃痛的。大病可以送医院，小毛病谁来管你。"这话正好说到徐丽莎的心里去了，感动得几乎要流眼泪。朱世一的这些人情话是他妈妈教的，没有估计到它会冲开姑娘的心扉，放下了电炉便赶紧走出去。

朱世一不停地献些小殷勤，还不敢和徐丽莎谈天说地。他生怕这位大学生一谈起来就是贝多芬和达·芬奇。对音乐和美术他是外行，谈起来无言可对，瞎说八道要被人家瞧不起。有一次也是没话找话说，说是他早晨出来碰到一对老夫妻在门口吵架，男的骂女的是尼秃子，女的骂男的是老滑头。对门的老头儿劝架了："别骂啦，你们的水平比我差得远哩！"老头儿把帽子一脱，头上连一根毛都没有，油光光的。这故事很可能是朱世一从哪里听来的，却把个徐丽莎笑得前俯后仰，透不出气，还要追问那一对老夫妻是为什么吵起来的。这下子朱世一可有话题了，巷子里的日常生活，奇闻逸事多着哩，怎么个编派都可以。徐丽莎因为从小生长在花园里、学校里，对这些事儿闻所未闻，像听《天方夜谭》似的，越听越有兴趣。当然，这种兴趣也不完全是由那些杂乱无章的故事所引起的，那些故事如果写成小说保准没人看，如果拿到书场里去说连一张票也卖不出去。徐丽莎的兴趣中有一种特殊的催化剂，那是少女的情怀和模糊的初恋。

制药厂里的小高炉不冒烟了，大炼钢铁迎来了困难年，没有吃的。工厂的食堂虽然没有关门，却只能按定量供应蒸饭，菜和其他的副食几乎是没有。人们钻天打洞地去寻找可吃的东西，各自为炊。到处生起了小炉子，办公室里、宿舍里都放着碗筷、饭匣，瓶瓶罐罐，装着节省下来的、到处找来的一点可吃的东西。徐丽莎从来没有为吃饱肚子而经营过，对这种突然袭来的饥饿毫无应付的能力。朱世一却很灵活，一会儿弄来一点糕饼，一会儿弄来一点土豆、罐头，用罐头肉熬土豆汤,再在那定量供应的饭中加点包菜烧成咸泡饭,和徐丽莎两个人吃得饱饱的。吃的时候详谈这些食物的来之不易,有的是他弄来的,有的是妈妈拿来的,每样物品的后面都有一大段人情世故、历史渊源和社会关系。徐丽莎听了以后更感到像她这样举目无亲的人简直没法活下去。她变得有点儿离不开朱世一了,当然不仅是为了吃的,朱世一来了她便感到踏实、愉快,像游荡的鸟儿有了归宿似的;朱世一不来她便觉得海天茫茫不知道要向哪里飞!她每天晚上都要等朱世一来了以后才吃饭,等不到便很焦急,等到了便很欢喜,所好的是她的等待没有一次是落空的。

朱世一当然看出了,觉得时机已到,可以求爱了。这小子不知道是从哪里学来的,认为和美丽的小姐谈情总是要求一求的,有的要发表长篇大论,有的要双膝下跪。长篇大论他讲不起来,双膝下跪有失男子的尊严,而且要把话柄落在女人的手里。东胡家巷里就有一对夫妻,吵起架来女的便骂男的:"不要脸的东西,当初是你跪在我面前求的!"朱世一要防一手,不行此种大礼,他的求爱是用一种检讨的方式进行的:"丽莎,我这人真的变坏了,思想意识很不健康,每天都要到你这里来,离开了你好像没法儿活似的,恨不得永远和你在一起,这样下去怎么得了呢!"

徐丽莎低下了头:"这有什么不好呢,我……也和你一样的……"

这下子轮到朱世一的妈妈出场了,这位老太太一直隐在幕后。老太太六十六岁,身体挺健,老于世故,人情练达。儿子追求徐丽莎是她在幕后操纵的。要不然的话,朱世一还不可能做得那么有板有眼的。她听到儿子想追求一个漂亮的女大学生,首先就表示赞成,而且要叫儿子争口气,想天法也要把这个姑娘弄到手。何也?两点:十年媳妇十年婆,她做了十多年的媳妇,守了三十年的寡,到今天还没有能使上媳妇哩！第二是要气气东胡家巷里那些不三不四的人，讨个漂亮的大学生给她们看看，看看儿子的本事，看看这朱家可是一般的！姑娘出身资产阶级，没关系，朱老太对划为城市贫民本来就有意见，贫民就是穷人，怪难听的，朱家是做过大官的，瘦瘦的鹅儿顶只鸡，怎么能和穷人相比？讨个媳妇也不能出身贫贱，称不上小姐的人还从来没有进过朱家的门，她当年就是陈家的四小姐。朱老太满脑子的封建思想，却又不是那么古板板的，她能说会道，随机应变，新名词懂得不少，还是居民委员会的调解委员呢。世界上的男女爱慕，你追我求，一拍即合，犹疑不决，赌气吵架，上吊投河等，她见过的何止千百，真是花色品种齐全，什么规格都有。所以她一开始便教导儿子，追求大小姐要像喂鸽子，要出于有心，装着无意，慢慢地向地上撒点米。一下子扑过去，那鸽子就会嘣嘣飞，扑的人也会跌得鼻青脸肿。悠着点来，时间长了那鸽子就会知道你是好意，就敢到你的手上来啄粟米，这时候就可以一把逮住，扎上翅膀放在笼子里。朱世一心领神会，一一照办，后来又汇报问题，说是这徐丽莎实在不会过日子，连烧饭都不会，将来要男人侍候她，这倒是个麻烦的事体！朱老太却说不碍事，现在你侍候她，将来她侍候你，没有哪匹马是驯不好的。这姑娘的性子烈不烈？不烈，那还怕什么呢，她又没有父母和三兄四弟，没有娘家人的媳妇是只没脚蟹，得听婆家的。有又怎么样，她是资产阶级，资产阶级还敢打倒工人阶级！朱老太尽管怕当贫民，却也知道这工人阶级是管用的。

听说徐丽莎已经首肯了和儿子的恋爱关系，朱老太觉得事不宜迟了，应该亲自出马助儿子一臂之力，早日决定嫁娶，以免夜长多变。她叫儿子把徐丽莎请来吃饭，走动走动，到家里看看，她认为凭她的能耐，凭她家的条件，没有一个姑娘是不会心动的。这着棋朱老太早就准备好了,一块咸肉和一听蘑菇罐头藏在那里已有半年。为什么早不请呢,早了没有把握,别吃了一顿又飞了,被巷子里的人嘲笑为偷鸡不着蚀把米,这样的事儿她见得可多呢,还有那种馋嘴的姑娘到处骗吃的,因为那是困难年。

朱老太大事张罗了,骗个好媳妇也不容易。她花了两天的时间把楼上楼下后院都打扫得干干净净,把脏了的被头都进行过拆洗。儿子住的楼上更收拾得窗明几净,被头面子都换上了绿绸的,还找出一只没有卖得掉的、镴过口的大花瓶,到后院里剪了一束玫瑰插在里面。这楼上将来就是新房,要让未来的媳妇一看就满意。吃的东西有咸肉和蘑菇已经不错了,可朱老太还是竭尽全力弄到一点兔子肉、萝卜、青菜和花生米。巧加安排以后也能做出五六样,虽然样样都只有一点点,看起来也很精致的。朱老太服侍过她那抽大烟的丈夫,做小吃很拿手。

徐丽莎来了。

朱老太一把拉住了徐丽莎的手:"姑娘啊,世一把你的事情告诉过我了,害得我两夜都没有好睡,倒不是为了别的,主要是心疼你。你从小就没有爹妈,长大了又分到这么个举目无亲的厂里,这日子不知道是怎么熬过来的!为啥不早点来呀,也好让大妈把你当作女儿来疼你。大妈也是个苦命人,三十三岁上死了丈夫,只有儿子没有女儿,儿子哪有女儿贴心,早晚没人叫应,心里有些话,身上不适意,也没人可说的……"朱老太撩起衣角来擦眼泪。

徐丽莎又感动了,一把抱住了朱老太:"别难过,妈,你就把我当作女儿吧。"

朱老太破涕为笑了:"哎呀,听你叫声妈死也瞑目啦,世一,呆在那里做啥,快倒茶。"

徐丽莎脸红了,刚才应该是叫大妈的。但是她也不后悔,以为自己的妈妈就和这位可爱的老太一样的。她哪里知道，对里弄中那种能说会道、忽哭忽笑的老太婆应该注意点，她们说甜能叫你甜淹心，说辣也会呛得你透不出气，两片嘴唇翻得极快，真正疼人的老太太倒是不大说话的。

朱老太太系裙下灶了，徐丽莎也立起身："我来帮你。"朱老太乐哈哈地直摇手："要你帮个啥，以后的日子长着哩！世一，你陪丽莎说说话，领她在家里看看，熟悉熟悉。"

朱世一把徐丽莎领上了楼，推开了四扇长窗，井边那两棵高大的香樟树便把一片初夏的嫩绿反映到房间里，绿荫衬着花瓶中那鲜红的玫瑰，使徐丽莎第一次感到玫瑰并不可怜，很鲜艳、很娇美。这使她想起了小时候那个寂寞的花园，那阴暗潮湿的集体宿舍，突然感到她在这个世界上有了归宿，她的窝巢原来是在这里！将来她可以坐在窗子前，潜心研究那些能救世人的药物，她的丈夫和婆母会把她照顾得好好的，即使不能成为居里夫人，也能够有点作为。憧憬总是美丽的。

朱世一似乎在征求意见："你看我们家怎样？"

"很好，你妈也好。"

朱世一逮鸽子了，立即张开双臂，搂着徐丽莎亲了个嘴。这事儿正好被到井边上来汲水的马阿姨看见，便当作新闻似的传播开去："不好，朱世一有对象了，那姑娘漂亮得像个仙女似的……"

三、一连串的琐碎

困难年结婚也难，没法儿凑家具，摆筵席，连放个炮仗也不行，那时认为放炮仗是搞迷信。徐丽莎和朱世一结婚的唯一标志，就是在那四扇长窗内拉起了一道红色的窗帘。马阿姨站在井边上看到了直咂嘴，这窗帘怎能用红色的呢？红是火色，人看了容易来火，小夫妻看了是会吵嘴的。有人也不以为然，认为夫妻吵嘴是常事，东胡家巷里还找不出一对没有吵过嘴的夫妻，只是有的站在门口骂，有的关在房里闷攻，不打架就算是和睦的，你马阿姨家没有红色的窗帘，不也是连吵带打地几十年！马阿姨无话可说，只好摇头。

　　朱世一开始的时候也没有和徐丽莎吵嘴，蜜月总是甜蜜的，那甜蜜的劲儿好像夫妻两个去听一场交响乐，激动、和谐、优美，湖水荡漾，春光明媚。等到音乐会一散场，却发现外面在下雨，公共汽车挤不上，叫出租汽车又舍不得花那么多的钱，浑身淋得湿漉漉的，躲在小烟纸店的门前避避雨，却又被店主埋怨妨碍了他们做生意。于是心情就不那么甜蜜了，女的埋怨男的没有带伞来，男的毫不客气地回敬一句："你早干什么的！"客气不客气也无所谓了，反正两个人已结成夫妻。如果还没有结婚的话，那男的很可能把自己的上衣脱下来替女的顶在头上，或者是两个人合顶一件上装，那样更有情趣！

　　音乐会是生活的点缀，而生活的本身却是一连串的麻烦和琐碎，人的品性和真情，也只有通过这种麻烦与琐碎才能表露无遗。

　　朱老太表露得最快，而且是用一种严肃的、家训式的方式表达出来。那一天吃完晚饭洗好锅碗之后，徐丽莎和朱世一正要上楼，朱老太却把媳妇叫住了："你别走，和你谈点儿事体。"

　　徐丽莎点点头，站在堂屋里，向朱世一挥挥手，叫他先上楼。

　　朱老太不慌不忙，泡了一杯茶，坐在她家仅存的一张太师椅上，正襟危坐，很有点婆婆的威严："嗯……喜事已经办完了，要过日子了；过日子和做客人不同，那是要上规矩的。你从小没有妈，有许多规矩都不懂，我像你这么大的时候，我妈已经叮嘱过千百遍，到人家做媳妇时要孝敬公婆，侍奉丈夫。那时候每天早晨还要到公婆的面前请安，叩头。现在革命了，革掉了，但也不能不讲个礼节，每天早上到我面前叫一声妈，问妈身体可好，可有些什么事体。晚上也要到我的面前回一声，哪些事已经做好了，剩饭剩菜是放在什么地方的。"朱老太呷了一口茶，为媳妇立下了第一条，这就是早请示晚汇报。

徐丽莎听了直翻眼，觉得这事儿倒是挺麻烦的，有事情就说吧，何必分早晚呢！

"你从小娇生惯养，什么事儿都不会，往后要一样样学起来，烧茶煮饭，洒扫浆洗，开门七件事，样样都归你，我老了，一世的事情也忙完了，该享点清福了。"

徐丽莎听了有点摸不着头脑。这老人的话怎么说变就变！前些时她还说过：你从小没有妈妈，这日子不知道是怎么熬过来的，大妈心疼你。现在没有妈妈却成了没有教养，熬过来的日子都是娇生惯养，心不疼了，看样子还挺狠的。转而一想也罢，青年不应该叫老年照顾，而是应当照顾老年人的："妈，你就歇着点吧，家里的事情就让我和世一来动手。"

"世一，你别指望他，他还是我服侍大了的，男外女内，男人家不应该管那些婆婆妈妈的事，管多了那男人就没出息。你那公公在世的时候，三顿茶饭都是我双手送到他的面前，东胡家巷里的人哪个不说我贤惠！"老太太得意起来了，这话倒可能是真的，因为她是从那个时代活过来的。

徐丽莎觉得那个时代已经久远了，五四运动反封建，也已经反了四十年，这老太太怎么还讲些"三从四德"呢！

老太太的口气突然缓和下来了："还有一件事情要和你商议。我们先小人后君子,把话说在前面,一家人家过日子,这吃用花销是第一,你现在是家里人了,准备每月给我多少钱?"老太太的眼睛看着徐丽莎,心里七上八下,这件事情太重要了,东胡家巷里的家庭不和,百分之九十是为了钱。她是调解委员,为了多贴少贴五块钱,往往要调解一两年。

想不到这徐丽莎对钱的问题倒不介意,她自小没有受过冻饿,不懂得钱的厉害,提到钱还有点难为情,认为讲钱就是小气;拿了工资以后也糊涂,不知道这钱是怎么花掉的,你要,那就全给你:"妈,不要讲给多少啦,反正我发了工资全给你,让你安排家计,我自己也不会管钱,让我管钱的话到月底要没饭吃的。"

朱老太很满意,跟着又觉得这个媳妇没出息,连私房钱也不想留一下,傻里傻气的。

徐丽莎听完了训示便奔上楼,把发生过的事情当作笑话似的告诉朱世一:"你妈真有意思,还是老封建,要我早晚向她请示汇报,还要好好地侍候你,看样子是要我做个贤妻良母,举案齐眉。"

朱世一大咧咧的:"侍候侍候也没有什么关系,总不能老是叫我侍候你。"朱世一要当老爷了,要把小姐和丫鬟加以统一,这丫鬟的手里可不能有钱:"唔,你每月给她多少钱?"

"一家人还谈钱做啥,全给她啦。"

"也好,你的五个手指并不拢,聚不住钱。"

徐丽莎突然想过来了:"怎么,这事儿你早就知道的?"

"唔,知道那么一点,别说了,早点睡。"朱世一长长地打了个哈欠。

徐丽莎第一次感到了男人的冷漠,呆呆地站在窗前。

窗外下起雨来,好像是音乐会散场的时候。

徐丽莎开始忙家务了，她也下决心要把家务事情学会。有家必有务，看起来是一个女人无法逃脱的，依靠别人也是靠不住的。家务主要是三大类，烧煮、洗衣和保持室内的清洁，这三类事都离不开水，所以她每天要到井边上去五六回，和东胡家巷的妇女们也就开始熟悉起来。

东胡家巷的妇女们开始以为她是资产阶级的大小姐，又长得那么漂亮，漂亮的女人往往看不起人，何况她又和那个最看不起人的朱世一是夫妻，所以大家对她都存有戒意，暗中在摽劲儿："你看不起我，我还瞧不起你呢！"时间长了人们的印象就会改变，觉得这个资产阶级的大小姐倒也不好逸恶劳、盛气凌人，或者是不三不四哼个歌儿什么的。她的话不多，见人总是笑嘻嘻的。井口不空她就站在旁边等，从不争先恐后。她不主动和别人讲话，可是不管谁问到她什么事情，比如说菜是多少钱一斤，是哪里买来的？她都慢言慢语地回答得很详细。井边上脏了她也不噘声，总是回去拿把扫帚来扫掉，还吊几桶水冲得干干净净的。东胡家巷里的人看人不凭档案，也不知道他们在工作单位的表现，总是从日常琐碎的生活中得出结论，而这种结论是从不欺骗人的。人们慢慢地觉得这个徐丽莎还不错，不是余到一条臭河浜里来的烂木头，但也不觉得她嫁给朱世一有什么可惜，既成的事实总是合理的，结了婚以后就不能论是非，否则就成了挑拨人家的夫妻关系，那是不道德的。东胡家巷里的人虽然是嘴杂，对这种流传了千百年的道德观念还是严格遵守的。这观念翻成一句俗话，那就叫嫁鸡随鸡，嫁狗随狗。用马阿姨的话来说就是生米已经煮成熟饭了，还说什么呢？好像这结婚和煮饭是一样，一个姑娘结了婚便是饭，不结婚便是米，而结婚却是一炉使人变质的火焰。

徐丽莎倒不怕煮饭，那容易；她最怕的就是做菜，实在讨厌！困难年还好办，反正买不到菜，没有什么三盘四样。等到自由市场一开放，副食品多起来的时候可就麻烦了！朱家是个没落的世家，骆驼虽然瘦了，大架子还是撑着的，每天都要有个三四样菜，虽然每样都只有一点点，那排场还是挺好看的，有些菜也不是一顿吃光，冬天烧碗红烧肉，起码要吃一个星期，每天只用筷子动那么一点点。为了买菜的事情朱老太太每日清晨要把徐丽莎叫到床前，发出指示一大篇："你去看看有没有小鲫鱼，鲫鱼不能大，大的肉老，价钱也贵，三四两一条的买一对；别忘了买葱姜和料酒，上次烧的鱼就是作料不够，有腥味。不能到老头儿那里去买葱姜，他是二道贩子，死要钱！别弄错啦，要拷料酒，料酒是黄酒的下脚，价钱便宜。再买两棵青菜，拣小的，要剥去边皮和黄叶，浸过水的青菜不能要，分量重，烧不烂，样子好看，都是骗骗你们这种洋盘的。看看有小麻虾没有，那虾便宜，熬酱很鲜。有了虾就得买酱，带个碗去，还有什么你就看着办吧。总之不能超过三块钱。怎么得了噢，这钱老是不够用，下次别去看什么电影啦，电影骗子，都是骗人的！"老太太数数落落一大堆，然后才打开那床头的抽屉，摸出了三块钱，好像这钱是她赏赐的。

　　徐丽莎记化学公式很容易，做实验也是毫不含糊的，这种事情却老是记不住，老太太怎么训她她也学不会。老太太买菜是一种学问，一场战斗，她进了菜场就像上了战场，脚步飞快，眼看八面；讨价还价，刨去零头，假装要走，三步回头，称好了菜还要抓一棵放在篮里："你小气的啥呀，反正是自家地里长的！"徐丽莎怎么能学会这一套啊。每天晚上都要被婆婆埋怨一气：埋怨买菜买贵了，鱼是死的，那鱼鳃都发白啦，难道你没有看见！徐丽莎敬谢不敏了："妈，以后还是你去买菜吧，我实在不会。"

　　朱老太光火了，这儿媳妇还能回嘴！便拉开嗓门叫喊，喊得巷子里的行人都能听见:"你这算是媳妇吗,你要当我的婆婆啦,要我这六十岁的老太婆,来服侍这二十来岁小青年,叫人家听听看,世上哪有这种理!"

徐丽莎没有见过此种阵势,吓得不敢吭气,便回过头来恳求朱世一:"你去买吧,你比我会。"

朱世一却把腿一抬:"这种事情你迟早总得学会的!"走了。

这下子徐丽莎可不答应了。婆婆是从旧社会过来的人,有封建思想,嘴碎,这是可以理解的。你朱世一算是爱人,爱人见爱人受难时怎么就不能爱一下子呢?是不会吗?结婚之前什么都会,结婚之后常常给某个领导人买鱼,又好又便宜,而且亲自拎到人家门上去,这是什么道理?

从此以后那红色的窗帘内就不大平静了,晚上亮着灯的时候可以看见两个人影来回,抬起手来指指戳戳的,像演皮影戏,只是配音听不清楚,偶尔有两句高音传到外面:

"你虚伪……"

"你是资产阶级,要改造改造你!……"

天哪,夫妻吵嘴也属于阶级斗争的范围。

四、红色的窗帘

徐丽莎和朱世一吵嘴,马阿姨就转败为胜了:"我说的吧,那窗帘不能用红色的,可灵哩!"

井边上的人发出嘘声:"嘘……住嘴!"

徐丽莎捧着一脚盆衣裳出来了，低着头走到了井边。她心事重重，痴痴呆呆，脸上失去了润泽和光辉，抬起头来看人时好像什么也没看见。人们理解她的心情，不和她说话，却把井口让给她先洗。她摇摇头，坐在长条石上休息，疲惫不堪似的。

好心的马阿姨乘无人时悄悄地向徐丽莎说："为啥吵呀？"

"吃饭穿衣。"

"那你别怕他们，你有工资，可以吃食堂去！"

"我把工资全给老太了。"

"啊呀，你傻啦，怎么能把工资全部交给她呢！旧社会里女人受气，就是因为她们不能赚钱，不能赚钱的人还要存点私房钱，你怎么能两手空空的！把工资攥在手上，有钱便能吃食堂，买东西，不至于被他们揿到底。"

徐丽莎的眼泪掉下来了："马阿姨，问题不在于钱，这人家太自私、太封建，对女人瞧不起。实在没有办法……只能跟他离！"

马阿姨吓了一跳："啊呀呀，这是万万使不得的。为了这些事情你也离不了，结果是羊肉没有吃着反而惹了一身羊膻味。慢慢地熬吧，女人嫁错了就得服，不要多想，不能三心二意。就拿我来说吧，日子比你还难过呢，想当初门牙都被打掉了两粒……你看，我这门前的一排牙齿都是假的……可这几十年也熬过来了，当奶奶了，一生一世没有一句话柄落在人家的手里。那个凶神也老啦，人老了只剩下一只胃，烧点好菜给他吃吃也就很满意。要是我当初离了再嫁人，二水货就不值钱，日子也不会好过到哪里，天下的男人哪个没缺点，要是再碰上个会骗的，那……"马阿姨叹了口气，她把世界上的男女之事看了个透。

徐丽莎当然看不透，她是用美丽的花环来装饰婚姻和爱情的，花环如果变成了花圈的话,她总得跳出去:"马阿姨,依你说我就像你一样忍气吞声地活下去?"

"哪……忍嘛,总是要忍着点,可你比我的条件好,你有工作,能赚钱。只要你把钱攥在手里,你那个小拳头就有力,有来有往,至少打成个平手。"马阿姨把平等寄托于金钱,努力向徐丽莎推荐那家庭妇女的老经验。

徐丽莎实在不会吵架,只会骂几句虚伪、卑劣,词儿不多,手段更是没有的。她觉得马阿姨的建议也有道理,属于经济制裁,而且简便易行。下个月发了工资她便只交三分之一,作为饭钱,还有三分之二便买了一件花格子呢的短大衣。这短大衣她早就想买了,婆婆不同意,不给钱,现在她穿起来向婆婆示威,向朱世一表示:你们管不着,我有权花掉自己的钱,再啰唆我连饭钱也不交,吃食堂去!

这一来那红色的窗帘内就沸腾起来了,朱世一大喊大叫,朱老太跳上跳下,斗争得紧张而又激烈。徐丽莎也不相让,无言地坚守着阵地。她再也不想什么爱的甜蜜了,只想争得个平等的权利。井边上的人也同情她,暗中为她使劲,出主意:"要干就干到底,达到一个目的,那就是夫妻共同忙家务,还让老太婆买菜去,不能心软呀,女人的弱点就是心软,心一软就煮了夹生饭;结果还是自己吃苦头。"

这一场持久战打了十多天,每日从天黑开始,不过十点半不得停歇。到了高潮的时候朱世一便拍桌子,打玻璃,哗啷啷一声把窗子上的玻璃打碎,以壮军威。朱世一打玻璃有门槛,不是用拳头打,而是用肘子捅,拳头打玻璃要划破自己的手。等到最后的一个高潮,捅破了第二块玻璃之后,战斗突然结束。徐丽莎不见了,只看见朱世一在打扫战场,用三夹板把窗格子钉实,像戴了一副眼镜似的。

徐丽莎并没有出走,也不能像娜拉似的出走。她走不了,油粮本和户口簿锁在朱老太的抽屉里！她做夜班了，每天晚上十一点钟出门，要到第二天的八点半才能回来。回来以后便蒙头睡觉，井边上的人不大容易碰到她，碰到她时便盯着问："怎么啦，出什么事啦？"

徐丽莎紧紧地咬着嘴唇，做过夜班的苍白的脸上毫无表情，问死了她也不吱声。

东胡家巷里的福尔摩斯们又行动了。一打听，不好，朱世一这小子下辣手了……

当徐丽莎坚持不让的时候，朱老太便和儿子商议，觉得这第一仗必须打赢，否则这漂亮的媳妇便会爬到丈夫和婆婆的头上，说不定还会飞！老太太还是老思想，主张儿子揍她一顿，那马阿姨年轻的时候也不老实，就是被她的丈夫揍服了的。她的丈夫有句老话，叫讨来的老婆买来的马，凭我骑来凭我打。朱世一好歹也是个科长，这点觉悟还是有的，他知道这些话已经过时了，老婆打不得的。徐丽莎也不比马阿姨，她是大学生，万一以虐待罪而控告，正好又碰上"三八"节，那倒是有点麻烦的，反正徐丽莎有个现成的辫子，抓她的资产阶级！

朱世一也真绝，乘徐丽莎上班的时候，便把她的各式服装卷成一个大包袱，其中也包括那件花格子呢的短大衣。他背着包袱到制药厂去找何同礼，又检讨了："何书记，都怪我的阶级觉悟不高，当初讨了这么个资产阶级的大小姐，想不到这阶级的烙印是很难消除的，她好逸恶劳，叫她做点儿家务便大吵大闹，死抱住资产阶级的生活方式不放，花起钱来如流水，月月的工资都花得光光的，已经有那么多的衣裳了，还要去买件花格呢的短大衣，你们看，这些衣裳哪像是劳动人民穿的！"朱世一把包袱打开来了，把衣服一件件地摊开，在办公室里开服装展览会。这个展览会如果拿到一九八四年来开就好了，徐丽莎还有可能得奖呢！那时候不行，厂里正在开阶级教育展览会，只有麻袋片和破棉袄才能露面。徐丽莎衣服确实也不少，花裙子、花衬衫、布拉吉、长短大衣有三件，其中有件中长大衣最显眼，纯白的毛呢，紫红色的镶边。五十年代学苏联，提倡幸福的生活，徐丽莎穿着这件大衣参加学校里的周末舞会，被认为是舞会的皇后。经过了反右派、"大跃进"和困难年之后，人们的眼睛只习惯于劳动布和蓝卡其了，一看到这些花花绿绿的衣裳都不约而同地"呀！"了一声，十分惊奇。

何同礼恼火了，他的眼睛只习惯于泥土和机器，看到花花绿绿的东西就等于看到了资本主义。制药厂是反修防修的红旗单位，怎么能容许这样的人存在呢，他批评朱世一了："老弟，我对这样的人是有警惕性的，当初我要让她在劳动中改造，你却硬要把她移植到花盆里。现在好了，你的家成了资本主义的防空洞了。"

"是的，是的，是我麻痹大意，现在看起来，家庭里也有阶级斗争，也有个谁战胜谁的问题。我希望厂里和我合作，徐丽莎还是可以改造好的。为了有利于她的改造，从下个月起，不要把工资直接发到她手里。"朱世一兜了个大圈子，用了一连串的大帽子，才把话切入正题。

何同礼想了一下："可以，资本主义神的啥呀，还不是仗了几个钱！会计，从下月开始，徐丽莎的工资由老朱来领，把徐丽莎当作'倒头光'处理"。所谓倒头光是指有些拿到工资便吃光用光的青工。有些青工拿到了工资便上馆子，抽香烟，一个月的工资十来天便花完，下半个月连饭票都没有了，到工会里讨救济，不救济就不上班，说是饿得没力气。工会里只好派人来管理这种"倒头光"，不把工资直接发到他们的手里。

幸亏制药厂的会计是个女的，还能代表一点妇女的利益："何书记，全扣也不行吧，女人家也有女人家的用场，你们男人是不了解的。"

何同礼也同意:"是呀,女人总是有些特殊的,每月给她十块零用钱。"

朱世一的目的达到了,何同礼却是不肯罢休的。他从这件事情中得到启发,发现资本主义的死角还没有消灭,那死角就在家庭里。他在全厂的职工大会上做报告,不指名地以徐丽莎为例,号召全体职工行动起来,消灭资本主义的死角,不能在厂里是社会主义,在家里是资本主义。同时告诫所有的青工,找对象首先要从政治上考虑问题,不能见到漂亮的就追。何同礼虽然没有点名,很多人都知道讲的是谁,不知道的人便相互打听,会场上嗡嗡的,所有的目光都向徐丽莎投掷过来了,像狂风暴雨吹打着柔弱的杨柳。

徐丽莎被从科室下放到车间,从长日班改作日夜班,从技术员变成工人。何同礼重新对她蹲苗了,这倒也是朱世一没有料到的,老婆做了日夜班,买菜烧饭都成了问题……

井边上的人听到了福尔摩斯的报告,都忍不住叹了口气,一齐埋怨马阿姨:"都是你出的馊主意,要她把钱捏在拳头里。这下子可好了,她在厂里见不得人,在家里也抬不起头。"

马阿姨后悔不迭:"该死呀,我只想到能赚钱的女人就能和男人平等,没有想到她的头上有个洞,可以往里面灌脏水,资本主义是堆臭狗屎,谁沾上了都抬不起头,不管你能不能赚钱,这事儿谁也没办法呀,只能服帖!"

徐丽莎当然不服,觉得这种夫妻关系再也不能继续下去,便到法院里去要求离婚。法院里的人听了直摇头,认为这是一般的家庭纠纷,够不上离婚的条件,发往居民委员会调解去。

朱老太是居民委员会的调解委员,她不好直接出面,便由居委会主任召开了一个勤俭持家、孝敬老人、向工人阶级学习的妇女座谈会，把徐丽莎一顿狠批。这件事还登了报，说是无产阶级的思想占领了家庭阵地。这种宣传工作也真怪，老是欢喜替坐在太师椅上的人穿一套列宁装，其实还是穿长袍马褂比较协调点。

五、吃了回春药

东胡家巷里的生活实际上很平静，平静得像条小河，河水是在流着，波澜却是没有的。微风吹起一点涟漪，说起来很琐碎，不说也可以。眼睛一眨便过了二十三年。人虽然是万物之灵，却是经不起眨的。朱老太还没等眼睛眨完就归天了。马阿姨也老得不能到井边上来汲水。她老态龙钟，白发如雪，拄着拐棍从巷子里走过时，弯曲得像个虾米，好像老是在脚下寻找什么东西，当年的大姑娘如今都提升为老阿姨了，许多人在厂里忙碌了二十多年之后，又退休下来回到了井边，为儿孙们洗衣淘米。

徐丽莎也老了，但是老得有点不合规律，一时间十分苍老，一时间又年轻了一点。一九八四年的秋天，人们突然发现，她和那刚从大学毕业的女儿站在一起，看上去也不过相差十来岁。老阿姨们简直有点妒忌了，这个女人怎么还不老，肯定是吃了什么回春药的。有没有吃回春药难以肯定，可她的衣着和容貌却引起了人们的注意和猜疑。早先的二十多年间井边上的人已经不注意她了，一个不声不响的女人，整天忙忙碌碌的，不吵架不离婚，不制造有关饮食男女方面的消息，泯焉，众人矣。进入八十年代以后，岁月和社会都在向前走。可那徐丽莎外貌上的岁月却在一天天地向后退。她变得比以前丰满了，似乎是处在发胖的前夕。脸色很活络，没有焦枯的斑点，走路也挺起了胸脯，人也像比以前高了一点，年轻时的微笑又常常挂在嘴角边。厂里早就不敢扣发她的工资了，还加了两级，所以她的衣着很入时，比井边上的老阿姨们超越了二十年。有那么两次，突然一辆黑色的轿车停在井边，徐丽莎从石库门中走出来，穿着高跟皮鞋、旗袍裙，西装上衣是玄色的，衬衫的领口上还有个蝴蝶结，腰肢一扭钻进黑色的轿车里。

井边上的人又看傻了，这女人怎么会突然阔绰起来的？有人猜测是她发了洋财，因为她的爸爸是在外国的；有人猜测她是得了一笔遗产，因为她的爷爷是个大资本家，那遗产少说也有十万八万的。这两种猜测谁也不反对，因为当今的发财故事都是在资本家和海外关系上产生的，万元户有什么了不起，忙死了也不过万把块，没啥稀奇。

东胡家巷里的福尔摩斯们早就老得走不动了，年轻人欢喜现代化的侦破手段，不大高兴去打听消息。亏的是现在的传播工具有了发展，报纸、广播、电视机，不停地传来许多消息。

巷子里的人先是从广播里听到一则新闻，说是制药厂的中年知识分子、工程师徐丽莎，在粉碎"四人帮"后奋发图强，经过了两百多次的试验，终于制成了新药××××，填补了国内的一项空白，得到专家们的一致好评……到底是什么新药，人们没有听清楚，或者说是听清楚了也没有听懂，是些什么比、妥、啶、酞之类，听了叫人想打喷嚏。有一点谁都听懂了，原来朱世一的老婆是个中年知识分子，还是工程师！这两点比那成分可金贵了，老九升天了，数不尽的好处都是他们得着的。怪不得徐丽莎那神气呀，还独自坐部汽车哩，东胡家巷里的男人还没有一个配坐汽车的。奇怪的是这种话倒不是出于男人之口，而是某些女人不服气，好像女人就不配坐汽车，跟着男人沾沾光还可以。这种观点恐怕也是被拳头打出来的，可怜。

紧接着报纸上又出来了介绍徐丽莎的大文章，还登了一张很漂亮的小照片。文章着重介绍徐丽莎和她的助手童少山等怎么不睡觉，如何做实验，怎样坐在实验室里啃冷馒头，又是有了病也不去看，看了也把病假条子锁在抽屉里。这好像是一种惯例，能做出成绩的知识分子都是不吃、不睡、不看病，不死也得蜕层皮，死了倒又很可惜。

井边上的人对徐丽莎更有意见了，说这女人是在吹大牛，她有那么多的工资什么不吃呀，前几天还看见她拎着一条大鱼回来的！

"那女人能有什么病呀，养得白白胖胖的。"

"等表扬呗！"

井边上的舆论对徐丽莎很不客气了。若干年前人们同情过她，因为她当时是弱者，现在变成强者了，对于强者人们除掉折服之外往往就是妒忌，偏偏那叫人妒忌的事情还在后面：

有天晚上人们打开电视机，突然从电视屏幕上见到了徐丽莎，见到她坐在主席台的上面，而不是在黑压压的会场中偶尔露出一个头。这是一个授奖大会，主席台上坐满了人，领奖的也有七八位。碰巧，那主席台上的人大都是秃顶、白发、凸肚皮。领奖的几位男性中年知识分子也不英俊，可能是因为不睡觉和啃冷馒头的关系，瘦弱、驼背、深度的近视眼，看上去都像小老头。拍电视新闻的人也讲究画面美，把个摄影机老是在徐丽莎的身上扫来扫去的，最后还来了个十秒钟的特写镜头，好像这授奖大会是专门为她而召开的。这就使徐丽莎在一夜之间成了新闻人物，成了街头巷尾的话题，这话题不是讲她发明了什么药，而是瞎七搭八地讲到斜肚里去："那个女工程师真漂亮，当个电影演员也是没话说的。"

"唔,看样子也挺风流!"

要命啊,漂亮女人、电影演员、风流故事,这三者常常会被人莫名其妙地串联在一起。某些老阿姨还要加点儿润滑剂:"不假,这徐丽莎年轻的时候就有点不规矩,曾经想和自己的丈夫离婚,当时是因为她的成分不好,没有离成,现在嘛,看她打扮成那种样子,危险。"

这对徐丽莎来说可真有点危险了。在中国的社会中,所谓不规矩是对女人最致命的打击,因为这规矩是老祖宗传下来的,谁不规矩就要遭到普遍的反对和轻蔑,而这不规矩的含义又很广泛,从言行不慎、喜爱交际,到乱搞男女关系等都包括在内。

徐丽莎当然听不到这些流言,因为她已经不是井边上的成员了,她的家里装了自来水,买了洗衣机,和东胡家巷里的日常生活脱离了关系,和井边上的人没有接触的机会,也没有共同的语言。她很忙,她认为报纸、广播对她的表扬都是鞭策和鼓励,根本没有想到其他的事体。无怪乎有人要讲出一句名言:"如果要坑掉一个人的话,最好的办法是多表扬他几回!"

六、嫉妒的魔鬼

井边上的人很少见到徐丽莎了,她每天都回来得很晚,回来以后就不下楼,把电灯开到深夜一两点,早晨跨出大门便看手表,见人只是点点头,脚步不停留。人们侧目而视:"咄,这女人像煞有介事,架子大着呢!"

人们不大容易碰到徐丽莎,却天天碰到朱世一。这小子好像没有什么事干了，晚出早归，中午还得睡个把钟头。这个最最瞧不起井边上的人的人，却一点架子也没有了，还欢喜和人东扯西拉的。

朱世一，你的老婆又得奖啦，这一次得了几千块钱？

朱一世笑笑："哪里有几千块呀，热闹热闹罢啦，一张奖状两支笔，还有一只卖不掉的单喇叭的收录机。"

"别小气啦，你把钱都攥在手里，生怕别人借你的。"

"现在不行啰，老婆的工资比他多，他要反过来向老婆磕头作揖。"

"喂，你的老婆成大人物了，什么时候出国去，也把这个'夫人'带出去遛遛。"

人们一阵哄笑："不行啦，这个'夫人'太老了，又这么萎头耷脑的。朱世一，嘿嘿，你当心点……"

朱世一确实老了，其实虚年龄也只有五十六岁。马阿姨当年曾经说过，男人到了六十六岁还是肚大腰圆，红光满面，这话不完全正确。马阿姨的话总是有时灵验有时不灵验。人老不完全在于年龄，和精神状态很有关系。徐丽莎精神焕发，像吃了回春药似的；朱世一心灰意冷，陡增了十岁。他的希望全部破灭了，"文化大革命"的大风浪一下子把他抬上了天，一时间成了风云人物，风息浪平了，他便一个筋斗，从云端里跌到了沙沟里。虽然没有跌死，却再也爬不上来了，家庭成分和本人出身都帮不了他的忙，大学文凭和专业知识又是没有的，那年龄也接近了封锁线。一切都在向下沉，件件事情都不如意，和年轻时正好相反，那时候他是想到哪里便做到哪里，样样事情都能达到目的，如有神助。他想有个文雅、高贵的漂亮老婆，马上就来了个美丽的大小姐，他想老婆要能当个丫鬟使，虽然经过了一番周折，却也部分地达到了目的。他想升官儿，结果升啦，从区里升到市里，头衔尽管还是科长，可这市里的科长和区里的局长是平级，不是闹着玩儿的!升做市里的科长之后,他也曾叫老婆打扮起来,陪着他去遛遛街,引得路人侧目,羡慕不已,他那小小的虚荣心也曾经得到满足过的。美中不足的是走在身边的妻子不声不响,浑身有股凉气,这也无妨,女人本来就应该是冷若冰霜,艳若桃李。

"文化大革命"一开始,朱世一更是雄心勃勃,只要他一报成分,不管哪个造反组织都伸手欢迎,还要推他当头头。他带头去夺过局长的大印,想当局长,当了局长就可以坐那部黑色的轿车,带着漂亮的夫人进进出出,那比两个人遛大街威风得多哩!当然还要再夺一座小洋房,像那市委书记住过的。东胡家巷太狭,汽车掉头不方便……这一切都像一个梦,像发了一场寒热。寒热一退,向头上一摸,不好了,头顶上那小小的乌纱帽不翼而飞!发帽子的人也没有说明理由,他自己也不敢吭声,没有定为"三种人"总算是运气。服帖。

朱世一不仅屈服于大势,对徐丽莎的要求也马虎了一点。他不想把她当丫鬟使了,因为家中只有两个人,也没有多少家务事,唯一的麻烦就是烧煮,可是朱世一却把这种麻烦当成了乐趣。其他的乐趣没有了,烧点儿美餐开开胃。他嫌徐丽莎烧的东西不好吃,倒不如自己动手,所以他和徐丽莎之间倒也是相对平静。

井边上的闲话像一把锥子,使朱世一受到了强烈的刺激、莫大的侮蔑,那些从来被他瞧不起的人,却把他当成了可以玩弄的小丑。这个世界乱套了,知识分子上了天,工人阶级不值钱,女人比男人神气,男人成了"夫人",那女人倒端坐在汽车里,那汽车本来应该是他坐的!朱世一又发起寒热来了,打摆子是很容易复发的。这一次的热度不高,没有想到要夺权什么的,却把所有的恨毒都集中到徐丽莎的身上去:你积极的啥呀,为啥要去出风头?"朱世一,嘿嘿,你当心点!"朱世一凝神了:她想飞?可能,以前她就想离婚,二十多年来都是冰凉的，现在热起来了，想创造条件？没有那么容易，我朱世一也不是好惹的，我已经滚地皮了，你也别想上天！"

争吵又开始了，形式却比以前文明些。听不见朱世一拍桌子，也看不见他用肘子捅玻璃，因为那红色的窗帘已经变色了，变成几乎是黑色的。

井边上的人听见朱世一在窗内高声讲话，那语气是很幽默的："啊，工程师同志，你回来啦，工作辛苦了，快去吃饭吧，饭菜都在锅子里。"

过了一会儿，人们却看见徐丽莎怒冲冲地从石库门里冲出来，到巷头上买了两个面包又回去。

井边上的人都笑了："哪里有什么饭菜在锅里呀，有空碗空盆等她洗！"

"是呀，这女人简直要上天了，看样子还得请个人服侍她呢！"

徐丽莎责问朱世一了："你这是什么意思？"

"什么意思？很简单，我要你注意，男人不是侍候女人的，女人当了首相还得替丈夫煎鸡蛋，你这个小小的工程师有什么了不起！"

徐丽莎咬着牙："好，我认识你！"

"现在才认识呀，迟啦！"

徐丽莎啃着面包喝口水，连带怒火一起咽下去，她没有时间吵架，有一大堆的事情要在晚上处理。她试制成功的新药正准备投入批量生产，厂子要从国外引进一套设备，想派她到国外去实习半年。第二种新药正在试验之中，她的助手童少山每天都要把一大堆报告和资料塞在她的手提包里。要处理这些事情别说是吵架，连情绪的波动都是有影响的。徐丽莎努力克制着自己，二十多年来她锻炼出了自我克制的能力，能把夫妻关系放在一种麻木和冰冻的状态里。她不是首相，不愿意为丈夫煎鸡蛋，但也不再幻想丈夫来照顾自己，她已经有了独立生活的能力，而且也很方便，每天在巷子头上吃完早点去上班，中午在厂子的食堂里吃饭，那里的饭菜是很丰富的，现在已经不是困难年。晚上带点饭菜回家，放在炉子上热一热，实在怕费时就吃点儿方便面。反正朱世一再也不能代领她的工资了，马阿姨的话也不错，女人只要能赚钱，就和男人是平等的，只要不是在那大抓阶级斗争的年头。徐丽莎只当那个朱世一并不存在，集中精力，摊开资料，在事业中寻找另一个天地。那天地里正是春天，莲蓬勃勃，一片生机。

红色的窗帘内一度沉寂。

徐丽莎突然大叫一声，捂着耳朵站到窗子口："你能不能开得轻一点！"

朱世一使用新式武器了，当徐丽莎坐下来工作的时候，他便打开收录机，沙球、爵士鼓、电子琴和那近乎嘶喊的流行歌曲，吵得人脑袋都要炸裂。朱世一却悠然自得："啊呀，我的大名人儿，你要工作，我要娱乐，谁也不能干涉谁。"

"开得轻点！"

"轻点？再轻我这个人就没有了。我这是告诉你，朱世一虽然倒了霉，可他还活着，活在你身边，你逃不掉，也甩不掉；我可以抱你、睡你，叫你怎么的就怎么的，这是登过记的！哈哈，你还是我的老婆，不要装得像个大人物似的！"朱世一手舞足蹈，有点儿歇斯底里。

徐丽莎再也不能不感到朱世一的存在了，感到这一点是很痛苦的。这种痛苦首先是悔恨，恨自己年轻时太幼稚、太单纯，而且那么迫切地需要别人的怜悯，需要怜悯是一种虚弱的表现，病魔就会乘虚而入，病入膏肓，无药可医。她又一次想到离婚，同时又想到那调解委员会。离婚的理由是不充分的，老账是为了烧饭，买菜用钱，新账是为了开收录机，纯属鸡毛蒜皮。唯一的理由是感情不和，可这感情是个什么东西？感情可以左右世界，却是看不见也摸不着的，用它来完成某种事业可以无坚不克，用它来打官司却抵不上一拳头。东胡家巷里有那么多的夫妻吵嘴，还有打的，你能说他们感情都和吗？全让他们离婚、复婚法院可受不了，这世界也是要乱的。从巩固世界的秩序来看，这嫁鸡随鸡也许有道理……可这朱世一不是一只鸡，而是被失意和嫉妒激怒了的魔鬼！

徐丽莎整晚都睡不着，半夜里还听见有人到井边来打水，铅皮吊桶在石井栏上碰得咣咣响。黎明时好像是马阿姨从巷子里走过，那拐棍儿把石子路戳得哐哐地响。

七、妇女解放宣言

徐丽莎的不安很快就在工作上反映出来了，首先发现的是她的助手童少山。童少山看到她第二天上班时才看昨天的报告，便问："你昨天晚上干什么了？"

徐丽莎闷在心里的苦衷突然膨胀起来了，胀得需要寻找一个出口。她没有父母和可以来往的姐妹，从来没有向别人透露过心中的消息，厂里的人称她为冰冻美人鱼，总觉得这女人身上有股凉气，盯着她看的人很多，和她讲话的人是很少的。她和童少山合作了三年多，对此人十分信任，很有好感，便忍不住对他倾诉衷肠了，想借助于口头的表达而减轻胸中的压力，当然也希望得到听者的同情，同情是医治痛苦的良剂。

童少山当然同情了，同情之中还带着尊敬，想不到这个女人会有这么痛苦的婚事，也想不到她能忍住这么多的痛苦而在工作上做出成绩。也许是因为太感动了，这老实人竟然闪过一种不那么老实的念头：这个女人多好呀，要是给我做老婆的话，那该有多美，又高雅，又漂亮，又那么有能力！这念头也是一闪而过罢了，是刹那间的邪念，并没有认真地考虑，认真考虑的倒是如何让徐丽莎摆脱困境，以便于集中精力。

童少山想出个办法来了："厂里的宿舍楼快造好了，你去申请一个小套，实在不行的话你就住到厂里来，摆脱他的纠缠。"

徐丽莎觉得这倒也是个办法，她也听说过有夫妻分居的，只是觉得这事儿不大好开口，她又不是住房困难，那小套是给结婚户用的，那些人正在热恋期，又何必叫他们去痛苦呢。

童少山自告奋勇了，热心人总是要找出点事儿来的："没关系，我去替你申请，这是从工作出发的。"

没过几天，东胡家巷里来了两个人，乒乒乓乓地敲朱世一的大门，敲了半天没人应。井边上的人问话了："你们找谁？"

"徐工程师家是在这里吗？"

"工程师……噢噢，是那个漂亮女人，对对，是住在这里。你们是从哪里来的？"井边上的人手里忙着，嘴却是闲着的，而且对徐丽莎的一切都感兴趣。

"我们是制药厂分房小组派来的。徐工程师想申请一套房子，小组派我们来看看她现有的住房情况，再做考虑。"

"你们会分给她一套房子吗？"

"工厂要靠她吃饭哪，她要总是可以的。"

"她家的房子已经不小啦，分一套给我们住住吧。"

"她家里太吵,加上你们又在井边上叽叽呱呱的,这是照顾她的工作,分一个小套让她住到厂里去!"

井边上的人起哄了,立刻把消息传给朱世一:"快点趴下来磕头吧,你的老婆要飞啦,分一套房子住到厂里去!"

"也不尿泡尿照照自己,你现在哪一点比得上她,还要在家里称老大!"

朱世一听了脸色发青,恨不得要把徐丽莎拖回来狠狠地揍一顿。不行,过去不能打,现在更是打不得。拳打脚踢虽然可以解恨,却正好被老婆抓住了离婚的把柄。朱世一很懂得把柄的重要性,过去就是抓住了徐丽莎的把柄才把她整得服服帖帖。可那老把柄已经失效了,现在不能再说出她出身不好,更不能再把她的服装拿到厂里去开展览会,现在提倡美化生活,那样做也许会引起电视台的注意,再替徐丽莎拍几个镜头,使得她的名声更大点!朱世一并非不懂男女私情的人,在市井生活中他从小就听惯了,他从井边的闲话中隐约地听出来了,好像这徐丽莎会有什么不规矩的行为。她要分居,那同居的又是谁?只要能抓住一点蛛丝马迹,便能闹得叫她抬不起头。朱世一研究过各种各样的整人方法,发现在当前的形势下以抓男女关系最灵验。这种方法对某些人无效,对徐丽莎这种稍有名声的人却是百发百中的。因为名声是个空架子,是用好话搭起来的,只要有一根支柱坏了,那整个架子就会崩溃!

朱世一经过了"文化大革命"的锻炼,对整人十分内行,干起来也是有条不紊的。他开始注意徐丽莎的行动了,暗地里跟踪她,偷翻她的手提包,像个特务似的。盯了几天也没有什么结果,便决定拉大网。所谓拉大网是"文革"期间查反标的方法,朱世一把它借用过来,把徐丽莎所接触的人一一加以排队、摸底,从而发现可疑之点。他知道徐丽莎没有什么亲友和老同学来往，所接触的人全部在厂里。朱世一曾经在制药厂蹲过点，熟人很多，查起来很方便。他转弯抹角地向人打听，徐丽莎平时都和哪些人在一起，和谁的关系比较密切。想不到人们的回答很一致，都说平时很少见到徐丽莎和人来往，她和她的助手童少山整天关在实验室里。

朱世一的耳朵竖起来了："那童少山是男的还是女的？"

"男的，高高的个子，四十五六岁，模样和你年轻时差不离。"

"好呀！"朱世一的目标明确了，一男一女整天关在一起，那还有什么好事体！男女授受可亲，单独关在一起却是说不清楚的。一个年轻，一个有为，志同道合，多美！朱世一嫉妒得像发了疯似的。

偏偏那童少山却没有听到一点儿风声，自从徐丽莎对他倾诉过衷肠之后，还觉得两个人之间的关系比以前更密切了一点。以前他也认为徐丽莎是个冰冻的美人鱼，有一种凛然难犯之气，除掉工作之外很少谈其他，下班以后虽然可以同走一段路，却也是一前一后，然后各自东西。现在他知道这美人鱼的心还在跳动，是活的，是可以亲近的，所以相处之间也就随便了一点，上班时也说点闲话，下班后同走在路上时也谈论技术问题，谈着谈着便到了东胡家巷里。

徐丽莎笑起来了："啊呀，这不是到家了嘛，请上去坐一会儿。"徐丽莎是说的一句客套话，其实她并不愿意把同事们带到家里，以免碰上那个朱世一。

童少山却兴致勃勃："好呀，你家是什么样子我还没有见过呢，认认地方，等那一套房子拿到手的时候我来帮你搬东西。"便不由分说地跟着徐丽莎进门、登楼，东张西望，蛮有兴趣。

井边上有两个长舌妇人正在洗衣，把这一切都看在眼里，窃窃私议："看见啦，把个野男人带回啦！"

"肯定是他，你没听见吗，要来帮她搬东西！"

朱世一因为参加会议，这天回来得迟了一点，所谓迟也没有超出半个钟头。他没到井边时就看见那长舌妇人在向他招手，压着嗓门儿叫唤："快，快点，你家来了贵客啦，在楼上哩！"

朱世一一听就懂，好像正在等待着这一天，立刻加快了脚步，轻手轻脚地上了楼。一看，童少山和徐丽莎端坐在那里，两个人的脸上都带着笑意。朱世一没有怒火中烧，也没有大喊大叫，却幸灾乐祸似的："啊哈，是你们呀，你们两个人天天厮守在一起，有什么长话说不完，竟然从厂里说到了家里，是不是太过分了一点？"

童少山慌忙自我介绍："我姓童，是徐工程师的助手，我们正在讨论一些技术上的问题。"

"我知道，你们的原则问题已经解决了，就是技术问题有点棘手。可惜你们是生在中国，如果生在美国的话，解决起来就很容易，那里离婚很方便。"

童少山慌了："这这……这是什么意思！"

"什么意思你还不知道？姓童的，你别以为我不知道你们搞些什么鬼，我朱世一不是好欺的！"朱世一两手叉腰，双眦欲裂，好像要打架似的。

童少山慌了，因为他心里也确实有过鬼，有过一刹那间的邪念，手足无措地站了起来："对不起，再再……再见。"噔噔地下了楼。

井边上的那二位看见童少山从石库门中跌撞着出来，乐的，好像那徐丽莎曾经损害过她们，而她们终于出了口气。

徐丽莎气得浑身发抖："好呀，朱世一！你今天的表演很精彩，一场拖了二十多年的丑剧已经到了高潮，再拖下去谁也受不了。"

"你当然受不了啦，有了情人又不能结婚，嘿嘿，够痛苦的。"

"随你怎么说都可以,反正我不能把一生都葬送在你手里,你实在不是个东西!"

"谁是东西?童少山,你想送到他手里?"

徐丽莎气糊涂了:"这你管不了,我是个人,是独立的,自由的。我可以爱上童少山,也可以爱上李少山,也可以谁都不爱,只爱我的事业,就是不爱你!已经是什么时代了,你还把女人当作你的附属品,当成你的仆人、你的玩偶,当成你向别人炫耀的东西!女人,女人也是人!她有爱的权利,有恨的权利,结婚证书不是卖身契,不要以为只要把结婚证书向抽屉里一锁,那女人就是你的私有财产,就是你买来的奴隶,我要挣脱你这封建的枷锁,为我的前途和自由去奋斗……"徐丽莎一气之下便发表了一通演说,这演说还带有学生腔,好像是在八十年代宣读了一篇"五四"时代的妇女解放宣言。

谁也没有想到,那朱世一早就打开了录音机。徐丽莎见朱世一闷声不响,还以为她的演说挺有威力。

朱世一先发制人了,把录音带做了一番技术处理,混合颠倒,减头除尾:"我可以爱上童少山,这你管不了,结婚证书不是卖身契,女人有爱的权利;现在是什么时候了,我要为自由去奋斗……"

朱世一拎着录音机到制药厂去找何同礼,控告徐丽莎道德败坏,那童少山是第三者。

八、阴云四起

何同礼也老了。他对现在的什么事儿都看不惯,什么事儿也不想管,牢骚不停地发,麻烦不沾手,等离休。

何同礼听完了录音带便皱眉头:"喂喂,请你把录音机收起来,拎回去。你怎么老是公私不分,把家务事拿到厂里来啰里啰嗦。堂堂八尺的男子汉,连个老婆也管不住,还有脸把个录音机拎来拎去!"

朱世一愣了,这一发怎么会不中呢!"……何书记,话可不能这样说,这是腐朽的资产阶级思想,是严重的道德败坏的行为……"

"好好,别跟我来这一套了,这一套我比你熟悉。我早就认为你老婆有资产阶级思想,欢喜穿着打扮,招蜂惹蝶,可你硬是把臭的当香的……噢噢,说错了,我现在也弄不清什么是资产阶级思想,什么是社会主义思想;我说是资产阶级思想,人家却说是社会主义思想;我说是社会主义思想,人家却说我是封建思想。告诉你,前些时记者来采访你老婆的先进事迹,好家伙,还有人把那扣工资和花衣裳的事儿翻出来呢,说我是老左、封建,是打击知识分子的。这顶帽子我吃得消吗,你还要叫我惹事吗?这个思想,那个思想,我现在只有一个思想,回家抱孙子去!"

"何书记……"

"别叫我书记了,我现在不当书记,厂长的名义也是暂挂着的。这事儿你去找沈进先,他是副书记,可也没有正的。"

沈进先当书记,也是何同礼推荐的。何同礼本来推荐他当厂长兼书记,合二为一,干起事来方便。后来上面不同意,说是党政要分开,厂长要在中年知识分子中挑选,而且认为沈进先原来是厂长办公室的秘书,没有独立负责过某个方面的工作,先当个副的。沈进先对这一点不服,很想把政治思想工作抓好,做出点成绩。

沈进先与何同礼不同,他的文化水平比较高,从不发牢骚,也不像何同礼那样无所顾忌,干起事儿来深思熟虑,考虑到各个方面的关系。他听完了朱世一的录音带之后不表态，脸上连某种态度的表情也是没有的："好吧，你把录音带留下，先回去，让我们研究研究。"等到朱世一走了以后，他又把录音带听了一遍，直喷嘴，这个冰冻的美人鱼年纪也不小了，怎么还会干出这样的丑事来呢！这事儿如果发生在小青年的身上，根本就无所谓。前些时他住的那座大楼里有一对小夫妻吵架，吵了没几天，那女的便来搬东西，巴哎，巴哎，离了！你徐丽莎能干这种事儿吗，你是先进人物，上过电视的。喔，你现在的地位变化了，嫌弃原来的丈夫了，这不又是一个陈世美？陈世美的思想不仅男的有，这女的原来也经不住资产阶级思想的腐蚀。徐丽莎呀，你这美人鱼已经冰冻过几千年了，那又何必解冻呢，冰一化，那鱼是会发臭的！沈进先觉得这件事儿非常棘手，不管吧，先进人物发展成道德败坏，说明制药厂的政治思想工作不得力；管吧，弄得不好又是对先进人物的诽谤和妒忌，这男女之事谁搞得清楚呢！沈进先决定先摸情况，再做讨论，总之要做到既讲原则，又不伤人，宁人息事，巩固家庭。这家庭是社会的细胞，不能分裂，细胞的无限分裂便是癌，是社会的不治之症！沈进先思前想后，想得倒是蛮多的。

要摸情况便得找当事人谈话，沈进先对徐丽莎又有点害怕，这女人不是一般的人物，政协和妇联经常用汽车接她去开会，听她对丈夫的那段讲话，可也不是好惹的。是呀，女人没有爱的权利吗，她不能为自由去奋斗吗，这一套进口货现在很时髦，老套筒可能招架不住的。沈进先在箩筐里挑柿子，拣软的捏，派人传话，叫童少山到办公室里来一下。

童少山笑嘻嘻地进来了："沈书记，找我有事吗？"

"对对，请坐，坐下。"沈进先很客气地为童少山沏了杯茶，"坐下，我们谈谈心。"

童少山很高兴，他早就想和沈进先谈谈了，谈谈他的入党问题。

沈进先果然从入党问题谈起："你的报告我们都研究过了，觉得你已经符合入党的条件……"

童少山满心欢喜："不不，我还有很多地方做得不够。"

"……不够的地方人人都有，哪能十全十美。但对要求入党的人来说，要严于律己，要忠诚老实，无事不可对党言。"

童少山连连点头："对对……"可心里开始打鼓了："有事儿啊！"

"最近有人反映，说你和徐工程师之间有点儿暧昧的关系，不知道可是真的？"

童少山脸红了，想起了东胡家巷里的那件十分狼狈的事："不不，那纯粹是一场误会，那一天我和徐工程师一路走……"

沈进先不由分说地打开了录音机："你听听，这是徐丽莎自己讲的。"

童少山一听就慌了，心跳得怦怦的，这老实人藏不住心底的秘密："这这……这事情可怎么说呢，那一天徐工程师突然向我讲了她的身世，讲了他们夫妻之间的关系，真该死，我一时之间起了个邪恶的念头，觉得这样的人如果给我就好了……沈书记，我敢向你保证，仅仅是一个念头，行动是没有的。"

"那，徐工程师怎么会知道呢？"

"这……我可不知道了，我听了以后也感到突然。请相信我，我这是无话不可对党言。"

"你再想想，有了动机就会有效果，你有没有什么地方不注意，自然而然地流露出了一点儿……喏，什么暗示等等的。"

童少山想想有点糊涂了，这事儿好像是有，也好像是没有。说有吧，他怎么也想不起来，说没有吧，怎么会对徐丽莎突然亲近起来，还跑到她家去！想想还是没有，摇摇头："没有。"

"没有？男女之间的事绝不是单方面的，难道她有特异功能，看得出你脑子里的念头！"

"可能，男女之间有静电交流。"

沈进先笑起来了："童少山，我不懂什么叫静电交流，但我要警告你，你是有妇之夫，你的老婆不是好惹的；她是有夫之妇，她的丈夫手段也是很高明的。从今天起，不管你有什么念头也好，有过什么表示也好，统统收掉，只要你态度严正，即使她有单方面的想法，也很快就会死心。你能不能保证做到这一点？"

"保证，坚决保证！"可是童少山还想问问，"这事儿不会影响到我的入党吧？"

沈进先不敢保证："这要看你的了！"

童少山走了以后，沈进先连着抽了两支烟，就像我们经常在电影里见到过的那样，人物在遇到困难时总是抽烟和在办公室踱来踱去的。他觉得这事儿不能再追问了，追问到底两个人索性摊牌，承认有关系，那就更加棘手。男女相恋，头脑发热，什么事情都会干得出来的！扬汤止沸不行，只有釜底抽薪做冷处理，让事情在暧昧之中逐渐消灭，这样做既保护了徐丽莎，也保住了制药厂的名声，对双方都有利。他立刻拿定主意，要采取三项措施来防止事态的发展。一是要把童少山调走，给徐丽莎配备一个女助手。男人不能用女秘书，女人也不能用男助手，整天耳鬓厮磨，难免要出事儿的，那童少山的保证也靠不住，他们会静电交流。第二是绝不能给徐丽莎分房子，如果让她单独住在外面，那就正好为她的不轨行为提供了方便。第三是要向上级汇报，在目前情况下不能让徐丽莎出国实习，万一她出去了不肯回来，那政治责任可负不起！还有一个责任也负不起呢，不给徐丽莎房子，调走她的助手，取消她出国的机会，人们会认为这是对知识分子的压制和打击，如果因此而投书报社，那倒也是说不清楚的！沈进先决定召开会议，先在一定的范围内说清楚，使大家了解他的用意。这个会议必须严格保密，那何同礼当然是要参加的。

沈进先在会上把情况一说，那何同礼便不管三七二十一，把牢骚发了一大堆："现在的事情实在不像话，有了点成绩就吹上天，看人只重才，把德抛在一边，只捧场不教育，助长了资产阶级思想的发展，还要向资本主义学习，好事儿没有学到，学会了乱搞男女关系，你说他们夫妻之间没有感情吗，孩子也生了，二十多年也过来了，这感情怎么会突然没有了呢？感情就那么重要吗，感情用事是要犯错误的！我就看不惯这种人，有了点名气就得坐汽车，腿呢……"何同礼拉七拉八地讲到汽车上去了，说他与会议有关也行，说他文不对题也可以。

开会是最怕有人带头说野话，一说野话便会漫无边际，人们接着何同礼的话茬儿谈起汽车来了："是啊，这女人突然变成大干部了，动不动就向汽车里一钻。何书记这么大的年纪也不坐汽车，在市内开会都是骑自行车的。"

徐丽莎没有经验，她不了解，这汽车是不大好坐的。中国的汽车太少，人又太多，那汽车是个庞然大物，在人堆里钻来钻去，引人注目，遭人嫉妒，如果你真正够格儿，那没有关系，尽管坐，人家不会有意见，有了意见也不敢提，提了怕犯平均主义。

"成绩是大家干出来的，可她自己却缺乏自知之明，没有群众观点，一切都当之无愧！"

徐丽莎也不懂，有了成绩，当了先进之后，有一句话要经常挂在嘴边："一切归功于大家，我个人只不过做了一点应该做的事体。"最后还要补充一句："做得还很不够。"即使那事儿在开始的时候曾经遇到过大家的反对，你也不能讲，只能说："大家的意见对我还是有很大帮助的。"

"变得多快呀，见了人话也不讲，谁也不理！"

其实徐丽莎并没有变，她原来话就不多，也不和人兜搭。只是她不知道，有了名气或当了官儿以后，马上就得变，变得废话不停，装得和蔼可亲；如果你不变，人家就会认为你已经大变，会当官儿的人都懂得此种社会心理。

"出风头可会呢，你看她在电视里的那种样子，多风流！"

这事儿可不能怪徐丽莎了，那特写镜头也不是她要拍的，但也怪她穿得太时髦了，有名气的女人要庄重，不能美丽，除非你是电影演员什么的，演员是美的使者，不美没人睬你。

沈进先看看野话也说得差不多了，连忙收回话题，宣布自己的三条措施，征求大家的意见。

大家把野话说完之后，倒也没有什么正话可说了，一致同意这三条措施。何同礼还觉得这是对徐丽莎的袒护，包庇，但也不提意见，牢骚可以发，麻烦是不能惹的。

九、风雨满天

可怜的徐丽莎还不知道已经阴云四起，她觉得是雨转多云，日子还比以前好过了一点。自从她发表了一通宣言之后，朱世一也不再寻衅了，晚上也不开收录机，使得她有可能重新回到工作里，科学上的某种发现是一种享受，那里的风光旖旎，能在此种境界中徜徉，心情

95

总是平和的。心情平和的时候徐丽莎对自己的那通宣言也觉得可笑，这么大的年纪了，还讲什么争取婚姻自由，难道自己的婚姻是由谁包办的！自己动手把爱情送入坟墓，那坟墓上已经长满了青草，即使动手掘墓，挖出来的也不过是一副白骨而已。如果朱世一不再吵闹，她连那套房子也不想要，何必去挤人家呢。

沈进先在开会的时候一再强调保密，看起来这保密还是起作用的，把个徐丽莎密封在一只烧瓶里。对其他的人可就不起作用了，男女之事又不是国家机密，穷极无聊，茶余酒后，是一个十分引人的话题："告诉你一件事，但要严格保密………""告诉你一件事，但要严格保密……"几保就保得全厂皆知，风雨满天。

童少山的老婆也在厂里工作，她有几个无话不谈的小姐妹。其中有个小姐妹对徐丽莎本来就看不惯，觉得她太漂亮，又觉得她瞧不起人。好呀，表面一本正经，暗里却勾引男人！便立刻去告诉童少山的老婆："傻瓜啊，你还蒙在鼓里……"

童少山的老婆叫荷英，并不傻，泼得很，素有"小辣椒"之称，听完了之后像被胡蜂叮了似的，哇的一声叫起来，哭起来，又哭又叫地向实验室奔去。一路上连哭带骂："徐丽莎，这个不要脸的东西，装得倒像个人样啊，尽干见不得人的事体，我不管她是什么大人物，要揭开她的画皮……"怪了，她倒不喊要揭童少山的画皮，好像男人们干此事还是见得人的。

那正是饭后的午休时间，厂里的人吃完了饭都在路边的树荫下休息，听到小辣椒叫喊便拥过来，闹哄哄地跟在她的后面。有些人跟上来是想拦阻的，可那小辣椒不知道哪来的大力气，能把壮汉都摔得远远的。有些人也不想拦阻，是跟后面瞧热闹的。

徐丽莎刚刚放下饭盒，正在对童少山提意见，她发现童少山连着出差错，几个数据都不对，这种情况以前是没有的。忽然听到实验室的大门被砰的一声踢开，小辣椒高声大喊："徐丽莎，给我滚出来！"

徐丽莎一吓，好像又碰上"文化大革命"似的，便急急忙忙地跑到门口，刚踏出门槛一步，刚看到有黑压压的人头，便被小辣椒一把揪住了领口："你这个不要脸的东西，勾引我的男人，我和你拼到底……"

沈进先闻风而来了，他急得要命，说实在，这一点他倒是没有想到的。

沈进先大喝一声："荷英，你放手！"

小辣椒见是书记，一愣，松开手，跟着就瘫了下来，滚地皮，大哭大叫："好呀，你包庇坏人，你们官官相护，合起伙欺负我，我不想活啦……"

童少山鼓足勇气跑出来了："荷英，别胡闹，快起来！"

小辣椒一跃而起，闪电式地一记耳光，扇得童少山晕头转向："你你，你竟敢打人，打人是犯法的！"

"偷人倒不犯法呀，你这个忘恩负义的东西！我跟你离，坚决地离，走，到法院里去！"小辣椒揪住了童少山，并没有拉他走，却死瞪着徐丽莎说，"不要脸的女人，我跟他离啦，让给你，让你称心满意，你瞎了眼啦，这种烂死无用的男人世界上多着哩，给！"小辣椒用力一推，童少山一个跟跄，差点儿摔个筋斗。

徐丽莎面无人色，只觉得天旋地转，一句话也讲不出来。她不会运用市井语言，可在此种场合中只有市井式的对骂才比较有力，那种带有学生腔的知识分子调门儿简直毫无用处，而且是苍白的。

因为徐丽莎没有讲话，这场风波才没有发展到通常所见的两个女人的厮打；也因为徐丽莎没有讲话，某些旁观的人便要讲话："你看，一句话也没有，做贼的心虚！"

这场风暴持续了不到二十分钟，可那风声却以每小时二十公里的速度向四面传播，几乎和电视新闻差不多。

"听说了吧，那个漂亮的女工程师出了风流故事。"

"知道，我早就知道这样的女人要出事，看她那个劲儿，不像个吃苦耐劳的工程师。"

"是啊，听说这个女人根本就没有什么本事，那新药也不是她发明的，是童少山把研究的成果送给了她，她是以美色而得利，嘻嘻。"

各式各样的故事都编造出来了，活龙活现，和编小说差不离。也许是编小说的人造的孽吧，你能编他们为什么不能编？

十、苹果上有了烂疤

徐丽莎的名声，那用好话搭起来的空架子全部倒塌了。再也没有人请她去坐主席台，也没有人用汽车接她去参加座谈会，谁也没有把她一棍子打死，但总觉得她已经不够典型了。苹果上有了烂疤，何必再去买它。

东胡家巷的井旁边，整天都有说不完的话题，信息中心的常委会，开得繁忙而又热烈。有人因为说话太多，听话入迷，竟然忘记了洗菜淘米，等到儿孙们下班、放学回来，饭还没有烧好哩！特别是在傍晚下班的时候，井边更加拥挤，为的是要看看徐丽莎的神态，听听那由红变黑的窗帘内还会传出什么信息。

徐丽莎恍恍惚惚地好几天，像被狂风卷上了天，在空气中翻着筋斗。她每天也上班，也回家，这一切都是习惯性的，身子在那里走动，头脑却是麻木的。这一天她有点清醒了，发现井边上的人都伸起脖子盯着她，才知道已经从遥远的天边回到了家，便和那脖子伸得最长的女人说话："阿姨，你打水。"

那女人吓得把脖子一缩，因为徐丽莎的声音像是突然从井里冒上来的。

"嘿嘿，打……打水。"

等到徐丽莎进门以后，那女人又神气起来了："看见啦，架子没有了，还主动和我打招呼呢，蜡烛！"

朱世一可不让徐丽莎安神了，这小子又恼恨又得计。他没有估计到事情竟然闹得满城风雨，老婆的行为不轨，不管它是真的还是假的，总是有损男子汉的尊严；何况那井边上的闲话对他来说也是不堪入耳，比那"三种人"还要难听点，可他也有得计之处，从此以后可以卡住徐丽莎的脖子，像拎小鸭似的摔来摔去，打骂悉听尊便，具有无上的权威。打还没有必要，骂是每日不停的：

"你还有脸回来吗，给我滚出去！"

徐丽莎疲惫不堪地坐在椅子上，瞪起眼睛看着朱世一，她现在才明白过来，这往后的日子是没法过的。

"不滚？那也可以，写张检讨给我，保证以后规规矩矩地跟我过日子。"

徐丽莎清醒过来之后便萌发了一种反抗的念头，就像一个人没有被一拳击死，总是要挣扎着从地上爬起来似的。她从椅子上跳起来了："跟你过日子！为什么要跟你过日子！朱世一，你别欺人太甚了，我要跟你拼到底！"

朱世一冷笑了几声："拼吧，你拼吧，舆论和法律都站在我这一边，看看到底谁拼得过谁。你还以为是个什么名人吗，完啦！"

"完了，没有这么容易，我要去找沈书记！"徐丽莎不服气。

朱世一挥挥手："去找，马上就去找，最好去找市委书记，就怕你没有这副脸皮！"

徐丽莎一转身，噔噔地下了楼，去找沈进先把事情弄个水落石出，决定个谁是谁非。"文化大革命"期间的一切诬蔑不实之词都能平反，难道这种伤名害誉的事情就这么了结！

沈进先的家住在新区，徐丽莎只知道地点，几幢、几门、几○几却弄不清楚。她一路问讯，摸错了五六次，才得到了确切的指点。当她伸手要敲门时又有点犹疑，快八点了，这么晚来打扰别人，是很不礼貌的……顾不得这些了，礼貌不礼貌也就是这一回！

沈进先很有礼貌、十分热情地接待了徐丽莎，为她拿糖，替她泡茶，请她坐在沙发上面，不停地道歉：

"徐工程师，实在对不起，这几天一直想找你谈谈，却碰上市里开会。我知道，你的心里是很难受的，像你这样的人怎么受得了如此的侮辱！老实说，连我的心里也像压上了一块石头。"沈进先说的是真话，他这几天也很后悔，想在政治工作上抓出成绩，想不到却抓出了纰漏。早知如此就不该抓，这男女之事是个抓不上手的东西，有时候可以说说笑笑，有时候闹得翻天覆地，没有规律。

徐丽莎见书记十分同情，心里很是感激，自从那天的风波发生以后，她好像第一次碰到一个人不用轻蔑的眼光看她，不出恶毒的语言。

"是啊，你的心里不好受呀，但是也得看穿点，把这种事情和你的科研工作来比较，那是微不足道的，泼妇骂街嘛，街头巷尾是常有的，何必放在心上呢，和小辣椒那样的人去计较，老实说，她还不配！"沈进先想出理由来劝解，而且帮着徐丽莎出气。他认为女人家就是气多,气平了也就好商议,她们的心是软的。

徐丽莎叹了口气:"沈书记,我也不是要和什么人计较,而是要求挽回影响,澄清是非,否则的话……这日子是没法过的……"徐丽莎忍不住流下了眼泪。

沈进先叹了口气,把茶杯推到徐丽莎的面前:"别难过,喝点水,你的要求是正当的,应该的。我这几天也在考虑,凡是我能办到的,你不说我也会做在前头。有人造谣,说你的科研成果是剽窃来的,这是原则问题,大是大非,我已经通知技术科,举办一个展览会,把实验过程、原始材料都拿出来展览,这种谣言就会不攻自破。至于其他的事情嘛,徐工程师,你叫我怎么办呢?为了挽回影响,最好的办法是在报纸上登篇文章。这种文章人家肯登吗?登了更气人,会变成一件轰动全市的社会新闻!"

徐丽莎点点头,这种事情不能干,新闻和电视都惹不起。

"第二个办法是开大会,让我在大会上讲话,宣传这件事情是假的。这种话我不能讲,讲了会变成此地无银三百两。再说,开这种大会你能不让小辣椒参加吗,她肯定要在大会上叫骂,会议没法收场,造成更坏的影响!"

徐丽莎听了心里发抖,这种场面她是经历过的。

"剩下的一个办法便是到法院里去告,告了也不受理,一般的口角,无聊的流言,并没有构成犯罪。徐工程师,我把什么都想过了,就是想不出一个好主意。世界上的任何事情都能辟谣,唯独这男女关系会越辟越谣,只能是不辟拉倒。"

徐丽莎也呆了,这种事情确实难办,任何办法都只能造成一波未平,一波又起。东胡家巷里的人正愁没有话题。

沈进先进一步劝解了:"算啦,这种事情只能让它慢慢地冷却掉,

101

过去了也就没有什么了不起。许多著名的人物都碰到过这种事，到最后也不过是生活小节。只要你能把夫妻关系处理好，后院不失火，外面的风声再大也不过是一阵空响而已。"

提到夫妻关系，徐丽莎便忍不住了："沈书记，这一点是办不到的，我要求厂里给我一套房子，和朱世一分居！"

"房子嘛……"沈进先不那么爽快气了，"这事儿本来也不成问题，现在可不是时机，那么一来谣言和纠纷会更多一点。朱世一能让你安静吗，他不会找上门来吗？根据我们的法律，任何一方的房子都是夫妻共有的。再说，那分房小组也会提出意见，以前要分房给你是照顾你的工作，现在分给你倒变成是拆散一对夫妻，通不过的。以后再说吧。缺房子的人也太多啦！"沈进先含糊其辞，倾向性还是很明确的，他不主张细胞分裂，而且要防止事态的发展。

徐丽莎想想也有道理，那朱世一会耍无赖，不仅会找上门，而且会跟着搬进去，两个人挤在一个小套间里，更加没有回旋的余地，整天面对面，面对着那可怕的嘴脸。那分房小组以前答应给房子时也很勉强，好像是出于不得已，现在想要房子，当然是困难的。徐丽莎不了解，这种困难倒是可以用讨价还价的办法来解决的。她由于出身不好，几十年间养成了一种心理，与科学打交道时十分顽强，与人打交道时便轻视自己，而且把这种轻视和谦让、体谅等美德混合在一起，在正常的情况下显得洁身自好，在不正常的情况下便毫无反抗的能力。朱世一也正是抓住了她的这一点，觉得她软弱可欺。

徐丽莎又把房子让过去了，三十六计走为上计："沈书记，让我提前出国实习去吧，暂时离开一两年，把这一段难忍的日子避过去。"她想得太天真了，有疤的苹果是不能出口的。

沈进先听了也心悸，亏得是早有准备。避能避得了吗？只有政治避难才能解决问题！他毫不含糊了，对于可能发生的政治事件是含糊不得的："噢，这件事情我还没有来得及告诉你，领导上考虑到你的年龄和目前的情况，决定另派一个年纪较轻的人出国去，对此希望你能理解，喏……主要是考虑到你走了以后目前的实验便会停顿，一个女同志单身在国外也有许多不便。"

徐丽莎终于明白过来了，她的翅膀已经被一阵鬼风吹断，再也无法起飞，只能每天跑进那座石库门，一步一步地挨上楼……

沈进先也明白，取消一个工程技术人员出国的机会，那是一种沉重的打击，可他也是爱莫能助，无能为力。他从沙发上站起来，踱来踱去，好像要想点办法出来减轻徐丽莎的痛苦，安慰安慰。想来想去却想到了吃东西，算是待客之礼："他娘，有什么好吃的吗，我们都饿了呢！"

沈进先老婆在里面回答："有有，马上就来，请稍等一会儿。"

徐丽莎不想等了，看起来除掉点心之外是什么也等不到的，便起身告辞，下楼。

沈进先把徐丽莎一直送到大路口，不停地叮嘱她要心宽，要想得开点，有什么想不开的地方便来谈谈，交换意见。沈进先觉得今晚的谈话很成功，徐丽莎通情达理，没有胡搅蛮缠。临别的时候又为徐丽莎指路，告诉她从哪条路回去比较近点。

徐丽莎也没有听清楚，她觉得条条路都是断的。

十一、那里有春天

徐丽莎的眼前只有一条路，一条唯一可走的路，一条曾经走过的路，那就是回到从前的状态，忍气吞声，再把自己冰冻起来。要做到这一点可难了，人生的路只能拐弯，不能往返，机械式的重复是不可能的。徐丽莎含辛茹苦数十年，在科学上执着地追求，总有某种幻想，某种目的。爱情和家庭的美满都无望了，却希望得到人们的尊敬，名誉和某种社会地位，受压抑者总希望得到舒展，甚至是扬眉吐气！要不然的话，她也不会打扮得漂漂亮亮地出现在众人的面前，也不会心安理得地坐在汽车里，难道她真的没有腿！徐丽莎不是什么非凡的人物，她有个人的欲念，从某种意义上来说，追求得愈是执着的人这种欲念愈是强烈，只是表现的方面和表现的形式不同而已。徐丽莎追求过了，得到过了，得到的和即将得到的却在顷刻之间化为乌有，精神的支柱被摧毁，无法再从头做起。

童少山调走了，他自己愿意走，徐丽莎也希望他走。两个人的工作没法分开，两个人却再也没法在一起，连在食堂里吃饭时也得回避，几十双眼睛在扫瞄着他们，胜似最现代化的监视器。天生万物都是雌雄相亲，人间百事却是男女戒备。

童少山临走时只敢偷偷地说了一句话："徐丽莎，我对不起你。"那样子也是很惨的。

技术科派高莉莉来当徐丽莎的助手了，这是贯彻沈进先的意图，男人不能用女秘书，女人不能用男助手，否则就有点危险。

高莉莉身材很高，原来是厂里的青工，自学成才，刚从夜大毕业。她穿着高跟鞋、牛仔裤、花衬衫、皮夹克，像个驯虎女郎，爽朗而健美。用某种眼光来看，这姑娘倒是有点危险！

高莉莉一进实验室，便带来了一种春天的气息。若干年来这个实验室很像手术室，没有声响，没有色彩，门窗紧闭，一切都是在静默中进行的。高莉莉一来便把窗子打开，风大了又把窗子关起，她不嫌麻烦，手脚麻利，不停地弄些鲜花插在不用的烧瓶里。她还带来一个录音机，不停地放，放的是鸟儿鸣叫的山间的流水，据她说，这是她和男朋友共游黄山时录来的。她很坦率地告诉徐丽莎："我的男朋友只爱我一点，说是跟我在一起时感到很快乐。行了，我也就爱上他了，因为我跟他在一起时也感到很快乐。一个人能使别人快乐，自己也快乐，那就能共同生活下去。以前我还有一个男朋友，他说看不见我的时候便很悲伤，要我永远留在他的怀抱里。滚得远点！这家伙说的不是真话，如果是真话更加讨厌，我怎能一刻不离他的怀抱，他那悲伤何时得了？那是一种自私的表现，不干了。"

徐丽莎听得目瞪口呆，这目瞪口呆是一种惊喜，觉得这姑娘真的在自由恋爱，所有的思路都和自己是两样的。她很喜欢这位姑娘，和这位姑娘在一起的时候自己也有了点活力。

高莉莉活跃得很，不停地找事做，逼得徐丽莎不能不工作。只是在工作时往往要喊错人："童少山，你过来。"

高莉莉应声而到："报告，童少山早就调走了，高莉莉在您的身边。"

徐丽莎脸红了："习惯啦！"

高莉莉一把抱住徐丽莎，亲亲她的额头："徐阿姨，我可怜的徐阿姨……"

高莉莉为徐丽莎带来了生机，那朱世一的折磨却是叫人无法忍受的。他天天逼着徐丽莎写检讨，什么恶毒的话都说得出口。徐丽莎每日踏进东胡家巷时心就颤抖，不知道这一晚怎么才能熬过去。

童少山的日子也不好过，小辣椒还在闹着离婚，要童少山交代，他到底和徐丽莎睡过几回？无聊的游戏也是很难收场的。

高莉莉看不下去了："徐阿姨，我弄不懂你们这些人的心理，爱情本来是件乐事，何必弄得这样痛苦呢，合得来就合，合不来就离，闹什么，是好玩儿还是怎么的？"

徐丽莎叹了口气："莉莉，你不懂，事情不像你说的那样简单。"

"懂，我什么都懂，只是我和你们具有不同的概念。我不去想得太多，你们却要想到名声地位，封建法规，还有人们天生的自私自利、嫉妒心理，男人对女人占有的欲望，女人对男人依附的心理，像一张网似的把你们裹得紧紧的。徐阿姨，你冲，把这张网冲它个大洞！你冲是正义的，你的女儿和我差不多大了，不存在伤害下一代的问题；朱世一也没有老得走不动，不存在那种不人道的遗弃。你不会伤害任何人，唯一伤害的是自私、封建、大男子主义，那些破玩意儿为什么不能伤它一下呢！离！"

徐丽莎摇摇头："这些我都想过，总是为了鸡毛蒜皮，不够条件。"

"咦！条件是可以创造的。他和你吵闹，你就坚决还击，寻死作活，头破血流，法院里眼看和解无望，也会判离。你老是忍气吞声，消极回避，法官怎么会知道呢？告诉你，这离婚就像我们厂里分房子，最好是你能克服克服，实在克服不了也得分给你。我知道，你怕声张起来丢面子，可现在的面子又在哪里？熬一下吧，熬过了冬天是春天！"

"春天在哪里？"

高莉莉一把抱住了徐丽莎："徐阿姨，你说心底下的话，你到底爱不爱童少山？"

徐丽莎脸红了："话不能这样说，我和他在一起是很愉快的。"

高莉莉双手一拍："对啦，快乐是爱情的火苗。你和他在一起感到愉快，他对你也有过那种念头，这火苗是能够燃烧起来的，我来替你们扇。"

"你瞎说。"

"真的。你和朱世一已经成了冤家，小辣椒也在闹着要离。离吧，让那个女人去嫁给卖拳头的。双方一离你们就飞，飞到边疆去，飞到山林里，大城市里不要去，那里的暗箭很多，空气污染。徐阿姨啊，你看起来还这么年轻，这么美，不要灰心丧气，如果我是个男人的话，我也会爱上你！你这一辈子可能还不知道爱情的滋味！"

无路可走的徐丽莎心动起来了：是的，为什么不可以，为什么要怕这怕那的，我欠了谁的债，我到底伤害过谁？山那边有一个春天，只要有勇气便能翻过去！徐丽莎陡然来了勇气，因为那埋藏已久，但还没有熄灭的爱的火苗被高莉莉扇动起来了，像火种落在枯草上面。边疆、山林、一对自由的鸟儿在天上飞，这一切都是很诱人的！

"你说话呀，徐阿姨！"

"怎……怎么说呢，谁知道那……那童少山是怎么想的？"徐丽莎讷讷地。

"这事儿好办，我来替你们串连，约个时间地点，你们交流交流。"

高莉莉真像个驯虎女郎，动作矫健有力，中午休息时便跑到童少山的办公室前。先把头一伸，见里面只有童少山一个人，趄进去，关上门："童少山，徐工程师要约你谈谈。"

童少山一愣："谈、谈什么呢？"

"谈什么你还不知道吗，你对她到底是怎么想的，转过什么念头。"

"想过，我想过，我对不起她。"

"别说废话了，你怎么想就怎么对她说。大男子主义要不得，男子气概还是要有的。"

"好，我说，可我们来往有点不方便。"

"今天晚上七点半，在公园里的池塘边，第五张长椅子上相见。"

那张椅子我天天坐，今天晚上就让给你，放心，那里没人看见。"高莉莉干净利落，方式和语言都是属于现代派的，和五十年代、六十年代大有区别。

十二、信息中心的转移

公园的夜晚是属于情侣们的。明净的夜空，微弱的灯光，景物的轮廓组成了一幅模糊的画面。初看是空寂无人，只有几处蛙声，草虫唧唧，感到一种春夏之交自然界骚动的气息。仔细一看却到处都是人，长椅上、石凳上、草地上的花丛边，坐着一对又一对。简直有人满之患了，找不到席位的勇士们就这么搂抱着站在路旁边，在他们的眼里，除掉情人之外，这个世界是不存在的。

徐丽莎闯到这个世界里来了，可怜，她已经迟到了几十年，因此显得神色张皇，匆匆忙忙。她浑身发烫，手心出汗，爱情之火烧到了白炽点。这迟到的爱情不同于少女的初恋；少女的初恋顺乎自然，有足够的时间慢慢地燃烧，小心地发展。徐丽莎的爱情是爆发性的，是用生命的余火点燃了爱情的死灰；死灰复燃十分迅速，热度也是可怕的。这可怕的热能推动着徐丽莎，使她不顾一切地走向池塘边。

池塘边上的第五张长椅是在角落里，前面临水，后面被冬青树包围，一般的人确实很难发现。

童少山是个很守规矩的人，提前五分钟便坐在长椅子上面。他也觉得自己是在等情人，可那心里的滋味却是不好受的。

徐丽莎喘息着坐到了童少山的身边，这喘息并不是由于奔跑，而是心跳得透不出气："你……早就到啦。"

"是的，来了一歇。"

"好，谢谢你，我想和你谈一件事。"

"我听着。"

"听人说你对我有过意思。"

"有过，确实有过。"

"你爱人还在要求离婚吧？"

"是的，正吵着哩。"

"那么……我也直说了，我对你也有意思，我和我的丈夫再也无法生活下去，我们两人一起离，然后想办法调离这个城市，共同去创造新的生活天地。"徐丽莎说得也很简单明快，她倒不是现代派，而是没有时间和那种优美的心情来倾诉衷肠，选择词汇，只能使用他们两个曾经用过的工作语言。

童少山一听像进入了幻境，当他坐到这张长椅子上时又产生了邪念，觉得此情此景应该有个美丽的情人坐在身边，紧紧拥抱，情话绵绵。当然，这情人绝非小辣椒之类。现在果然有个美丽的妇人来求爱了，这妇人又是在他的邪念中曾经出现过的。童少山迷糊了，这一切是不是真的？当他弄清这一切都是真实，并且弄清徐丽莎的要求之后，却吓得从长椅子上跳起来，就像某书生幻想美人，美人来了却是狐狸变的，吓得他魂不附体：

"不不，徐丽莎同志，你千万不能这样想，这一切都是不现实的，这就更加证明我们两人过去就有关系，会弄得声名狼藉。我我，我还要做人，还要争取入党，还没达到你这样的地位。请，请原谅我，我今天来就是要请你原谅的。我曾经有过刹那间的邪念，惹出了是非，伤害了你。我保证以后不再犯这种错误。对不起，此地不能久留，容易被人发现，再再……再见！"童少山像一只受惊的兔子溜进了草丛里。这位老实人原来只有意念之淫，只是想在谈情说爱的气氛中来检讨自己在情爱上的邪念，算是对徐丽莎的道歉。

徐丽莎像遭了雷击，电闪雷鸣之后是一片空虚和死寂，希望没有了，火焰熄灭了，力量也用完了。紧接着向这片空虚挤来的是羞耻、悔恨，为自己的轻率鲁莽感到不寒而栗。童少山很可能把这件事情说出去，男人们往往会夸耀自己的艳遇，而且会借以表白自己。

徐丽莎软瘫在长椅子上，不想动，不敢想，只能听着青蛙在池塘里咕叫，跳水。往后又听到公园里打铃，撵人走，要关门。

徐丽莎走了，这一次更不知道要走向哪里。她任凭两条腿搬弄，穿小巷，走胡同，几乎把她所认识的道路都走遍，走得万家灯火次第熄灭，路灯下的道路像浸在清水里。她所认识的道路都通向东胡家巷，凌晨三点钟以后又回到了井边。她掏出钥匙来开门，却发现那锁已经上了保险。朱世一存心要和她大闹了，"这一晚是到哪里去的！"以前的大闹是胡蛮，现在的辱骂倒是真的。

徐丽莎不敢叫门，坐在井边的长条石上面，条石冰凉，夜露把它弄得湿漉漉的。徐丽莎双手撑着头，看着井，看着她第一次到东胡家巷来时所看到的第一件东西。这井到明天又会沸腾起来："知道吗，那徐丽莎昨晚偷人去了！"朱世一要动手打人了，他有把柄在手里。沈进先要找她谈话了，这次谈话可没有那么客气。高莉莉可能不在乎，"徐阿姨，你再冲！"冲不动了，孩子，那春天毕竟是你们的……徐丽莎裹紧了衣裳，春末的黎明很凉。

东胡家巷里响起了"哐、哐"的声音，马阿姨走到井边来了。她拄着拐棍，低弯着腰，白发在灯光下摇曳。她还记得从前的事，每日早晚要到井边来一回，好像还要来洗衣淘米。什么是早晚她也弄不清了，早到三四点钟，晚到十一二点。她发现石凳上有人，便坐下来聊天。

徐丽莎动了一下，轻轻地喊一声："马阿姨。"

马阿姨记得从前的徐丽莎："啊，是你，你在想什么呢？"

"不想什么。"

"是呀，我早就对你说过了，女人家不要多想，不要三心二意，只要没有话柄落在人家的手里。你累了吧，休息休息，我还有许多事啊。"马阿姨什么事情也没有，只是不停地在巷子里走来走去。

徐丽莎看着马阿姨向东走去，腰弯得像个虾米，好像永远在地上寻找什么东西，永远也寻不到什么东西……

天亮时那长舌妇人第一个到井边来打水，突然杀猪似的叫喊起来："不好啦，井里有人！"

从此以后再也没有人敢到井边来打水了，那井圈上也钉上了两块铁皮。东胡家巷里的信息中心向东转移，那里装起了两个公用水龙头，还有一台公用洗衣机。古老的信息中心有了现代化的装备，更加了得！下一次不知道该谁倒霉……

小巷深处

苏州，这个古老的城市，现在是睡熟了。她安静地躺在运河的怀抱里，像银色河床中的一朵睡莲。那不太明亮的街灯照着秋风中的白杨，把婆娑的树影投射在石子马路上，使得街道也洒上了朦胧的睡意。

在城市的东北角，在深邃而铺着石板的小巷里，有一个窗子里亮着灯，灯光下，有一个姑娘坐在书桌旁，双手托着下巴，在凝思，在默想。

她的鼻梁高高的，额骨稍稍向前耸起，耸得并不过分，和她的鼻梁正显得那么匀称。她的眼睛乌泽而又闪光，睫毛长而稀疏，映着灯光似乎可以数得出来。她的两条发辫从太阳穴上垂下来，拢到后颈处又并为一条而拖到腰际，在两条辫子合并的地方随便地结着一条花手帕。唉，她的眼圈儿为什么那样暗黑？不像哭过，也不像失眠，倒像痛苦与折磨所留下的标记！

在这条巷子里，很少有人知道这姑娘是做什么的。邻居们只知道她白天不在家，晚上读书到深夜。只有邮递员知道她叫徐文霞，是某纱厂的工人，因为邮递员经常送些写得漂亮的信件给她，而她接到这种信件时便要皱起眉头，甚至当着邮递员的面便把信撕得粉碎。

徐文霞放下双手，翻开桌上的《小代数》，却怎么也读不下去，感到一阵阵的烦恼。近些时来，她的心头常常涌起这种少女特有的烦恼。每当这种烦恼泛起时，便带来了恐惧与怨恨，那一段使人羞耻、屈辱和流泪的回忆又在眼前升起……

是秋雨湿漉的黄昏，是寒风凛冽的冬夜吧，阊门外那些旅馆旁的马路上、屋角边、弄堂口，游荡着一些妖艳的妇女。她们有的像幽灵似的移动，有的像喝醉酒似的依在电线木杆上，嘴角上随便地叼着烟卷，双手交叉在胸前，故意把乳房隆起。她们的眼睛都盯住旅馆的大门和路上的行人，每当有男人走过时，便嗲声嗲气地叫喊起来：

"去吧，屋里去吧！"

"不要脸，婊子，臭货。"传来了行人的漫骂。

这骂声立即引起一阵麻木的哄笑："寿头、猪猡、赤佬……"一连串下流的咒骂来自这群女人。

在这一群女人中也混着徐文霞。那时她被老鸨叫作阿四妹。才十七岁的孩子啊，瘦削而敷满白粉的脸映着灯光更显得惨白惨白……

这些事已经去得很遥远了，仿佛已经退到了世界的另一边，可是，徐文霞一想起来便颤抖！

一九五二年，人民政府把所有的妓女都收进了妇女生产教养院，治病，诉苦，学习生产技能。徐文霞在那里度过了终身难忘的一年。她不知道母亲是什么样子，也不知道母爱是什么滋味，人间的幸福就莫过如此吧，最大的幸福就是在阳光下抬着头，做一个真正的人！

那一年以后，徐文霞便进了新生染织厂做工，后来调到大生布厂做挡车工，最后又进了勤大纱厂。厂长见她年轻，又生着一副聪明相，说："别织布吧，学电气，去，那里需要灵巧的手。"

生活在徐文霞面前放出绮丽的光彩，尊敬、荣誉、爱抚的目光一齐向她投来！她什么时候体验过做人的尊严呢，她怀着惊奇的心情进入了另一个世界！

慢慢地，徐文霞担心了，害怕了，她怕小伙子们那奇特而灼热的目光，怕那目光透过她的心胸而发现她身后的恶魔，那时候奇特就会变为鄙视，灼热就会变为冷漠！她深藏着自己的身世。好在几次调动后已经没人知道这些了。让它去吧，让它像噩梦般地消逝吧。

爱情呢，家庭的幸福呢？徐文霞不敢想，也怕别人讲，怕人提起解放前的苦难，更怕小姐妹翻弄准备出嫁的衣箱。她渐渐地孤独起来，在寂静无声的夜晚，常蒙着被子流泪，无事不愿有人在身边。于是，便在这条古老的小巷里住下来。这里没有人打扰她，只是偶尔有行人走过，皮鞋敲打着搁空的石板，发出叩磬般的响声，响声在深巷里渐渐地远去，又送来微弱的回音。她拼命地读书，伴着书度过长夜，忘掉一切。那些小伙子不肯放松她，常写信来，徐文霞接到这些信便引起一阵惆怅，后来索性不看便撕掉："谁能和做过妓女的人有真正的爱情？别尝这杯苦酒吧！"

徐文霞烦躁不安，从书桌旁站了起来，在房间里走动，跟着又强迫自己坐下来，双手捧住头，手指捺着突突跳动的太阳穴，好像要把头脑里的杂念统统挤掉。她深深地透了口气：

"把工作让给我，把爱情让给别人吧！"

徐文霞重新打开《小代数》，努力去探索方程式中的奥妙。一会儿工夫，字母在眼前舞动起来了，像波浪似的起伏。她拉拉眼皮，想唤回注意力，不消多时，又浮动了，像湖水似的荡漾开去……

可能是天气燥热吧？徐文霞伸手推开长窗，窗外起着小风，树叶子互相敲碰，沙沙地作响。夜气和秋声能催人入眠，徐文霞却更加烦躁！

徐文霞为啥烦躁，她自己知道。那个大学毕业的技术员张俊的影子，如今还在眼前晃动：年轻方方的脸上放着红光，老是带着笑容和自己谈话，常跑到自己的身边来，想找点什么吧，却又涨红了脸无声地走开。徐文霞知道为着这些事烦躁，却故意不肯承认，用这种办法，她击退过多次爱情的侵袭。今天怎么搞的呢？说不想，却又偏去想："他今天为什么到我这里来呢？先是轻轻地敲了一下门，隔半天又敲了一下，想进来又不敢进来。他的脸那样红做啥？别这样红吧，同志，难道我这个人还能讥讽别人吗？唉，他为什么不讲话，他蛮会说话的嘛，今天倒成了结巴。尽翻我的书看，还看得很有趣咧！这些书他不是都读过的吗？他要帮我补习代数，还要教我物理。昏啦，我竟答应了他，要是他怀着什么心思，我可怎么办啊！"

徐文霞平静的心被搅乱了，全部"防线"都崩溃了。她拒绝过许多奇特的目光，撕掉好些美丽的信件，却无法逃避张俊那纯真的、孩子般的眼睛。她收不住奔驰起来的思想野马，一会儿觉得充满了幸福，幸福得心都向外膨胀！一会儿却又充满了恐惧，那么可怕，像跌进了无底的深坑！各种矛盾的心情痛苦地绞缠着她，悲惨的往事又显现出来。她伏在桌上抽泣起来，肩膀在柔和的灯光下抖动。

窗外下起雨来，檐头水滴在石板上，倾叙着说不完的闲话。

时间从秋天到了冬天，徐文霞的心里却开满了春花。

一下班，张俊便到徐文霞的房间里来，坐在她的对面，呆呆地看着，看得徐文霞脸红：

"来吧，抓紧时间。"

张俊笑着，打开课本。世界上再也找不到这样好的老师了，他不仅讲，还表演，不知道从哪里找来许多生动的比喻。这一点，张俊自己也不明白，在徐文霞的面前，他的智慧像流不完的河水。

徐文霞开始做习题时，张俊便坐到另一张桌子上做他自己的功课。这时候，房间里静极了，只有笔在纸上轻微地作响。张俊一闷到书桌上，能两三个小时不动身，徐文霞深怕他闷坏了脑子，便走过去拉拉他的耳朵，搔搔他的后脑。张俊嚷起来：

"好，你又破坏学习！"

徐文霞咯咯地笑着，坐下来。不一会，又向张俊手里塞进一只苹果。

张俊把苹果放在桌上，先不去动，过了一会，拿起来看看，然后到徐文霞的袋袋里摸小刀。

"好，这一次是你破坏！"

"苹果是你送来的嘛！"

这一阵骚动，两个人都学不下去了，便收起书本，海阔天空地谈起来。张俊老是爱谈将来，一开口便是五年以后：

"那时候我是工程师，你是技术员……"

"我也能做技术员吗？"

"只要你学习的时候不调皮。"张俊在徐文霞的前额上戳了一下。"那时我们还在一起工作，机器出了毛病，我和你一起修，我满脸都是机油，嘿，你会不认识我哩！"

"你掉在染缸里我也认识。"

"要是世界上有这么一对，他们一起工作，一道回家，星期天带着孩子上街……多好啊！"

徐文霞被说得心直跳，脸绯红："那是人家的事情，谈它做啥？"

张俊越谈越远，越谈越美。徐文霞好像浸在一缸温水里，她第一次感到爱情给人的幸福和激动。

实在没话谈了，他们便挽着手到街头散步。苏州街上的夜晚，空气很新鲜，行人却又那么稀少，挑馄饨担的人敲着木铎，在附近的什么地方游转，那笃笃的响声，更增加了街头的谧静。他们尽拣没人的地方走，踩着法国梧桐的落叶，沙沙地，怪舒服。徐文霞老爱把那些枯叶踢得四处飞扬。到底走多少路，他们并不计较，总是看着北寺塔，看到那高大巍峨的黑影时便回头。

张俊每天都到徐文霞这里来，实在忙了，睡觉之前也一定要来说一声："睡吧文霞，明天见。"

徐文霞也习惯了，等到十点半张俊还不来，她便睡下，聆听着门上的钥匙响，等张俊的大手在她的被头上拍两下："睡吧文霞……"然后，真的安详地熟睡了。

在爱情的海洋里，徐文霞本来已经绝望了，却忽然碰着救生圈，她拼命地抓着，深怕滑掉。夜里。她常常梦见张俊铁青着脸，指着她的鼻子骂："我把你当块白璧，原来你做过妓女，不要脸的东西，从此一刀两断！"徐文霞哭着，拉住张俊："不能怪我呀，旧社会逼的……"张俊理也不理，手一摔，走出去，徐文霞猛扑过去，扑了个空，醒来却睡在床上，浑身出着冷汗，泪水洒湿了枕头，人还在抽泣。

徐文霞再也睡不着了，多少痛苦都来折磨她：

"怎么办呢，老是这样下去吗？万一给张俊知道呢？告诉他吧……不，他不会原谅我。像他这样的人，多少纯洁的姑娘都会爱上他，怎么能要一个做过妓女的人啊！不能讲，不能讲啊！"徐文霞用力绞着胸前的衬衣，打开床头的电灯，她恐惧，她忧愁。她不能失去张俊，

117

不能没有张俊的爱情。

　　初冬晴朗的早晨，天暖和得出奇。苏州人都溜进了那些古老的园林，去度过他们的假日。

　　徐文霞穿着鹅黄色闪着白花的绸棉袄。这棉袄似乎有点短窄，可是却把她紧束得更加苗条而伶俐。辫子也好像更长了，拖过了棉袄的下摆，给人一种颀长而又秀丽的感觉。她左手拎着黄草提包，右手挽着张俊的臂膀。他们悄悄地走进了留园，在幽静曲折的小道上漫步。他们的脚步是那么的一致、轻捷，硬底皮鞋叩打着鹅卵石子，咚、笃，好像尖指拨动了琵琶的丝弦。小道的两旁是堆得奇巧的假山，尖尖的石笋，瘦透的太湖石参差耸立；晚开的菊花还是那么精神，不时从太湖石的洞眼中冒出一枝。徐文霞的眼珠像清水里的一点黑油，滴溜溜地转动着，她心旷神驰："老天爷，但愿能永远这样吧！"

　　他们在清澈的小石潭旁立了片刻，和孩子们一起呼唤石潭中五彩缤纷的金鱼；然后又转过耸峙的石峰，前面出现了一座小楼。

　　"上楼去吧。"徐文霞动了一下她的右手。

　　张俊拉着她的手就向假山上爬。

　　"咦，上楼嘛！"徐文霞跌跌跄跄地，爬到山顶直喘气。"我叫你上楼，你偏要上山！"

　　"已经上楼啦，还怪人！"

　　徐文霞向前一看，真的上了楼，原来假山又当楼梯，使人在玩弄山景中不知不觉地登了楼。徐文霞忍不住笑起来，停了会儿又叹气：

　　"俊，你看造花园的人多灵巧啊，人总是费尽心机，想把生活弄得美好点。"

　　"走吧，说这些空话做啥。"

穿过了曲折的回廊，徐文霞的心中有些忧伤："唉，空话，要是你明白了造园人的苦心，你就会同情他，原谅他的过错，成全他那美好的愿望。"

张俊一愣，发现了徐文霞那忧伤的眼神："怎么啦文霞，想起什么心事吧？"

"不，没有什么。"

"那你为什么不高兴呢？"

"高兴哩，能和你在一起总是高兴的。"徐文霞强笑了一下。"走吧，你看前面又是什么地方？"

前面是一个满月形的洞门，门内是一派乡村的景色。豆棚瓜架竖立着，翻开的黑土散发着芬芳。他们在牵着葫芦藤的紫藤架下走过去，那些缀满在枯藤上的小葫芦，像繁星似的悬挂在他们的头上。

张俊沉默了一会，躲躲闪闪地说："文霞，你说心里话，你觉得我这个人怎样？"

"怎么说呐，我这一世，要找第二个，恐怕……再也……"

张俊蹦跳起来，脸像太阳钻出云隙，向四面放射出光彩：

"文霞，我们结婚吧！"

徐文霞陡然一震，喜悦夹着恐怖向她猛袭过来！她脸色苍白，嘴唇抖动，半晌才说：

"走吧，我们向前。"

张俊的心潮从高处倾泻下来，化成了潺潺的流水，向深远处流去：

"文霞，人生的道路短暂而又漫长。在这条路上，两个人搀着手，齐奔共同的理想，一个疲乏了，另一个扶着她；一个胜利了，另一个祝贺他。你说，还有爬不过的高山，渡不过的大河吗！"徐文霞感动得几乎掉下泪来。有这样的人伴着自己度过一生,不正是一个迷人的梦,一幅美丽的画吗!可是,她却不得不疑惑地望着张俊,心里在发问:"要是你知道了,你还能说这些话吗?"她痛苦地低下了头,说声:"走吧。"

那边出现了一座土山。山上长满了枫树,早霜把枫林染红了,红得像清晨的朝霞。在半山腰的石凳上,坐着个人,这人背朝着徐文霞,拉起大衣领子在晒太阳。徐文霞咯咯的皮鞋声,引起了这人的注意,便回过头来,露出一张扁平的脸,这脸像一面绷紧了的皮鼓,眼睛、鼻子、嘴巴不分什么高低,在皮鼓的两条裂缝中,尖溜溜的眼睛盯着徐文霞。等到徐文霞发现这人时,已经到了眼前,这人立即站起来,恭恭敬敬地说:

"你好呀四妹,你还在苏州吗?"

"你!你……也在这里玩吗?再见。俊,到山顶上去看看吧。"

徐文霞拉着张俊的手,一溜烟奔上了山巅。她慌乱哪,喘气,眼皮跳动,腿肚发抖,浑身直打寒战。

张俊望着那个人,见他已懒洋洋地下了山去。

"那是谁,怎么叫你四妹?"

"没有什么,一个熟人。四妹是我的小名。"徐文霞哆嗦着。她呆了一会又说:"回去吧,这里很冷,没啥看头。"

张俊看着徐文霞奇怪的神色,疑惑不解,忐忑不安地出了园门。

门上轻轻地敲了一下。半晌,又轻轻地敲了一下。

徐文霞的脸色从惊疑变成了喜悦,敏捷地从床上弹起来:

"是他,又忘了带钥匙!"

徐文霞轻轻地、慢慢地拉开门,想猛地冲出去,吓张俊一下。

忽然,有个扁平的脸在眼前晃了一下,徐文霞一惊,一阵凉气从脚下开始传遍了全身。朱国魂！就是那天在留园碰到的朱国魂。徐文霞愣住了，手搭着门边，不知道关上呢，还是放他进来。

朱国魂微笑着，向巷子的两端看了一眼，不等什么邀请，很快地挤进门来，跟着便弯了弯腰，叫了声徐小姐。

听到朱国魂不是喊阿四妹，而是喊徐小姐，徐文霞更加惶乱了："都知道啦，这个鬼！"她努力使自己镇静，不露出一点慌张的神色：

"这几年在哪里得意呀，朱经理？"

"嘿嘿，没有什么。前几年破坏了市场，得到政府一点教育，劳动改造了两年。现在的政府跟过去大两样啦，吃官司不打也不骂。劳动嘛，人人都得劳动呀。徐小姐，听说你这两年很抖呀！"朱国魂努力想学点儿新腔，不小心又漏出了老话：很抖。

"现在谈不到抖不抖。"徐文霞感到一阵恶心。

"是的，是的。劳动就是光荣。"朱国魂向房间里打量着，一样样看过去，想从每样物品中探出女主人的秘密。

徐文霞戒备着，心跳得厉害，不知道他下一步会耍出什么花招来。

朱国魂的目光从物品回到了徐文霞的脸上，那目光变得大胆而随便。

徐文霞的眼睛也盯着这张扁平的脸，她那目光中有着屈辱的胆怯和愤怒的火焰。就是这个投机商，解放前第一个占有了她，包着她的身子残酷地加以摧残。现在他想干什么呢？不讲话，伸长着脖子挨过来，咧着那个圆圈圈似的嘴直喘气。徐文霞向后让着，打恶心，真想伸手给这张扁平的东西一记巴掌。可是她忍着。从碰到的那天起，她就怕这个人，总觉得有把柄落在这个人的手里。

朱国魂无所顾忌地操起流氓腔来：

"嘻嘻，阿四妹，你真有两手，竟给你搭上了张俊那小子，大学生，一表人才，咳咳，有苗头！当心噢，过去的那段事要瞒得紧点，露了风可就炸啦！"朱国魂眨着他那小眼睛，故意拖长了声音："当然啰，我不是蜡烛，绝不会公开我们在解放前的那段交情，君子成人之美，对不对？"

徐文霞像被雷劈了一下，手脚冰凉，极力保持着的镇静消失了，脱口说出心里话："你怎么晓得这么详细？"

"嘿嘿，买卖人嘛，打听行情的本事还是有的！"

徐文霞脸色煞白，一霎时转了很多念头：痛骂，轰他出去，上派出所！这些都容易做到。可是，要是给张俊知道呢，要是这恶棍加油添酱地告诉张俊呢……她不敢想，头昏沉起来，那张扁平的脸在眼前无限制地伸长、扩大，成了极其可怕的怪相。徐文霞眨眨眼，心一横：

"你要怎么样呢？朱经理，大家都是明白人，有什么话放到桌面上。"

"呃，谈不上怎么样，这又不是解放前。不过，我现在摆个小摊，短点本，想向你借一点。大家心里有数，人有急处，船有浅处嘛！"

徐文霞打落了门牙往肚里咽，气得肺要炸，却又不敢讲话，下意识地伸出颤抖的手，摸出一叠钞票放在桌子上。

朱国魂欠欠身，一串连声地谢谢。他把大拇指放在嘴唇上蘸点唾沫，熟练地一数，又笑嘻嘻地放在桌子上：

"徐小姐，不是我嫌少，也不是我过去在你的身上花过多少钱，实在是这二十块钱不能派什么用场。要是你身边不便，我隔日再来拜访！"

徐文霞咬着下唇，脸涨得发紫，拉开抽屉，摔出了一个月的工资，转身扑倒在床上，掩面痛哭起来。

冬天，渐渐地摆出它那冷酷的面孔，连日刮着西北风，雪花飞飞扬扬地洒下来。

徐文霞呆坐在窗前，面容消瘦了，目光滞板，那滞板的目光直盯着玻璃窗，看着雪花扑打到玻璃上，化成水珠，像眼泪似的流下来。窗外的雪更大了，大团的雪花飞舞着，把世界搅成了蒙蒙的一片。

床头的闹钟嗒嗒地响着，它永远那么不慌不忙。徐文霞又向钟看了一眼："他怎么还不来啊！"

"知道了吧，朱国魂告诉他啦！"徐文霞的心像悬在蛛丝上，快掉下来了，却又悬荡着："他在发怒哩！不，在难过，他心爱的人原来做过妓女啊！"

"滴铃铃铃……"闹钟突然响起来。徐文霞一惊，赶快去按了一下，无力地坐在床上，手按捺着跳得别别的胸脯。张俊不在身边时，她怕听见响声，怕朱国魂又来纠缠。她真想离开这座冷静的房子，可这冷静的房子也许会变成归雁的小窝！

"不，他还没有知道呢，朱国魂不会轻易地放过我，这条毒蛇，不把血吸干了是不会吃肉的！"

张俊进来了，跺着脚，抖掉雨衣上的雪，脸冻得通红，嘴里喷出白汽：

"多大的雪啊，你出去看看吧，好几年不下这么大的雪啦！"

徐文霞飞奔过去，搂着他："怎么现在才来？最近怎么常常来得这么迟呀！"

"是你的心理作用，还不是和过去一样。别乱猜，文霞，无论怎样，我总不会离开你。"

徐文霞把张俊搂得更紧了："别离开我，别丢掉我啊！不，就是丢掉我，我也不会埋怨你。"

张俊推开徐文霞，拉着她的手，呆呆地看着："消瘦了，眼眶中含着泪水，心中藏着什么痛苦呢？不肯说，又不准问。唉，亲爱的姑娘，有什么事我会对你不肯原谅！"张俊的嘴唇动了两下，想说什么，又忍住了，最后还是重复那句常说的话："结婚吧文霞。"

徐文霞放开张俊的手，向后一退："离开我吧，张俊，我配不上你，你会后悔的，离开我吧！"说着又扑过去，埋在张俊的怀里揩眼泪。

张俊抚摸着她的头发，又怜惜，又着急："别难过，不要把我当成那种轻薄的人。"他拍拍徐文霞。"还有个会等我去，你先看看复习题，明天再讲新课。别乱想呀！"

徐文霞恍恍惚惚地："走啦，又走啦！最近他总是这样匆匆忙忙。好吧，结局快到了，到了，总有一天会到的，不如早些吧！"徐文霞哪有心思复习小代数呀，不知不觉地又去打开箱子，把新大衣披上，把新皮鞋穿上，围好那红色的围巾，对着镜子慢慢地旋转，嘴角的微笑和眼角的泪珠同时出现。她叹了口气，又一件件脱下来，再把那些花布、绸料翻出来，看一看，又放进去。嫁妆！她自己也不相信，这些东西竟是买来准备结婚的。她幻想着这一天，却又不敢相信会有这一天，可却偏偏要买这许多东西。这几天张俊不在时，她便独个子翻弄这些什物，玩赏着，作出各种美妙的想象，交织着光彩夺目的生活图画。越是痛苦失望的时候，她越是爱想这些。

"你好呀，徐小姐。嗬！准备结婚啦，我讨杯喜酒吃。"朱国魂！张俊刚才出去时忘了锁门。

徐文霞一看见这个人，所有的幻想都破灭了。她嘣地一声关上衣箱，弹起眼睛问："你又来做什么？"

"上次，承你借了点小本钱……又光了。"

"怎么，我是你的债户，出去！"徐文霞挺身直立，眼睛都发了红，她恨不得燃起一场大火，把这个人烧成灰烬！

"何必这样动火呢，徐小姐。有美酒大家尝尝，一个人喝光了是要醉的！"

"你！"徐文霞叫了一声，怒火在心中翻滚。自己的一切幸福与欢乐都被这个人砸得粉碎，拼了吧，跟这个畜生！可是回头看看衣箱，心又软下来，手抖抖地摸出二十块钱。

朱国魂没有料到第二次勒索竟这么容易，不禁向徐文霞看了起来，发现她近几年竟长得如此苗条而又丰满。高高的胸脯，滚圆的肩膀，浑身散发着青春诱人的气息。他的心动起来了，升起了一种邪恶的念头，扁平的脸上充满了血：

"今晚我睡在这里。"

"叭叭！"两声清脆的耳光。

朱国魂没防着，猛地向后一跳，手捂着面颊：

"正经的啥，我又不是第一次。"

徐文霞猛扑过去，像一头发怒了的狮子，所有的痛苦、屈辱和愤怒一齐迸发出来，用力捶打着朱国魂。

朱国魂痛得并不厉害，只是小声地嚷嚷："看哪，欺负人哪！"

徐文霞什么也不顾了，一口咬住朱国魂的膀子。

朱国魂真的痛得跳起来了，用力一甩，随手拎起一张方凳，想了想又轻轻地放下来：

"别这么麻木，要为你的前途着想。"

徐文霞只当没有听见，夺过方凳猛力掷过去。朱国魂晓得不好，转身溜出门去，方凳轰隆一声撞在板壁上。

徐文霞站在张俊的宿舍门口，头发蓬乱，脸色发青，眼睛里却放射着坚定的光芒："去！告诉他，让我一个人出丑，让我一个人痛苦吧！"心里虽然这么想，脚步却不肯移动，仿佛门槛里有条深渊，跨进一步就无法挽救！

张俊洗完了脸，端着满满一盆肥皂水，用力向门外泼，忽然发现门外有人，连忙收住，半盆水都泼在自己的身上。

"你！文霞。"张俊惊叫起来。看到徐文霞这副样子，更加惊慌，拉着她的手坐到床沿上："发生了什么事啦文霞，快告诉我，快！"

徐文霞痴呆着，眼睛直愣愣地看着张俊。

"什么事呀？文霞！"张俊摇着徐文霞的肩膀，"快说吧，看你气成这个样子，唉，急死人啦！"

徐文霞还是僵呆着，突然一转身，扑到张俊的怀里，眼泪像决了堤的河水！

张俊慌乱极了："别哭，有话快说，别哭嘛！给人家听见了不好。"

徐文霞不停地哭着，让眼泪来诉说她的身世、痛苦和屈辱。一直哭了十多分钟，才觉得塞在心头的东西疏通了，慢慢地平静下来，深深地吸了口气，坦率地叙述着自身的遭遇。

曾经有多少个夜晚啊，她把这些话在胸中深深地埋藏着，这些话中的每一句，都能像利刃一样在她的胸口剜绞。可是现在，当她毫无保留地说出时，却一点也不骇怕。开始时还有些羞涩，说得断断续续，慢慢地却越说越流畅，越说越激昂；到后来她觉得自己坚强起来，巨大起来，觉得她是站在原告席上，对旧社会发出悲愤的控诉！

徐文霞说完了，拉着张俊那修长的大手，看着他那惊呆了的脸，想到不得不和他分手时，忍不住又抽泣起来。

张俊被徐文霞的叙述激怒了。他像听到了一个令人不平的故事，愤怒地从床沿上跳起来:"那个坏蛋在哪里?岂有此理,现在竟敢做这种事,我去找他!"

"别去吧,派出所会找他的。不要为我的事情暴躁,我已经对不起你了,你一片真心待我,我却瞒了你这么长的时间。原谅我吧张俊,我在冬天冻怕了,总希望永远是春天……"

"别哭吧文霞,不能怪你。"

"不,应当怪我,我太自私了,我为什么要拖住你呢,拖住你来分担我的耻辱和痛苦?!离开我吧张俊,我求求你,也许一时会不习惯,慢慢就会忘掉的。不要完全忘光,永远记住一个人,她不能和你捻手同行,她永远祝福你……"徐文霞说不下去了,伏倒着又哭起来。

张俊混乱极了,心被两把挠钩攫住,向两边撕裂,一是身后的抽泣,一是窗外的夜空。就在同一个夜空下面,在阊门外,旅馆旁,在昏暗的街灯下面……

张俊的沉默不语,倒使徐文霞平静下来,这是她想象中最好的结尾,一切在沉默中了结。她支撑着爬起来,默默地、深情地在心底里喊了一声:"再见!"轻轻地、无声地退了出去……

夜深了,空气冷得几乎凝结,大半个月亮挂在屋檐上,屋面在寂静中粘上了浓霜。

在那条深邃而铺着石板的小巷里,张俊在徘徊,他远远望着徐文霞那个亮着灯的窗户,每次走到窗户跟前又回头:"怎么说呢,向她说些什么呢?"他想得出,那盏灯下坐着一个少女,这少女是美好和善良的化身,她无论如何也不能和妓女这个名字联系起来,但连不起来却偏要连起来!张俊咆哮了:是谁在洁白的绫罗上染了一个斑?是谁在清澈的溪流中吐了一口痰?不能怪她啊,在那个黑暗的时代里,一个柔弱的孤儿怎么能主宰自己啊!

要是作为一个普通女孩的不幸，毫无疑问，张俊是会同情的，而且马上就能谅解。可是，这是徐文霞，是个要伴着自己度过一生的姑娘……他踌躇着，在巷子里一趟又一趟地走着。许多往事在眼前起伏，他想起和徐文霞相处的那些充满了欢乐和激动的日子，在那些日子里，天空变得更蔚蓝，道路变得更平坦，悲伤都是快乐的前奏，失败都是成功的象征，一切都充满了活力、希望和信心。这些都是受到一个姑娘的激励，这姑娘挣扎出了苦海，向自己献出一颗纯洁的心。她忍受着那么多的痛苦来爱自己，又那么向往着美好的生活和不断地上进。张俊慢慢地觉得自己卑下而又渺小起来，是一个缩着脖子弓起腰，在世俗的闲言和传统面前的败兵！

　　张俊抬起头来，对着圣洁的夜空发问："和这样的姑娘在一起，有什么会玷污了你呢？你为什么不敢说：'我们永远不要离开，在人生的道路上携手向前！'为什么不敢说？有什么不好说啊！"张俊不觉喊出了声音，猛地一转身，奔跑到徐文霞的门前，一摸，又忘了带钥匙，便捏起拳头拼命地敲门……

　　苏州，这古老而美丽的城市，现在又熟睡了，只有小巷深处传来一阵紧似一阵的敲门声。

1955 年 10 月

美食家

一、吃喝小引

　　美食家这个名称很好听，读起来还真有点美味！如果用通俗的语言来加以解释的话，不妙了：一个十分好吃的人。

　　好吃还能成家！这是我万万没有想到的。想到的事情往往不来，没有想到的事情却常常就在身边；硬是有那么一个因好吃而成家的人，像怪影似的在我的身边晃荡了四十年。我藐视他，憎恨他，反对他，弄到后来我一无所长，他却因好吃成精而被封为美食家！

　　首先得声明，我绝不一般地反对吃喝；如果我自幼便反对吃喝的话，那么，我呱呱坠地之时，也就是一命呜呼之日了，反不得的。可是我们的民族传统是讲究勤劳朴实，生活节俭，好吃历来就遭到反对。母亲对孩子从小便进行"反好吃"的教育，虽然那教育总是以责骂的形式出现："好吃鬼，没有出息！"好吃成鬼，而且是没有出息的。孩子羞孩子的时候，总是用手指刮着自己的脸皮："不要脸，馋痨坯；馋痨坯，不要脸！"因此怕羞的姑娘从来不敢在马路上啃大饼油条；戏台上的小姐饮酒时总是用水袖遮起来的。我从小便接受了此种"反好吃"的教育，因此对饕餮之徒总有点瞧不起。特别是碰上那个自幼好吃，如今成"家"的朱自冶以后，我见到了好吃的人便像醋滴在鼻子里。

朱自冶是个资本家，地地道道的资本家，绝不是错划的。有人说资本家比地主强，他们有文化，懂技术，懂得经营管理。这话我也同意。可这朱自冶却是个例外，他是房屋资本家，我们这条巷子里的房屋差不多全是他的。他剥削别人没有任何技术，只消说三个字："收房钱！"甚至连这三个字也用不着说，因为那收房钱的事儿自有经纪人代理。房屋资本家大概总懂得营造术吧，这门技术对社会也是很有用的。朱自冶对此却是一窍不通，他连自家究竟有多少房屋，坐落在哪里，都是糊里糊涂的。他的父亲曾经是一个很精明的房地产商人，抗日战争之前在上海开房地产交易所，家住在上海，却在苏州买下了偌大的家私。抗日战争之初，一个炸弹落在他家的屋顶上，全家有一幸免，那就是朱自冶，他是到苏州的外婆家来吃喜酒的。朱自冶因好吃而幸存一命，所以不好吃便难以生存。

我认识朱自冶的时候，他已经快到三十岁。别以为好吃的人都是胖子，不对，朱自冶那时瘦得像根柳条枝儿似的。也许是他觉得自己太瘦，所以才时时刻刻感到没有吃够，真正胖得不能动弹的人，倒是不敢多吃的。好吃的人总是顾嘴不顾身，这话却有点道理。尽管朱自冶有足够的钱来顾嘴又顾身，可他对穿着一事毫无兴趣。整年穿着半新不旧的长袍大褂，都是从估衣店里买来的；买来以后便穿上身，脱下来的脏衣服却"忘记"在澡堂里。听说他也曾结过婚，但是他的身边没有孩子，也没有女人。只有一次，看见他和一个妖冶的女人合坐一辆三轮车在虎丘道上兜风，后来才知道，那女人是雇不到车，请求顺带的，朱自冶也毫不客气地叫那女人付掉一半车钱。

朱自冶在上海的家没有了，独自住在苏州的一座房子里。这房子是二十年代末期的建筑，西式的，有纱门、纱窗和地毯，还有全套的卫生设备。晒台上有两个大水箱，水是用电泵从井里抽上来的。这座两层楼的小洋房坐落在一个大天井的后面，前面是一排六间的平房；门堂、厨房、马达间、贮藏室以及佣人的住所都在这里。

因为我的姨妈和朱自冶的姑妈是表姐妹，所以在抗战后期，在我的父亲谢世之后，便搬进朱自冶的住宅，住在前面的平房里。不出房钱，尽两个义务：一是兼作朱自冶的守门人，二是要我的妈妈帮助朱自冶料理点家务。这两个义务都很轻松，朱自冶早出晚归，没家没务，从来也不要求我妈妈帮他干什么。倒是我的妈妈实在看不过去，要帮他拆洗被褥，扫扫灰尘，打开窗户。他不仅不欢迎，反而觉得不胜其烦，多此一举。因为家在他的概念中仅仅是一张床铺，当他上铺的时候已经酒足饭饱，靠上枕头便打呼噜。

朱自冶起得很早，睡懒觉倒是与他无缘，因为他的肠胃到时便会蠕动，准确得和闹钟差不多。眼睛一睁，他的头脑里便跳出一个念头："快到朱鸿兴去吃头汤面！"这句话需要作一点讲解，否则的话只有苏州人，或者是只有苏州的中老年人才懂，其余的人很难理解其中的诱惑力。

那时候，苏州有一家出名的面店叫作朱鸿兴，如今还开设在怡园的对面。至于朱鸿兴都有哪许多花式面点，如何美味等等我都不交代了，食谱里都有，算不了稀奇，只想把其中的吃法交代几笔。吃还有什么吃法吗？有的。同样的一碗面，各自都有不同的吃法，美食家对此是颇有研究的。比如说你向朱鸿兴的店堂里一坐："喂！（那时不叫同志）来一碗××面。"跑堂的稍许一顿，跟着便大声叫喊："来哉，

××面一碗。"那跑堂的为什么要稍许一顿呢,他是在等待你吩咐吃法:硬面,烂面,宽汤,紧汤,拌面;重青(多放蒜叶),免青(不要放蒜叶),重油(多放点油),清淡点(少放油),重面轻浇(面多些,浇头少点),重浇轻面(浇头多,面少点),过桥——浇头不能盖在面碗上,要放在另外的一只盘子里,吃的时候用筷子搛过来,好像是通过一顶石拱桥才跑到你嘴里……如果是朱自冶向朱鸿兴的店堂里一坐,你就会听见那跑堂的喊出一连串的切口:"来哉,清炒虾仁一碗,要宽汤,重青,重浇要过桥,硬点!"

一碗面的吃法已经叫人眼花缭乱了,朱自冶却认为这些还不是主要的;最重要的是要吃"头汤面"。千碗面,一锅汤。如果下到一千碗的话,那面汤就糊了,下出来的面就不那么清爽、滑溜,而且有一股面汤气。朱自冶如果吃下一碗有面汤气的面,他会整天精神不振,总觉得有点什么事儿不如意。所以他不能像奥勃洛摩夫那样躺着不起床,必须擦黑起身,匆匆盥洗,赶上朱鸿兴的头汤面。吃的艺术和其他的艺术相同,必须牢牢地把握住时空关系。

朱自冶揉着眼睛出大门的时候,那个拉包月的阿二已经把黄包车拖到了门口。朱自冶大模大样地向车上一坐,头这么一歪,脚这么一踩,叮当一阵铃响,到朱鸿兴去吃头汤面。吃罢以后再坐上阿二的黄包车,到阊门石路去蹲茶楼。

苏州的茶馆到处都有,那朱自冶为什么独独要到阊门石路去呢?有考究。那爿大茶楼上有几个和一般茶客隔开的房间,摆着红木桌、大藤椅,自成一个小天地。那里的水是天落水,茶叶是直接从洞庭东山买来的;煮水用瓦罐,燃料用松枝,茶要泡在宜兴出产的紫砂壶里。吃喝吃喝,吃与喝是一个不可分割的整体,凡是称得上美食家的人,无一不是陆羽和杜康的徒弟。

朱自冶登上茶楼之后，他的吃友们便陆续到齐。美食家们除掉早点之外，绝不能单独行动，行动时最少不能少于四个，最多不得超过八人，这是由吃的内涵决定的，因为苏州菜有它一套完整的结构。比如说开始的时候是冷盆，接下来是热炒，热炒之后是甜食，甜食的后面是大菜，大菜的后面是点心，最后以一盆大汤作总结。这台完整的戏剧一个人不能看，只看一幕又不能领略其中的含义。所以美食家们必须集体行动。先坐在茶楼上回味昨天的美食，评论得失，第一阶段是个漫谈会。会议一结束便要转入正题，为了慎重起见，还不得不抽出一段时间来讨论今日向何方？是到新聚丰、义昌福，还是到松鹤楼。如果这些地方都吃腻了，他们也结伴远行，每人雇上一辆黄包车，或者是四人合乘一辆马车，浩浩荡荡，马蹄声碎，到木渎的石家饭店去吃鲃肺汤，枫桥镇上吃大面，或者是到常熟去吃叫花子鸡……可惜我不能把苏州和它近郊的美食写得太详细，深怕会因此而为苏州招来更多的会议，小说的副作用往往难以料及。

二、与我有涉

如果朱自冶仅仅自我吃喝而与我无关的话，我也不会那么强烈地厌恶他。他当他的美食家，我当我的穷学生，本来是能够平安相处的。可是我在前面的一节中只说到朱自冶吃早点，吃中饭，他还有一顿晚饭没有吃呐！

朱自冶吃罢中饭以后，便进澡堂去了。他进澡堂并不完全是为了洗澡，主要是找一个舒适的地方去消化那一顿丰盛的筵席。俗话说饿了打瞌，吃饱跑勿动。朱自冶饱餐一顿之后双脚沉重，头脑昏迷，沉浸在一种满足、舒畅而又懒洋洋的神仙境界里。他摇摇晃晃地坐上阿二的黄包车，一阵风似的拉到澡堂里，好像是到医院里挂急诊似的。

  朱自冶进澡堂只有举手之劳，即伸出手来撩开门帘。门帘一掀，那坐账台的便高声大喊："朱经理来哉！"天晓得，朱自冶哪一天当过经理的，对资本家应该喊一声老板才对。不过，老板这种尊称那时已经不时髦了。一是缺少点洋味，二是老板有大有小，开爿夫妻老婆店也能叫作老板的。经理就不同了，洋行经理，公司经理，买卖大，手面阔，给起小费来绝不是三块两块的，五十元的关金券用不着找零头！所以那跑堂的一听到朱经理来哉，立刻有两个人应声而出，一边一个，几乎是把个朱自冶抬到头等房间里。这头等房间也和现在的高级招待所有点相似，两张铺位，一个搪瓷澡盆，有洗脸池，有莲蓬头。只是整个的面积较小，也没有空调设备。不碍，冬天有蒸气，夏天有一只华生老牌的大吊扇，四块木板在头顶上旋个不歇。

  朱自冶向房间里一坐，就像重病号到了病房里，一切都用不着自己动手。跑堂的来献茶，擦背的来放水，甚至连脱鞋也用不着自己费力。朱自冶也不愿费力，痴痴呆呆地集中力量来对付那只胃，他觉得吃是一种享受，可那消化也是一种妙不可言的美，必须潜心地体会，不能被外界的事物来分散注意力。集中精力最好的方法就是泡在温水里，这时候四大皆空，万念俱寂，只觉得那胃在轻轻地蠕动，周身有一种说不出的舒坦和甜美，这和品尝美食有异曲同工之妙，但是二者不能相互代替。他就这么四肢不动，两眼半闭地先在澡盆里泡上半个钟头。泡得迷迷糊糊，昏昏欲睡的时候，那擦背的背着一块大木板进来了。他把朱自冶从澡盆里拉出来，把木板向澡盆上一盖，叫朱自冶躺上"手术台"，开始了他那擦背的作业。读者诸君切不可把擦背二字作狭义的理解，好像擦背就是替人擦洗身上的污垢。不对，朱自冶天天一把澡，有什么可擦的？这擦背对他来说实在是一种古老的按摩术，是被动式的运动。饭后百步走被认为是长寿之道，但是奉行此道者需要自己迈开双腿。擦背则不同，只消四肢松弛地躺在"手术台"上，任人上摩下擦，伸拳屈腿，左转右侧，放倒扶起，同样受到运动的功效，却用不着自己花力气。真正的美食家必须精通消化术，如果来个食而不化，那非但不能连续工作，而且也十分危险！

朱自冶的此种运动时间也不太长，大体上不超过半个钟头。然后便在卧榻上躺下，开始那一整套的繁文缛节，什么捏脚、拿筋、敲膀、捶腿。这捶腿是最后的一个节目，很可能和催眠术有点关系，朱自冶在轻轻地拍打中，在那清脆而有节奏的响声中心旷神怡，渐渐入睡。这一觉起码三个钟头，让那胃中的食物消化干净，为下一顿腾出地位。

当朱自冶快要醒来时，我也从学校里下学归来。书包一放，妈妈便来关照：

"今天还在元大昌，快去！"

妈妈的话只有我懂，那朱自冶还有一顿晚饭没有吃呐！

朱自冶吃晚饭也是别具一格，也和写小说一样，下一篇绝不能雷同于上一篇。所以他既不上面馆，也不上菜馆，而是上酒店。中午的一顿饭他们是以品味为主，用他们的术语来讲叫"吃点味道"。所以在吃的时候最多只喝几杯花雕，白酒点滴不沾，他们认为喝了白酒之后嘴辣舌麻，味觉迟钝，就品不出那滋味之中千分之几的差别！晚上可得开怀畅饮了，一醉之后可以呼呼大睡，免得饱尝那失眠的苦味，因此必须上酒店。

苏州的酒店卖酒不卖菜，最多备有几碟豆腐干、兰花豆、辣白菜之类。孔乙己能有这些便行了，君子在酒不在菜嘛。美食家则不然，因为他们比君子有钱，酒要考究，菜也是马虎不得的。既不能马虎，又不能雷同，于是他们便转向苏州食品中的另一个体系——小吃。提到苏州的小吃我又不愿多写了，除掉如前所述的原因外，还因为它会勾起我一段痛苦的回忆，我被一个我所厌恶的人随意差遣！

苏州的小吃不是由哪一爿店经营的，它散布在大街小巷，桥堍路口。有的是店，有的是摊，有的是肩挑手提沿街叫卖的。如果要以各种风味小吃来下酒的话，那就没有一个跑堂的能对付得了，必须有个跑街的到四下里去收集。也许是我的腿长吧，朱自冶便来和我妈商议：

"你家高小庭蛮机灵，阿好相帮我做点事体，我也勿会亏待伊。"

妈妈当然答应罗，她住了人家的房子不给钱，又没有什么家务可料理，心里老是过意不去，巴不得能为朱自冶做点事，以免良心受责备。可怜的妈妈不知道剥削二字，只承认一切现存的社会法规。她教育儿子不能好吃，却对朱自冶的好吃不加反对，她认为那是一种"吃福"，好吃与吃福是两回事体。可我却把它当作一回事，怎么也不愿意去替朱自冶当跑街的。堂堂的一个高中生怎么能去给一个好吃鬼当小厮呢！

妈妈又哭了，父亲谢世后家境贫困，是靠我的大哥当远洋水手挣点钱："去吧小庭，我们头顶人家的天，脚踏人家的地，住了人家的房子不出房租，又不交水电费，算起来相当于全家的伙食费。只要朱经理说个不字，你就念不成书，我们一家就会住在露天里。只怪你爸爸走得早啊，我求求你………"

我只好忍辱负重，每天提着个竹篮去等候在酒店的门口。等到华灯初上，霓虹灯亮满街头的时候，朱自冶和他的吃友们坐着黄包车来了。一长串油光锃亮的黄包车，当当地响着铜铃，哇哇地揿着喇叭，像游龙似的从人群中夺路而来，在酒店门口徐徐地停下。他们一个个洗得干干净净，浑身散发着香皂味，满面红光，春风得意。朱自冶的黄包车总是走在前面，车夫阿二也显得特别健壮而神气。阿二替朱自冶掀掉膝盖上的毡毯，朱自冶一跃落地，轻松矫捷。在酒店门口迎接他们的不是老板，也不是跑堂的，而是两排衣衫褴褛，满脸污垢，由叫花子组成的仪仗队。乞丐们双手向前平举，嘴中喊着老爷，枯树枝似的手臂在他的左右颤抖。朱自冶似乎早有准备，手一扬，一张小票面的钞票飞向叫花子的头头："去去。"

叫花子的头头把手一扬，叫花子们呼啦一声散开，我这个手提竹篮，倚门而立，饥肠辘辘的特殊叫花子便到了朱自冶的面前。这个叫花子所以特殊，是因为他知道一点地理历史，自由平等，还读过三民主义；他反对好吃，还懂得人的尊严。当叫花子呼啦一声散开而把我烘托出来的时候，我满腔怒火，汗颜满面，恨不得要把手中的竹篮向朱自冶砸过去！可是我得忍气吞声地从朱自冶的手中接过钞票，按照他的吩咐到陆稿荐去买酱肉，到马咏斋去买野味，到五芳斋去买五香小排骨，到采芝斋去买虾子鲞鱼，到某某老头家去买糟鹅，到玄妙观里去买油氽臭豆腐干，到那些鬼才知道的地方去把鬼才知道的风味小吃寻觅……

我提着竹篮穿街走巷，苏州的夜景在我的面前交替明灭。这一边是高楼美酒，二簧西皮，那霓虹灯把铺路的石子照得五彩斑斓；那一边是街灯昏暗，巷子里像死一般的沉寂，老妇人在垃圾箱旁边捡菜皮。这里是杯盘交错，名菜陆陈，猜拳行令；那里却有许多人像影子似的排在米店门口，背上有用粉笔编写着的号码，在等待明天早晨供应配给米。这里是某府喜事，包下了整个的松鹤楼，马车、三轮车、黄包车在观前街上排了一长溜。新娘子轻纱披肩，长裙曳地，出入者西装革履，珠光宝气；可那玄妙观的廊沿下却有一大堆人蜷缩在麻袋片里，内中有的人也许就看不到明天……"朱门酒肉臭,路有冻死骨。"这句众所周知的诗句常在我的头脑里徘徊。

朱自冶倒是不肯亏待我,常常把买剩的零钱塞在我的口袋里:"拿去!"那种神情和给叫花子是差不多的。

我睁眼、僵立。感到莫大的侮蔑。

"拿去吧,是给你奶奶买肉吃的。"

侮蔑被辛酸融化了。我是有个老祖母,是她把我从小带大的,那时已经七十六岁,满嘴没牙,半身不遂,头脑也不是那么清楚的。可是她的胃口很好,天天闹着要吃肉,特别是要吃陆稿荐的乳腐酱方,那肉入口就化,香甜不腻。她弄不清楚物价与货币的情况,在她的头脑中一切都是以铜板和银元计算的。她只知我的哥哥每月要寄回来几千块钱(能买一百多斤米),为什么不肯花二十六个铜板给她称一斤肉回来呢?三百个铜板才合一块钱!她把这一切都归罪于我的妈妈,骂她忤逆不孝,克扣老人,而且牵牵连连地诉述着陈年八代的婆媳关系,一面骂一面流眼泪。妈妈怎么解释也没用,只好一面在配给米里捡石子,一面把眼泪洒在淘米箩里。我在这两条泪河之间把心都挤碎!

当我用朱自冶的零钱买回几块肉来,端到奶奶的床前时,她一面吃,一面哭,一面用颤颤巍巍的手抚摸着我的头:"好孙子,还是你孝顺,奶奶没有白带你……"

我一听这话眼泪便簌簌地往下流,我想大哭,大喊,想问苍天!可是我拼命地哽住喉咙,俯伏在奶奶的床头,把头埋在棉被里。既然在侮蔑中把钱接过来了,为什么不能让奶奶得到一点安慰!

"上有天堂,下有苏杭"啊!这句老话不知道是谁发明的,而且大言不惭地把苏州放在杭州的前面。据说此种名次的排列也有考究,因为杭州是在南宋偏安以后才"暖风熏得游人醉,直把杭州作汴州"。而苏州在唐代就已经是"十万夫家供课税,五千子弟守封疆"了。到了明代更是"翠袖三千楼上下,黄金百万水西东"。近百年间上海崛起,在十里洋场上逐鹿的有识之士都在苏州拥有宅第,购置产业,取其"进可以攻,退可以守"。苏州不是政治经济的中心,没有那么多的官场倾轧和经营的风险;又不是兵家的必争之地,吴越以后的两千三百多年间,没有哪一次重大的战争是在苏州发生的;有的是气候宜人,物产丰富,风景优美。历代的地主官僚,富商大贾,放下屠刀的佛,怀才不遇的文人雅士,人老珠黄的一代名妓等等,都欢喜到苏州来安度晚年。这么多有钱有文化的人集中在一起安居乐业,吃喝和玩乐是不可缺少的,这就使苏州的园林可以甲天下,那吃的文化也是登峰造极!风景不能当饭,天天看了也乏味,那吃却是一日三顿不可或少的。苏州所以能居于天堂之首,恐怕主要是因为它的美食超过了杭州。这也许是苏州人的骄傲吧,可我那时简直觉得这是一种罪恶,是人间最最不平的表现!我不知道地狱里可有"天堂",可我知道"天堂"里确有地狱,而且绝大多数的人都在地狱的边缘上徘徊。说老实话,当我开始信仰共产主义的时候,我没有读过《资本论》,也没有读过《共产党宣言》,多半是由朱自冶他们促成的;他们使我觉得一切说得天花乱坠的主义都没有用,只有共产才能解决问题!如果共掉了朱自冶的房产,看他还神气不神气!

我偷偷地唱着一支从北平传来的歌:

　　山那边呀好地方,
　　穷人富人都一样,
　　你要吃饭得做工呀,

没人为你做牛羊。

……

　　这支歌的曲调很简单，唱起来也用不着尖起嗓门儿费死力，可它却使我从"朱门酒肉臭，路有冻死骨"中找到了出路，出路就在山那边！

　　我决定到解放区去了，那已经是一九四八年的冬天。我不知道解放区的形势，总以为国民党还很强大，还有美国的原子弹什么的。无产阶级要夺取全国胜利，恐怕还要经过几年、几十年的浴血奋斗！我读过《铁流》与《毁灭》，知道革命的艰难困苦，知道那是血与火的洗礼。所以当时的心情很悲壮，准备去战死沙场。"风萧萧兮易水寒，壮士一去兮不复还！"当时的心情很有点像荆轲辞别高渐离。

　　我的高渐离便是苏州，是这个美丽而又受难的城市叫我去战斗！临行之前我上了一趟虎丘山，站在虎伏阁上把这美丽的城市再看一遍：再见吧，你的儿子将用血来洗尽你身上的污垢！傍晚，我照样去替朱自冶买小吃，照样买了一块乳腐酱方送到奶奶的床前：吃吧，奶奶，孙子从屈辱中接过钱来为你买肉，这恐怕是最后的一回！我的判断没有错，当奶奶发觉最孝顺的孙子失踪之后，她哭喊了三天便与世永别。

　　年轻时的记忆多么深刻啊！"文化大革命"期间的挂牌、游街、屈辱、受罪如今已经淡忘了，仿佛那是一场不屑一顾的游戏。可是三十多年前离乡别井，暗中告别亲人，向着黑暗猛冲的情景却点滴不漏地保存在记忆里。也许我是欢喜记着光荣而忘掉屈辱吧，可又为什么不把三四十年前的屈辱也忘记？每当我在电影或电视中看到受伤的战士从血泊中爬起来，举起枪，高喊着报仇的口号向敌人猛扑过去的时候，我的心便会向下一沉，两眼含着泪水。虽然这种镜头看得太多了也觉得老一套，可是这种话我不许孩子们说，孩子们一说我就要骂："小赤佬，你懂什么东西！"

三、快乐的误会

没想到我进入解放区已经太晚了，淮海战场上的硝烟已经消散，枪炮声已经沉寂。解放区的军民沉浸在欢乐的高潮中，准备打过长江去！我们这些从蒋管区去的学生被半路截留，被编入干部队伍随军渡江去接管城市。我从苏州来，当然应该回到苏州去，因为我熟悉那里的大街小巷以及那种好听而又十分难懂的语言，带个路也方便。至于回到苏州去干什么，谁也没有考虑，如果那时有人提出什么前途、专业、工资、房子等等，我们这一伙"小资产"便会肯定他是国民党派来的！革命就是革命，干什么都可以，随便。我们的组织部长却不肯随便，一定要根据各人的特长和志趣来分配，因此就出现了十分快乐的场面：

组织部长把我们二十多个学生兵召集到一个祠堂里。祠堂的正中摆着方桌，桌上放着档案和纸笔，二十多人分坐在两边。

组织部长是个大知识分子，早年毕业于交通大学的机械系。他对我们这些小知识分子十分熟悉："现在要给大家分配工作了，组织上尽量照顾各人的特长和志愿，希望你们在回答问题之前好好地考虑，分定之后就不许犯自由主义。"

当时的气氛本来很严肃，却被我的老同学，诨名叫丁大头的人弄得豁了边。丁大头的头其实也不大，可是他的知识很广博，天文、地理、历史、哲学他样样都懂一点。因为他的脑子里包容的东西太多，所以看起来他的头好像比平常的人大了点。他第一个被部长叫起来：

"你想干什么呢？"

"随便。"丁大头回答得很爽气。

部长翻了翻眼睛："随便是个什么东西？说得具体点。"

"具体点……那也随便。"

人们哄堂大笑了："他什么都懂，可以随便！"

部长也笑了，翻翻档案："什么都懂的人到什么地方去呢？……我问你，你对什么东西最感兴趣？"

"看书。"

"那你为什么不早说呀，到新华书店去。"

丁大头被一句定终身，后来在某地的新华书店当经理，而且是个很称职、很懂行的经理。

第二个被叫起来的是个女同学，苏州姑娘，长得很美，粗布的列宁装和八角帽使得她在秀丽中透出矫健的气息。

部长向她看了一眼便问："你会唱歌吗？"

"会。"

"来一段《白毛女》试试。"

"北风那个吹……"女同学拉开嗓子便唱。那时我们天天唱歌，谁也不会忸怩。

"好了，好了，到文工团去！"

这位女同学的命运也不坏，"文化大革命"前唱民歌，很有点名气。如今听不见她唱了，这小老太婆也可能是在哪里教徒弟。

轮到我的时候便糟了，我怎么也想不起最欢喜什么，除掉反对好吃之外，我好像对什么都欢喜。我没有任何特长，连唱起歌来都像破竹子敲水缸。

部长等得不耐烦了："难道你一样事情都不会干？"

"会会，部长，我会替人家买小吃，熟悉苏州的饮食店。"我绝不能承认万事不通呀，可这一通便出了问题！

"挺好，干商业工作去，苏州的食品是很有名的。"

"不不，部长，我对吃最讨厌！"

"你讨厌吃？很好，我关照炊事班饿你三天，然后再来谈问题！下一个……"

完了，命运在一阵哄笑声中决定了。可我当时并不懊丧，也不想犯自由主义，扬子江在怒号，南岸的人民在呼喊，要拯救劳苦大众于水深火热之中，要推翻那人吃人的旧社会，再也不能让朱自冶他们那种糜烂的、寄生虫式的生活延续下去！朱自冶呀，朱自冶，这下子可由不得你了。我们绝不会让你饿肚子，至少得让你支起个炉灶来烧东西。也不能老是让阿二拉着你，你自己有两只脚，应该是会走路的。

风萧萧兮江水寒，壮士一去兮又复还。我又回到苏州来了，几经转折之后又住在朱自冶的门前。朱自冶对我刮目相看了，他称我同志，我喊他经理；他老远便掏出三炮台香烟递过来，我连忙摸出双斧牌香烟把它挡回去。别跟我来这一套，你那高级烟浸透了人民的血汗，抽起来有股血腥味。朱自冶在解放之初有点儿心虚，深怕共产党会把他关进监牢，那牢饭可不是好吃的！

隔了不久，朱自冶便镇静自若了，因为我们取缔妓女，禁鸦片，"反霸"，"镇反"，一直到"三反五反"都没有擦到他的皮。他不抽鸦片不赌钱，对妓女更无兴趣，除掉好吃之外什么事儿也没有干过。"镇反"挨不上他，他不开工厂不开店，谈不上"五毒俱全"和偷税漏税。所以他经常竖起大拇指对我说："共产党好，如今没有强盗没有小偷，没有赌场没有烟铺，地痞、流氓、妓女都没有了，天下太平，百姓安定，好得很！"他说的可能是真话，可我把他上下打量，心里想，你为什么不说没有赌吃嫖遥呢？赌和嫖你沾不上，吃和遥你是少不了的。等着吧，现在是新民主主义！

朱自冶并没有消极地等待，还是十分积极地吃东西，照样坐着阿二的黄包车上面店，上茶楼，照样找到另一个人帮他跑街买吃的。

那时候我的工作很紧张，没有什么上下班的时间，也没有星期天，没早没晚地干，运动紧张的时候便睡在办公室里。可那朱自冶比我还积极，我起床的时候他已经坐着黄包车走了；我睡得迷迷糊糊的时候才听见他的黄包车到了门前。他每逢到家的时候都要踩一下铃铛，那铜铃的响声在深夜的小巷里像打锣似的。他有时候也不回家，仲夏之夜吃饱了老酒，干脆就睡在公园的凉亭里，那里风凉，还有一阵阵广玉兰的香气。他渐渐地胖起来了，居然还有个小肚子挺在前面。妈妈对他说："朱经理，你发福了，人到了四十岁左右都会发胖的。"可他却说："不对，我这是心宽体胖。现在用不着担心那些强盗和流氓了，别看我有几个钱，从前的日子也是很难过的。生日满月，四时八节，我得给人家送礼，一不小心得罪了人，重则被人家毒打一顿，轻则被人家向黄包车上掷粪便。就说那个上饭店吧，以前也是提心吊胆的。有一次我们几个人吃得正高兴，忽然有个人走到我们的房间里来，要我们让座位。我不知道他是什么人，拌了几句嘴，结果得罪了流氓头子，被他的徒子徒孙们打了一顿，还罚掉了四两黄金的手脚钱！现在好了，那些家伙都看不见了，有的进了司前街（苏州的监狱所在地），有的到'反动党团特'登记处登了记，一个个都缩在家里。饭店里也清净多了，人少东西多，又便宜，我吃饱了老酒照样可以在公园里打瞌睡，用不着防小偷！"朱自冶拍拍小肚子，"你看，怎么能不发胖呢！"

我听了朱自冶的话直翻眼，怎么也没有想到，革命对他来说也含有解放的意义！

当我深夜被朱自冶的铃声惊醒之后，心头便升起一股烦恼，这苏州怎么还是他们的天堂？劳苦大众获得解放的时候，那寄生虫也会趁汤下面，养得更肥！我没有办法触动朱自冶，可我现在有了公开宣传共产主义的权力，便决定首先去鼓动拉黄包车的阿二。

阿二住在巷子的头上，在那口公井的旁边。他和我差不多的年纪，却比我生得高大、漂亮、健壮。小时候我和他在巷子里踢皮球，皮球踢上房顶之后总是他去爬屋面。他的老家是苏北，父亲也是拉车的；父亲拉不动了才由儿子顶替。阿二每天给朱自冶拉三趟，其余的时间可以另找生意。他的那辆车是属于"包车"级的，有皮篷，有喇叭，有脚踏的铜铃，冬春还有一条毡毯盖住坐车者的膝头。漂亮的车子配上漂亮的车夫，特别容易招揽生意。尤其是那些赶场子的评弹女演员，她们脸施脂粉，细眉朱唇，身穿旗袍，怀抱琵琶，那是非坐阿二的车子不可。阿二拉着她们轻捷地穿过闹市，喇叭嘎咕嘎咕，铜铃叮叮当当，所有的行人都要向她们行注目礼；即使到了书场门口，阿二也不减低车速，而是突然夹紧车杠，上身向后一仰，嚓嚓掣动两步，平稳地停在书场门口的台阶前，就像上海牌的小轿车戛然而止似的。女演员抱着琵琶下车，腰肢摆扭，美目流盼，高跟鞋橐橐几声，便消失在书场的珠帘里。那神态有一种很高雅的气派，而且很美。试想，如果一个标致的女演员，坐上一辆破旧的硬皮黄包车，由一个佝偻蹒跚的老人拉着，吱吱嘎嘎地来到书场门口，那还像个什么样子呢！有什么美感呢？人们由于在生活中看不到、看不出美好与欢乐，才甘心情愿地花了钱去向艺术家求教的。

由于上述的种种原因，所以那阿二虽然是拉黄包车，家庭生活还是过得去的。我去动员的时候，他们一家正在天井里吃晚饭。白米饭，两只菜，盆子里还有糟鹅和臭豆腐干，他的老父亲端着半斤黄酒在吱吱咂咂的。我寒暄了几句之后便转入正题：

"阿二，现在解放了，你觉得怎么样呢？"

阿二是个性情豪爽的人，毫不犹豫地说出了他的体会："好，现在工人阶级的地位高了，没有人敢随便地打骂，也没人敢坐车不给钱。"

我听了把嘴一撇："哎呀，你怎么也只是看到这么一点点，工人阶级是国家的主人，绝不是给人家当牛做马的！"

"我没有给人家当牛做马呀！"

"还没有，你是干什么的？"

"拉车。"

"好了，从古到今的车子，除掉火车与汽车之外，都是牛马拉的！"

"小板车呢？"

"那……那是拉货的，不是拉人的，人人都有两条腿，又没病又不残，为什么他可以架起二郎腿高坐在车子上，而你却像牛马似的奔跑在他的前面！这能叫平等吗？你能算主人吗？还讲不讲一点儿人道主义！"

阿二吸了一口气："唏，这倒是真的。"

阿二的爸爸叹了口气"没有办法呀，他给钱。"

"钱……！"我把钱字的音调拉了个高低，表示一种轻蔑："你可知道朱自冶他们的钱是从哪里来的？他们榨取了劳动人民的血汗，你拿了一点血汗之后又把他服侍得舒舒服服的！"

阿二的眉毛竖起来了："可不，那家伙坐车很挑剔，又要快，又怕颠。"

我趁热打铁了："问题还不在于朱自冶呐，我们年轻人的目光要放远点，你看人家苏联……"我滔滔不绝地讲起苏联来了，就和现在的某些人谈美国似的："苏联的工人阶级，一个个都是国家的主人，不管什么事儿，没有他们举手都是通不过的。他们的工作都是开汽车，开机器，开拖拉机，没有一个是拉黄包车的。"我向阿二爸爸的酒杯乜了一眼："拉车弄几个钱也作孽，仅仅糊个嘴。人家苏联的工人都是住洋房，坐汽车，家里有沙发，还有收音机！半斤黄酒有什么稀奇，人家都喝伏特加哩！"我的天啊，那时我根本不知道伏特加是什么，若干年后才喝了几口，原来像我们在粮食白酒里多加了点水！

阿二和他的爸爸更不知道伏特加为何物了，他们听到这个名词还是第一回。那老头儿还咂咂嘴，他以为伏特加是和茅台酒差不多的。

阿二也心动了："哦……呃，那才有奔头。爸爸，我们也不要拉车了，你也当了一世的牛马啦！"阿二当然不是为了伏特加，我知道，他是想开汽车。那时候，年轻的人力车工人最高的理想便是当司机。

阿二的爸爸把酒杯向起一竖："唏……快吃饭吧，吃完了早点睡，明天一早要去拉朱自冶上面店。"白搭，我说了半天他等于没听见。老头儿的思想保守，随他去！

我抓住阿二不放，约他到我家来玩，继续对他讲道理，而且现身说法，拿自己作比："你看我，高中毕业的时候，有个同学约我到西山去当小学教员，每月三担米，枇杷上市吃枇杷，杨梅上市吃杨梅，不要钱。还有个同学约我到香港去上大学，他的爸爸在香港当经理，答应每月给我八十块钱港币，毕业以后就留在他的公司里当职员。我为什么不去呐，人活着不都是为了吃饭，更不能为了吃饭就替资本家当马牛！"除了讲道理以外，我还借了一大堆《苏联画报》给他看，对他进行形象化的教育，说明我们青年人要为这么一种伟大的理想去奋斗。说实在，我所以能讲苏联如何如何，也都是从画报里看来的，画报总是美丽的！

阿二的觉悟果然提高了，也和他的父亲闹翻了，坚决不再拉车，另找职业。我在旁边使劲儿打气："好，你这一步走得对，最好是进厂，当产业工人去！"

隔了不久，阿二垂头丧气地来找我："我把苏州都跑穿了，别说工厂啦，连饭店都不收跑堂的！"

我连忙说："千万要坚持，不要泄气。"

"气倒没有泄，可是肚皮不争气，没饭吃了！"

我听了也着急："啊，这倒是个严重的问题，再克服一下，我去帮你想想办法。"

我给了阿二几个钱，立刻到民政局去找一位同志，他是和我一起渡江过来的。

那位同志一听就喷嘴："你这位老兄毛里毛糙的，做事也不考虑考虑，现在有些资本家消极怠工，抽逃资金，工厂不关门就算好的了，你还想到哪里去找职业？"

"好好，我检讨。可你总不能见死不救呀，想想办法吧。"

那位同志沉吟了下："这样吧，我正在搞失业工人登记，准备以工代赈，先解决他们的吃饭问题。"

以工代赈的项目是疏浚苏州城里的小河浜，这个工作很辛苦，但也很有意义。旧社会给我们留下了很多污泥浊水，我们要把浊水变清流，使这个东方的威尼斯变得名副其实，使这个天堂变得更加美丽，是我们革命的一个方面。

阿二听说这也是革命工作，二话没说，不讲价钱，天天去挖污泥，抬石头，工作比拉车辛苦几倍，但是每天只有三斤米。

阿二的爸爸也没有办法，为了吃饭，只好在门口摆起一个卖葱姜的小摊头。因为他家就住在公井的旁边，人们往往在洗菜的时候才发现忘了在菜场上买葱姜，所以生意还是不错的，只是那一碟糟鹅和半斤黄酒从此绝迹。那老头儿每天见到我时总是虎着眼睛把头偏过去。我的心里也有歉意，总是在暗中安慰着老头："老伯伯，你别生气，总有一天会喝上伏特加的！"我把老头儿的虎眼当作一根鞭子，每天抽一下自己："下劲儿干，争取社会主义的早日胜利！"每当我深夜拖着沉重的双腿走过这空寂无人的小巷时，都要看一看阿二家的窗口，默默地叨念："老伯伯，我高小庭总算对得起你，我没有怕苦，也没有怕累，我和你家阿二都在为明天而奋斗！"

　　为了阿二的事情，妈妈可生了我的气："你这个不识好歹的东西，朱经理哪一点亏待过我们？人家花钱坐车碍你个屁事呀，你硬要和人家作对，弄得阿二家衣食不周，弄得朱经理出入不便，早晚都要到街上去叫车，有时候淋得像个落汤鸡，你这个缺德的东西！"

　　我绝不和妈妈争辩，解放以后再也不能让她流眼泪，何况她的道德观点和我也没法统一，她还相信三从四德，还认为京戏里的那种老家奴十分了不起。只是我听了妈妈的责骂以后，再也不敢去鼓动那个为朱自冶跑街买小吃的人了，那人是个老头，他挖不动污泥，更抬不动石头。

　　朱自冶对我也有感觉了，再也不喊我高同志，再也不请我抽香烟，在门口碰到我时便把头一低，擦身而去。看不出他的眼神，不知道他对我是恨呢，还是忌？不管怎么样，他的手里总算有了一样东西，一个草提包，包里有双套鞋，包口上横放着一把洋伞。他黎明出门时估不透天气，所以都带着雨具，以免叫不到车时淋成落汤鸡。我看了暗中高兴："你迟早得自食其力，应该一样样地学会。"

四、鸣鼓而攻

也许是组织部长在我的档案里写了点什么，所以我的工作转来转去都离不开吃的。全行业公私合营的时候派不出那么多的公方代表，我只好滥竽充数，被派到某个有名的菜馆里去当经理。

这个菜馆我很熟悉，但在解放前从来没有进去过，只是在门口看见有许多阔绰的人进进出出，看见有许多叫花子围在门前，看见那橱窗里陈列着许多好吃的东西，在霓虹灯的照耀下使人馋涎欲滴。我读过安徒生的童话《卖火柴的女孩》，总觉得那卖火柴的女孩就是死在这个菜馆的橱窗前。我进店的时候正是冬天，天也常常飘雪，早晨踏着积雪跑到店门口时，我的心便突然紧缩，深怕真的有个卖火柴的女孩倒在那里，火柴梗儿撒满了一地。

我在店里也坐不稳，特别看不惯那种趾高气扬和大吃大喝的行为。一桌饭菜起码有三分之一是浪费的，泔脚桶里倒满了鱼肉和白米。朱门酒肉臭倒变成是店门酒肉臭了，如果听之任之的话，那我还革什么命呢！

我首先发动全体职工讨论，看看我们这种名菜馆究竟是为谁服务的？到我们店里来大吃大喝的人，到底有多少是工人农民，有多少是地主官僚和资产阶级！用不着讨论，这不过是一种战斗的动员而已。每个职工都很清楚，农民根本不敢到我们的店里来，他们一看那富丽堂皇的门面就害怕，不知道一顿要花几石米！还不如到玄妙观里去坐小摊，味道也不错，最多三毛钱。工人一生之中能来几回？除非他有特殊的事体。可是谁都认识朱自冶，都知道他们的吃法和口胃。每一个服务员都背得出一大串老吃客的名单，在那长长的名单中没有一个是无产阶级。其中有几个高级职员的成分难以划定，据老跑堂的张师傅反映，他们有的是老板的亲戚，有的是老板手下的红人，而且都有股份。当然，每天来吃的人并不全是老顾客，你也不能叫所有的吃客都填登记表，写明前六项。可是，老的服务员对判断吃客的身份都很有经验，他们能从衣着、举止、神态，特别是从点菜的路数上看得出，来者绝大部分都不是工人农民，至少曾经有过一段并非工农的经历。

实行对私改造的那段时间，资本家的心情并不全是兴高采烈，也不都想敲锣打鼓，有些人从锣鼓声中好像看到了世界的末日，纷纷到我们的店里来买醉。他们点足了苏州名菜，踞案大嚼，频频举杯。待到酒酣耳热时便掩饰不住了："朋友们，吃吧，吃掉他们拖拉机上的一颗螺丝钉！"这话是一种隐喻，因为那时候我们把拖拉机当作社会主义的标志。一讲到社会主义的农业便是像苏联那样，大农场，拖拉机。"吃掉他们拖拉机上的一颗螺丝钉！"当然是对社会主义不满，气焰嚣张，语气也是十分刻毒的！

我把收集的材料，再加上我对朱自冶他们的了解，从历史到现状，洋洋洒洒地写了一份足有两万字的报告，提出了我对改造饭店的意见，立场鲜明，言词恳切，材料生动确凿，简直是一篇可以当作文献看待的反吃喝宣言！

领导上十分欣赏我的报告，立即批准在本店试行，取得经验后再推向全行业。

我放手大干了！

首先拆掉门前的霓虹灯，拆掉橱窗里的红绿灯。我对这种灯光的印象太深了，看到那使人昏眩的灯便想起旧社会。我觉得这种灯光会使人迷乱，使人堕落，是某种荒淫与奢侈的表现。灯红酒绿的时代早已一去不复返了，何必留下这丑恶的陈迹？拆！

店堂的款式也要改变，不能使工人农民望而却步。要敞开，要简单，为什么要把店堂隔成那么多的小房间呢，凭劳动挣来的钱可以光明正大地吃，只有喝血的人才躲躲闪闪。拆！拆掉了小房间也可以增加席位，让更多的劳动者有就餐的机会。

服务的方式也要改变。服务员不是店小二，是工人阶级，不能老是把一块抹布搭在肩膀上，见人点头哈腰，满脸堆笑，跟着人家转来转去，抽下抹布东揩西拂，活像演京戏。大家都是同志嘛，何必低人一等，又何必那么虚伪！碗筷杯盏尽可以放在固定的地方，谁要自己去取，宾至如归嘛，谁在家里吃饭时不拿碗筷呀，除非你当老爷！

以上的三项改革，全店的职工都没有意见，还觉得新鲜，觉得是有了那么一点革命的气息。可是当我接触到改革的实质，要对菜单进行革命时就不那么容易了。

我认为最最主要的是对菜单进行改造，否则就会流于形式主义。什么松鼠桂鱼、雪花鸡球、蟹粉菜心……那么高贵，谁吃得起？大众菜，大众汤，一菜一汤五毛钱，足够一个人吃得饱饱的。如果有人还想吃得好点，我也不反对，人的生活总要有点变化，革命队伍里也常常打牙祭，那只是一脸盆红烧肉，简单了点。来个白菜炒肉丝、大蒜炒猪肝、红烧鱼块，青菜狮子头（大肉圆）……够了吧，哪一个劳动者的家里天天能吃到这些东西？

反对的意见纷纷而来，而且都是从老年职工那里来的。

跑堂的张师傅反对了。他说话有点嬉不溜溜地："啊哈，这下子名菜馆不是成了小饭铺啦！高经理，索性来个彻底的改革吧，每人发两块木板，让我们到火车站摆荒饭摊。"

我听了把眼睛一抬:"同志,有意见可以提,态度要严肃点,这是革命工作,不是和吃客们打哈哈的!"我知道他和资产阶级的老爷太太们周旋了几十年,说话不上路,所以特地点了他一点。

"好好,没意见,这样做我们也可以省点力。"张师傅服了。

管账的也提意见了:"高经理,我的意见也可能不正确,只是我有点担心……喏,这样做当然是对的了,可那赢利是不是会有问题?"他说起话来嗫嗫缩缩,因为他和原来的老板是亲戚,"三反五反"时曾经擦破点皮。

"你的担心我也考虑过,可是社会主义的企业是为人民服务,绝不能像资本家那样唯利是图!"

"对对,对对对。"管账的马上服帖。

死不服帖的是那几位有名的厨师,如果用现在的职称来评定的话,他们不是一级便是二级。他们可以著书立说,还可以到外国去表演。可我那时并没有把这种宝贵的技术放在眼里,他们也可能没有把我这样的外行放在眼里,特别是那个杨中宝,好像我剜了他的肉似的。

"这不是都卖点儿家常便饭了吗?"

"家常便饭有什么不好呀?"

"家常便饭家家会做,何必上饭店?"

"出门的人哪有背着锅子走路的?"

"出门的人都想尝尝天下的名菜,噢,苏州的名菜就是红烧狮子头?"

"那要看是什么人?"

"什么人都有,包括像你这样的干部在内!"

"我出差每天三毛钱伙食,两毛钱伙补,一顿吃掉五毛钱,还有早晚两顿没有着落哩!"

"不是所有的人都和你一样，他们自己贴。"

"贴，拿什么贴？不少人就是因为出差时嘴馋，才贪污了公款。"

"如果人家请客呢？"

"为什么要请客，拉拉扯扯的。'三反五反'的教训还不够吗？不少人被资本家拉下水，就是从请客吃饭开始的，说不定那些见不得人的勾当，就是在我们楼上的小房间里干出来的！"

"人家结婚呢？"

"结婚，更不能铺张浪费，买几斤糖，开个联欢会，我们机关里就是这样干的。"

杨中宝火了："高经理，你说的都是外行话，机关是机关，饭店是饭店。请把我调到机关里去当炊事员吧，保证没意见！"

我看着杨中宝直翻眼，把到了嘴边的话咽回去。我不能对一个老工人发脾气，他的工龄和我的年龄差不多，是地地道道的无产阶级，而我的本人成分是学生，属于小资产阶级，再怎么革命也是革不掉的，只好暂时忍耐一点。何况他们所以反对也有道理，因为这一改他们就没有用武之地了。白菜炒肉丝不需要什么高超的手艺，连我都会……是呀，他们的技术不能发挥，也很可惜。调到机关里去当炊事员虽然是气话，调到交际处去当炊事员倒是很合适的……

会场沉寂。

我要设法打开僵局，目光便向青年人投射过去。那时候我已懂得，如果遇事打不开局面，最好是鼓动青年人起来带头。他们不保守，有闯劲，闯过了警戒线也无妨，然后再向回拉一点。矫枉必须过正，也许就是这个道理。

"青年同志们谈谈嘛，你们也是店里的主人，未来是属于你们的，谈谈。"

年轻的职工们只是笑，看看老师傅又看看我，两边都为难，一时拿不定主意。内中有个小伙子，名字叫作包坤年，跑堂的，虽然还没有满师，讲话却是很有水平的：

"同志们，我们的店必须改革，必须彻底地改革！再也不能为那些老爷们服务了，要面向工农兵。面向工农兵绝不是一句空话，要拿出菜单来作证明。烧什么菜，就是为什么人服务。蟹粉菜心不仅工农兵吃不起，而且还要跟着老爷们受罪！为什么，菜心都给他们吃了，菜帮子都到了工农兵的碗里！生炒鸡丁要用鸡脯，鸡头鸡脚都卖给拉黄包车的，这分明是对工农兵的瞧不起。农民进店来只点豆腐汤，有人竟然回生意：'嘿，吃豆腐汤到玄妙观去吧，那里的豆腐汤又好又便宜。'玄妙观只卖豆腐脑，分明是捉弄乡下人的。要是朱自冶他们来了就不得了，从堂口到厨房，都是忙得飞飞的。鱼要活的，虾要大的，一棵青菜剥剩了拇指那么一点点……"

包坤年这么一带头，人们就跟着发表意见，纷纷揭露我们的浪费，以及重视筵席而看不起小生意。这些情况我以前都不了解，听了十分生气，把手指在桌面上敲敲："你看，你们看，不改革怎么得了呢！"

跑堂的张师傅低头不语了，回掉农民的生意可能就是他干的。几个厨师也不讲话了。苏州的名菜选料精细，浪费肯定是有的；围着朱自冶之类的人转也不假，名厨要靠吃家，要靠他们扬名，要靠他们品出那千分之几的差别。最好能碰上孔夫子，孔子曰："食不厌精，脍不厌细！"

改革方案就这么定下来了，包坤年是立了功的，他后来表现得也十分积极，我指向哪里他打向哪里。我也为他的进步创造了很多有利的条件。至于他在"文化大革命"中把我打得半死，那是后话，暂且不提……

我当时把全部精力都扑在改革上，每晚回家都在十一点之后。我改了店堂，换了门面，写了大红海报张贴街头，还向报馆里投了稿，标题是：名菜馆面向大众，大众菜经济实惠！

开张的那一天，景象是十分壮观的。老头老太结伴而来，还搀着小孙子、小妹妹。那些拉车的、挑担的、出差的，突然之间都集中到店门口。门前的黄包车、三轮车，马车停了一长溜。这种车水马龙的情景解放前我也曾见过，可那是拉着老爷太太们来的；老爷太太们美酒高楼，拉车的人却瑟缩在寒风里。如今瑟缩的人们都站起来了，昂首阔步地进入店堂，把楼上楼下两个像会场似的堂口都挤得满满的。一时间板凳桌子乒乓响，人声鼎沸如潮水，看起来有点混乱，可那气氛实在热烈！服务员上菜也很迅速，大众菜，大众汤都用不着现做，汤装在木桶里，菜装在大锅里，一勺一大碗，川流不息地送出去。店门口的行人要靠右走，进出连成两条线，如果用门庭若市来形容，那是十分贴切的。

朱自冶和他的吃友们居然也来了，很好，我倒要看看你们今天想吃点什么东西！谁知道他们先在门口看看广告，再到店堂里瞧瞧热闹，俯下身去看看大众菜，鼻子吸了那么几吸，然后带着不屑一顾的神情走出去，还相互拍拍打打地发笑哩！我见了义愤填膺："反对吧，先生们，我改革的目标就是要叫你们反对！"

老头老太的反应可就不同了："啊哟，以前只听说这家菜馆有名，越有名越不敢来，今天可算见了世面！"

挑菜的农民也说了："这菜馆我以前来过几回，都是挑着青菜进后门，一直送到厨房里，从来不敢向店堂里伸头！"

多么深刻的写照呀，多么自豪的语言，人民的称赞使我忘记了疲劳，感动得心都发抖。不管将来的历史对我这一段的工作如何评价

（放心，它无暇顾及），可我坚信，当时我决无私心，我是满腔热忱地在从事一项细小而又伟大的事业！

当时，我们的领导也到了现场，看了也很满意，虽然秩序有点混乱，那也是前进中的缺点，要我们好好地总结提高，然后推向全行业。

五、化险为夷

这一下朱自冶可就走投无路了！尽管我们的经验很难推开，许多名菜馆都是敷衍了事，弄几只大众菜放在橱窗里装装门面。可是风气一开那苏州名菜便走了味，菜名不改，价钱不变，制作却不如从前那么精细。朱自冶有一张什么样的嘴啊，他能辨别出味差的千分之几哩！一吃便摇头，便皱眉，便向人家提意见。朱自冶看错皇历了，这时候再也没有人把他当作朱经理，资本家三个字也不是那么好听的。有钱又怎么样，不许收小费，你爱吃便进来，嫌丑请出去，反正营业额的大小和工资没有关系。如果依了你朱自冶的话，还要落得个为资产阶级服务的臭名气！

朱自冶怎么受得了呀，他每吃一顿便是一阵懊丧，一阵痛苦，一阵阵地胃里难受。每天都觉得没有吃饱，没有喝够，看到酒菜却又反胃。他精神不振，毫无乐趣，整天在大街上转来转去，时常买些糕点装在草包里，又觉得糕点也不如从前，放在房间里都发了霉，被我的妈妈扫进垃圾堆。那个很有气派的小肚子又渐渐地瘪了下去。

有一天晚上，朱自冶居然推门而入，醉醺醺地站在我的面前：

"高小庭，我……反对你！"

资产阶级开始反扑了，这一点我早有准备："请吧，欢迎你反对。"

"你把苏州的名菜弄得一塌糊涂，你你，你对不起苏州！"

"这是你的看法，菜碗没有打翻，一塌糊涂是谈不上的。是的，我对不起苏州的地主和资产阶级，对苏州的人民我可以问心无愧！"

"你你……你对不起我！"

"是的，应当对不起你，因为你自己也是资产阶级！"

"小庭啊，人可要凭点儿良心，这些年来我可没有亏待过你！"

朱自冶语无伦次了，他竟然想揭下伤疤当膏药贴，这就惹得我火起："朱经理，我是对不起你，也对不起你的朋友；你的朋友中有三个是地主，有两个是在反动党团特的册子上登过记的，还有三个是拿定息的，包括你自己在内。别以为定息可以拿到老，这资产阶级总有一天要被消灭！"

朱自冶吓了一跳，以为我们的政策又要改变。对他来说吃当然很重要，消灭却是性命攸关的。他的酒意消掉了一半，不由自主地向后退，掏出一根前门牌香烟塞过来，被我用一根飞马牌香烟挡回去。他趁势把香烟一叼，吸了一口："该死，今天托人到常熟去买了一只叫花子鸡，味道还和从前一样，不免多喝了几杯，这就糊里糊涂地跑到你家来了。咦，我是从哪个门里进来的呢！"朱自冶想夺门而走了。

"慢点！"

朱自冶站住了。

"朱经理，如果我有什么地方对不起你的话，那就是我没有告诉你一句最要紧的话：你再也不能这样下去了，要逐步地学会自食其力！"

"是的，我一定铭记。"

从此以后，我很少碰到朱自冶，他当然也不会再来向我表示反对。

我对他倒是十分关心，常常向妈妈问起。妈妈说她也不清楚，经常不见朱自冶回家，房间里一股霉味。我想，朱自冶也许是去干什么了吧，吃是终身的必需，总不能是终身的职业。

隔了不久，包坤年来向我汇报，他经常向我汇报。

"不得了，杨中宝他们开地下饭店了，是专门为资本家服务的，每天晚上赚大钱！"

"可当真？"

"一点不假，是我亲眼看见的，地点就在你家东面的五十四号里，天天晚上有许多资本家在那里聚会，杨中宝烧菜，一个妖里妖气的女人收钱！"

包坤年说得有根有据，我怎能不问不理？立刻到居民委员会去调查，找杨中宝来谈话，一问一查又找到了朱自冶的踪迹。

朱自冶开始隐退了，他对饭店失望之后，便隐退到五十四号的一座石库门里。这门里共有四家，其中一家的户主叫作孔碧霞。孔碧霞原本是个政客的姨太太，这政客能做官时便做官，不能做官时便教书，所以还有教授的衔头。苏州小巷里的人物是无奇不有的。据说，年轻时的孔碧霞美得像个仙女，曾拜名伶万月楼为师，还客串过《天女散花》哩！可惜的是仙女到了四十岁以后就不那么惹人喜爱了，解放前夕，那政客不告而别，逃往香港，把个孔碧霞和一个八九岁的女儿遗弃在苏州。

孔碧霞年轻的时候打扮惯了，也可能是由于登过台的关系，所以举手投足、顾盼摆扭等都讲究个形体美。讲究得过了分便变成矫揉造作、搔首弄姿；特别是在无姿可弄而要硬弄时便有点怪里怪气。苏州话骂人也不是那么好听的，人家暗地里叫她"干瘪老阿飞"。

朱自冶一贯的不近女色，为什么突然之间和孔碧霞混到一起去呢？

很简单，那孔碧霞烧得一手好菜！

孔碧霞数十年的风流生涯，都是在素手做羹汤中度过的。她的丈夫的朋友都是政界、实业界、文化界的高雅得志之士，像朱自冶这样的人是休想登堂入室的。什么美食家呀，在他们看起来，朱自冶只不过是个肉头财主，饕餮之徒，吃食癫皮。哪有一个真正考究吃的人天天上饭店？"大观园"里的宴席有哪一桌是从"老正兴"买来的？头汤面算得什么，那隔夜的面锅有没有洗干净呢！品茶在花间月下，饮酒要凭栏而临流。竟然到乱哄哄的酒店里去小吃，荷叶包酱肉，臭豆腐干是用稻草串着的，成何体统呢！高雅权贵之士，只有不得已时才到饭店里去应酬，挑挑拣拣地吃几筷，总觉得味道太浓，不清爽，不雅致。锅、勺、笊篱不清洗，纯正的味儿中混进杂味，而且总有那种无药可救的、饭店里特有的油烟味！朱自冶念念不忘的美食，在他们看起来仅仅是一种通俗食物而已。他们开创了苏州菜中的另一个体系，这体系是高度的物质文明和文化素养的结晶，它把苏州名菜的丰富内容用一种极其淡雅的形式加以表现，在极尽雕琢之后使其反乎自然。吃之所以被称作艺术，恐怕就是指这一体系而言的。

孔碧霞的烹调艺术，就是得之于这一派的真传。她在当年的社交界是个极其有名的姨太太，会唱戏，会烧菜，还会画几笔兰花什么的。二十多年间她家的庭院里名流云集，两桌麻将让八个男人消遣，一桌酒席由她来作精彩的表演。她家有一个高级的厨娘，这高级的厨娘也只能当她的下手！

朱自冶被逼得走投无路之后，偶尔听到他的一位吃友谈起，说是五十四号里有个孔碧霞，此人当年如何如何，如何身怀绝技。

朱自冶一听便笑了："你老兄是说吃解馋的吧，好菜怎么能在家里做呢。你没有那么多的佐料、高汤，没有那么大的炉火与油镬，办不成的。"

"不信？那也没有办法，我请不动那位尊神。她根本就不把我们这些人放在眼里。解放前我想尽天法也没有打得进去……对了，近几年来听说她的家境不好，手头拮据，也许看了孔方兄的面上，能为我们操办一席。你家和她靠近，去试试。"

朱自冶病急乱投医了，他为了吃总会干出一些冒冒失失的事体；他冒冒失失地去敲五十四号的大门，径直说明来意。

如果是在解放前的话，孔碧霞不把朱自冶赶出来才怪呐！可那孔碧霞不如朱自冶，她没有那么多的存款和定息，已经把房子租给了三家，还得靠变卖家具和首饰度日。同时她也多年不操此道，有点技痒难熬，很想重新得到别人的称赞，再现昔日的风流。她内心已经许诺，表面上还要搭搭架子：

"啊呀，朱先生倷（你）是听啊里（哪里）一位老先生活嚼舌头根，倷尼（我们）女人家会做啥格（什么）菜呢，从前辰光烧点小菜，是呒没（没有）事体弄弄白相（玩儿）格！"这女人的一口苏白像唱歌似的好听，可惜写出来却不是那么好懂的。

朱自冶当然懂啰，涎皮搭脸地恳求着："行行好吧，不管你办什么我们都吃，总归要比饭店里好点。"

"饭店！……"孔碧霞十分轻蔑地拉长了声音："你们男人家真没出息，闻了饭店里的那股味道之后居然还吃得下东西！"

朱自冶目瞪口呆了，饭店里有什么味道？有的是美食的香味，闻了以后才胃口大开哩："啊，是是，我们这些人都是凡夫俗子，吃了一世什么也不懂，赏个光吧，让我们开开眼界。"

"好吧，那就献丑了，你们几个人呢？"

朱自冶默算了一下，把食指一环："九个。"

"不行，最多只能七个，人多是没好食的。"

"那就八个，正好一桌。"

孔碧霞笑了："朱先生，你不懂规矩，那下手的一个位子是给烧菜的人留着的。"

"好好，对不起。"朱自冶嘴里叫好，心里犯疑，哪有厨师上桌的？为了吃也只好迁就了，随即从身边掏出一叠钞票，数了五十元放在桌子上，心里盘算，这十块钱就算小费。

孔碧霞面有难色了："哎呀，这几个钱吃点什么呢？"

朱自冶把心一横，八十块全部豁出去，买个面子。

孔碧霞迟疑了半晌，好像在那里算账，最后乜了朱自冶一眼："好吧，不够的地方我也凑个份子。唉，你这人也实在可怜！"

事情就这样定下了，孔碧霞足足地准备了五天。据说还有一只红焖鳗没有来得及做，因为买回来的鳗鱼必须先用特殊的方法养一个星期，而那朱自冶又馋得等不及。

至于这一顿到底吃了些什么，我没有参加，不能乱吹。

杨中宝是参加了的。那一天他正好休息，在大街上碰到了朱自冶。朱自冶是去通知他的吃友们准时上阵的，没想到有位老友因病不起，需要另找候补。看见杨中宝便说："走走，跟我去见见世面。"接着便把如何找到孔碧霞等等说了一遍。连说带吹，借以发泄对我们饭店的怨气。

杨中宝从来不服人，艺高人总有那么点傲气。名厨师都是男人，哪来这么个女的！可是，他也听他师傅说过，在清末民初的时候，苏州有一种堂子菜，是从高等妓院里兴起来的。做这种菜的全是聪敏漂亮的女人，连丑丫头都不许帮边，那做工细得像绣花似的。他反正闲着没事，那朱自冶又不用他出钱，何不趁此去见识见识，如果真有可取的话也可学点技术；如果言过其实的话也可把朱自冶揶揄一顿，煞煞他的锐气！

杨中宝只向我讲了事情的来龙去脉，说明他没有开地下饭店，同时对这种捕风捉影的小报告十分恼火，说是有人和他过不去，他一气之下就不谈孔碧霞了，而是缠着我把他调到交际处去。这事儿很快就办成了，所以我一直不知道那天晚上孔碧霞如何大显身手，究竟吃些什么稀世的美味！读者诸君也不必可惜，在往后的年月里我们还会见到她表演。"文化大革命"可以毁掉许多文化，这吃的文化却是不绝如流。我当时只能从朱自冶的行动上来进行推测，肯定那天晚上的一桌菜是"此曲只应天上有，人间哪得几回闻"！

朱自冶一吃销魂，从此很少见到他的踪影。他再也不像没头苍蝇似的在街上乱转，再也听不到他清晨开门去赶朱鸿兴；他不食人间烟火了，一日三餐都吃在孔碧霞的家里。一个会吃，一个会烧；一个会买，一个有钱。两人由同吃而同居，由同居而宣布结婚，事情顺理成章，水到渠成。

朱自冶终于成家了，一个曾经有过无数房屋的人，到了四十五岁上才有了家庭！家庭是个奇妙的东西，他会使人变得有了关栏，言行举止也规矩了点。朱自冶稳重些了，注意言谈，也注意外表。衣着和过去大不相同。笔挺的中山装，小口袋里插着两支钢笔，颇有点学者风度，这恐怕是孔碧霞参照她前夫的形象加以塑造的。

那孔碧霞不仅会烧菜，治家也是能手。结婚以后她千方百计地调整住房，让朱自冶搬过去，把五十四号里的三户人家搬过来。三户人家的住房面积都有了扩大，她自己也不蚀本。因为那五十四号是个中式的庭院，有树木竹石，池塘小桥，空间很大，围墙很高，大门一关自成天地，任他们吃得天昏地黑也没人看见。那时候，像我这样的反

163

吃战士比较多，还有反穿的；谁要是考究饭菜，讲究衣着，那就有被斥之为资产阶级的危险，或者说是和资产阶级的思想沾了边。所以有钱的人也不得不稍加隐蔽，关起门来吃，吃到肚子里谁也看不见！当然，完全看不见也不可能，人们每天早晨都看见朱自冶夫妇上菜场。两个人穿着整齐，一个拎篮，一个拎包，一个人的膀子套在另一个人的膀子里，惹得行人侧目而视，嗤溜一声："干瘪老阿飞！"

我的妈妈从来不说孔碧霞的坏话，她认为这个女人是行了件好事，使得一个败子回头。她买菜回来常常对我说："又碰到朱经理啦，现在变好了，夫妻两个亲亲热热，像个过日子的。"

我听了只是哼哼，心里想：这叫变好？这是关起门来逃避改造！

六、人之于味

朱自冶逃避改造，我对他也无可奈何。他不到我们的店里来吃饭，我也不能冻结他在银行里的存款；说他有资产阶级的思想也白搭，他本来就是资产阶级。让他去吃吧，革命不是一次完成的，只要他规规矩矩，不再叫喊什么苏州菜不如从前，不再闯到我房间里来提意见。

朱自冶当然不会提意见罗，偶尔碰到我时也是陌若路人，头也不点，挺着那重新凸起来的肚子扬长而去，像个得胜的公鸡，气得我两肺直扇！

更为气愤的是居然有人和朱自冶唱着一个调子，说我们的饭店是名存实亡，饭菜质量差，花色品种少，服务态度恶劣！而且说这种话的人百分之九十以上都不是资产阶级。有干部，有工人，还有老头老

太什么的。我听了很不服,改革才进行了一年多,你们怎么会从赞扬变成反对?两片嘴唇翻得倒快呐!我只好耐心地加以解释:

"老太太,少说两句吧,一年前你能到这里来吃饭,还算见了世面!"

"世面已经见过了,现在要吃好东西!"老太太晃着几张大钞票:"喏,儿子寄来的,他再三关照我要增加营养,高兴的时候便到你们店里来改善改善。改善个屁,还不如我自己烧的!"

"那就自己烧吧,自己烧的东西合口味。"我想起孔碧霞来了,不觉说漏了嘴。

老太太火了:"你……你这话像是开黑店的人说的,我能烧还要你们干什么,白养着你们拿薪水!"

包坤年挺身而出了:"什么叫开黑店,你嘴里放干净点!社会主义的企业是黑店?你诬蔑……"

我连忙拦阻:"好了,算了算了。老太太,你别生气,这菜如果没有动过的话,我们退钱。"

对干部模样的人我就不大客气了:"同志,你是出差的吧?"

"对,咱从北京出差到苏州,听说苏州菜名扬四海,你们的店很有名气,特地来品尝品尝,可你们却拿出这玩意儿!"

"同志,有这样的玩意儿已经不错了,你的伙补一天才几毛钱?"

"咱自己就不能补?现在不是包干制的时代了,咱花得起!"

"艰苦朴素的作风还得保持。"

"对对,谢谢您的教导,早知如此应该背一袋窝头上苏州,你们这家饭店嘛,存在也是多余的!"袖子一甩,走了。

我叹了口气,觉得这人的资产阶级思想也是很严重的,才拿了几天薪金制,就这么财大气粗地当老爷!至于我们这家饭店的存在……

唉，确实有了点问题。这两年国民经济大发展，农村连年丰收，工人调资定级，干部拿了薪水……那人民币又特别见花，肉才六毛多一斤，五香茶叶蛋五分钱一个，二两五的洋河大曲连瓶才两毛二分钱。许多人都阔绰起来了，看到大众菜便摇头，认为凡属"大众"都没有好东西，"劳动牌"也不是好香烟。我想为劳动大众服务，劳动大众却对我有意见。有人把意见放在桌面上，更多的是不愿费口舌，反正有名的菜馆多的是，他们的改革本来就不彻底，临时弄点大众菜装装门面的，时过境迁连门面也不装了，橱窗里琳琅满目，各种名菜赫然在焉！他们趁着市面繁荣时拼命地掏人家的口袋，掏得人家笑嘻嘻的，那营业额像在寒暑表上哈热气，红线呼呼地升上去！我们也曾有过黄金时代啊！想那改革之初，营业额也曾一度上升，我还以此教育过管账的，说他是杞人忧天。隔了不久便往下降，降，降……降掉了三分之一，再降下去确实会产生能否存在的危机！

好吃的人们啊！当你们贫困的时候，你们恨不得要砸掉高级饭店，有了几个钱之后又忙不迭地向高级饭店里挤，只愁挤不进，只恨不高级。如果广寒仙子真的开了"月宫饭店"，你们大概也会千方百计地搭云梯！

一九五七年的春天是个骚动不安的季节，到处都在鸣放，还有闹事的。店里的职工开始贴我的大字报了，废报纸上写黑字，飘飘荡荡地挂在走廊里。我看了以后倒也沉得住气，无非是大众菜和营业额等等的问题。只有一张大字报令人气愤，说我是拿饭店的名声，拿职工的血汗来换取个人的名利，说那杨中宝是被我打击、排挤出去的！署名是"一职工"，可从那语气和那么多的形容词来看，肯定是包坤年写的。你这小子也太不应该了，当初改革时你也曾热情支持，说杨中宝开地下饭店也是你汇报的，怎么能把一堆屎都甩到我的头上来呢！

当然，我也没有必要对此加以解释，只要有千分之一的正确性，都是应该接受的。

正当我惶惑不安，心情烦躁的时候，却来了我的老同学丁大头。

丁大头到北京开会，路过苏州，特地下车来看看我。转眼八年啦，真叫人想念！我情不自禁地叫起来："老伙计，我要好好地请你吃一顿，走，上我们的饭店去！"我叫过以后也觉得奇怪，这话可不像我说的，怎么见了面就想请客呢！

丁大头摇摇头："罢啦，你们的饭店我已经领教过了，还把大字报浏览了一遍。老伙计，你这些年都干了些什么呢？"

"干了点什么？等等，你等等。等会儿我会全部告诉你。"我连忙把我的爱人叫出来，向丁大头介绍："喏，这就是我的爱人。这就是我常常对你说起的丁大头。"

丁大头欠了欠身子："丁正，绰号大头……哎哎，这个雅号再也不能扩散了，我和你一样，大小也是个经理！"

我爱人掩着嘴笑，盯住大头看，好像要弄清楚那头是否比平常人大点。

我说："你别呆看了，快到小菜场去看看，买点儿什么东西。"丁大头对我们的饭店已经领教过了，带他到人家的饭店里去更是制造口舌。所以我想叫爱人随便弄点菜。晚上就在家里吃一点。

谁知道我的爱人没手抓了，结婚两年多她还没有弄过饭哩！她只会替丁大头倒茶、递烟。说："你们先谈会儿吧，妈妈到居民委员会开会去了，等她回来再替你们准备吃的。"

我一听便急了，居民委员会开会是个马拉松，又拉又松，等到他们开完会，那小菜场肯定已经关门扫地。便说："你就烧一顿吧，不能样样事情都依赖妈妈。"

167

我爱人来话了："怎么，你把说过的话都忘啦，你说年轻人如果把业余时间都花在小炉子上，肯定不会有出息。"她把双手一摊："你看，我这个有出息的人还不知道油瓶在哪里！"

丁大头哈哈地笑起来了："对，我可以证明，这话肯定是他说的，一切后果由他负责！"

我连忙摆摆手："好了，你到居民委员会去一趟，就说家里来了人，让妈妈早点儿拔签。"

爱人出去之后，我便滔滔不绝地倒苦水，从头说到尾："……那些大字报你都浏览过了，进行人身攻击的不谈，那是一个年轻人跟着人家起哄。可是我的改革有什么错？旧社会的情景你也见过的，就是为了消灭那种不平才去革命，才去战斗。我不会忘记，临离开这个城市的时候我曾经对她发过誓言。当然，那只是一种壮志，个人的力量是很微薄的，可是在我力所能及的范围内绝不能让那些污泥浊水再从阴沟里冒出来，绝不能让那些人还生活在他们的天堂里！他们可以关起门来逃避，但是不能让我们的同志在吃的方面去向资产阶级学习。当年我们遥望江南，为的是向旧世界冲击；曾几何时，那些飘飘荡荡的大字报却对着我冲击了！冲吧，我问心无愧！"

丁大头沉默了，直抽烟，他的心情大概也是很不平静的。

"说话呀，你的知识比我广博，这些年又在新华书店工作，整天埋在书堆里，你可以随便抽出一本书来敲敲我的头，最好是那些布面烫金的，敲起来有力！"

丁大头笑了："那不行，敲破了头是很难收拾的，我只是想告诉你一个奇怪的生理现象，那资产阶级的味觉和无产阶级的味觉竟然毫无区别！资本家说清炒虾仁比白菜炒肉丝好吃，无产阶级尝了一口之后也跟着点头。他们有了钱以后，也想吃清炒虾仁了，可你却硬要把白菜炒肉丝塞在人家的嘴里，没有请你吃榔头总算是客气的！"

我跳起来了："你你……你也不能天天吃清炒虾仁呀！"

"谁天天到饭店里吃炒虾仁的，他有那么多的工资吗？"

"可也不少呀，同志，你不能低估这种潮流！"

"是你把大众低估了。大众是个无穷大，一百个人中如果有一个来吃炒虾仁，就会挤破你那饭店的大门！你老是叨念着要解放劳苦大众，可又觉得这解放出来的大众不如你的心意。人家偶尔向你要一盘炒虾仁，不白吃，还乐意让你赚点，可你却像沙子丢在眼睛里。"

"不不，我对大众没意见。"

"我知道，你是对那个朱什么冶有意见，他闭门不出了，你到哪里去揪他呢！"

"也不是全躲在家里。"

"当然，肯定会有许多人跟着劳动大众去吃虾仁，告诉你吧，即使将来地主和资本家都不存在了，你那吃客之中还会有流氓与小偷，还有杀人在逃的，信不信由你。"

我信了。我早就发觉过这一点，住旅馆需要工作证和介绍信，吃饭只要有钱便可以。我只好叹气了："唉，你的话也不无道理，可我总觉得勤俭朴素是我们民族的美德，何必在吃的方面那么顶真呢？"

"说得对，这对你个人来说是一种美德，希望你能保持下去。可你是个饭店的经理，不能把个人的好恶带到工作里。苏州的吃太有名了，是千百年来劳动人民创造出来的文化，如果把这种文化毁在你手里，你是要对历史负责的！"

我一听便凉了。我在学校里读过历史，知道那玩意儿可不是好惹的，万一被它钉住了，死都逃不脱！可我也怀疑，这吃的艺术怎么会是劳动人民创造的呢，说得好听罢了，这发明权分明是属于朱自冶和孔碧霞之流。

也怪我的妈妈太热情,这天的晚饭竟然是五菜一汤,汤是用活鲫鱼烧的,味道鲜美。

丁大头眉花眼笑了:"你看,这资产阶级的风气已经渗透到你的家庭中来了,注意!"

七、南瓜之类

丁大头走后,我仔细地检查了我的行为。一个老朋友来了,为什么立即想到要去买菜呢?很简单,这是一种乐趣,也含有尊重与慰劳的意味。过去为什么不是这样的呢?记得渡江后和他在无锡分手时,我也曾为他送行,花了五分钱在摊头上吃了一碗小馄饨,他十分满意,我也情意绵绵。今天为什么不能那样做,一顿花掉五块多钱!也很简单,那时的五分钱是我全部流动资金的十分之一,而我今天的工资是七十五,加上我爱人的工资,再扣去家庭的开支,那五块钱也就等于五分钱。物质和精神的砝码一样大,情谊的天平是平平的。如果我今天还请丁大头吃小馄饨,即使他不介意,我又有什么必要让他忆苦思甜!如果让妈妈和爱人知道的话,肯定要给我一顿臭骂:"这些年你一直惦记个丁大头,来了以后只肯花五分钱,你还像不像个人呢!"

我当然像个人,而且自以为像个很好的人,不随波逐流,不见异思迁……可我有没有感到时间在流去,生活在变迁?我只知道忘记了过去就等于背叛,却不知道忘记了变化也和背叛是差不多的,同样是违反了人民的心意。不去管什么朱自冶了,让他在小庭院里快活几天!

　　正当我想转弯的时候,"反右"斗争开始了。这个运动没有碰到我,我差点儿还成了英雄哩。谁都承认我立场坚定,方向对头,早就以实际行动打击了资产阶级的"今不如昔"。只是由于我的心中有鬼,说话吞吞吐吐,行动也不积极,白白错过了一个提拔的好机会,是个扶不起的刘阿斗。

　　我想转弯也来不及了,因为跟着便是"大跃进","大跃进"之后便是困难年。"大跃进"的时候人人都顾不上吃饭,困难年人人都想吃饭了,却又没有什么东西可吃的;酱油都要计划供应了,谁还会对大众菜有意见?连菜汤都是一抢而空,尽管那菜汤是少放油,多放盐。凡是能吃的东西人们都能下肚,还管它什么滋味不滋味!

　　这就苦了朱自冶啦!他吃了四十多年的饭,从来就不是为了填饱肚皮,而是为了"吃点味道"。这味道可是由食物的精华聚集而成的。吃菜要吃心,吃鱼要吃尾,吃蛋不吃黄,吃肉不吃肥,还少不了蘑菇与火腿。当这一切都消失了的时候,任凭那孔碧霞有天大的本领也难以为炊。

　　人也真是个奇怪的动物,有的吃的时候味觉特别灵敏,咸、淡、香、甜、嫩、老,点点都能区别。没得吃的时候那饿觉便上升到第一位,饿急了能有三大碗米饭(不需要上白米)向肚子里一填,那愉快和满足的感觉也是难以形容的。朱自冶尽管吃了一世的味道,却也难逃此种规律。他被饥饿从小庭院中逼出来了,又拎着个草包成天在街上兜。这一次不是寻找美味了,只要看见那里围着人,便拼命地向里钻,企图能买到一点红薯、萝卜或花生米之类,不管什么价钱。无奈,他经常总是提着个空包回来,神情沮丧,疲惫不堪地走过我家的门前。我第一次见到他财大并不气粗,他也许是第一次感到金钱并不是万能的。照理说那朱自冶也饿不了，城市不比农村，他有定量供应。大跃进之前他家的定量吃不了，经常向外调剂，现在虽说捐献掉两斤，那也不至于饿肚皮。奇怪，一旦缺少了副食品和油之后，那粮食就好像是棉花做的，一天八两一顿下肚，还不知道是塞在哪个角落里！何况那思想也有问题，一顿不饱十顿饥，眼睛一睁便想吃东西。朱自冶以前是眼睛一睁便想吃头汤面，现在却老是睁着眼睛看饭桌上的饭碗，总觉得他碗里的饭要比孔碧霞女儿少了点。孔碧霞也没好气：

"是你的肚子里有鬼！"

"我有鬼还是你有鬼？一个是空的，一个是实的！"

孔碧霞一把夺过女儿的饭碗："给你，都给你，反正女儿也不是你养的！"

孩子哇地一声哭起来了，夫妻俩吵得不可开交。吵到后来实行分食制，一只煤炉两只锅，各烧各的。在吃上凑合起来的人，终于因吃而分成两边。再也看不见他们两个套着膀子走路了，再也听不见孔碧霞嗲声嗲气地叫喊："老朱嗳，你来呐！"

资产阶级的家庭关系本来就是建筑在金钱上的，当金钱处于半失效的状态时，那关系也就会处于半破裂。我倒有点为朱自冶庆幸了，这下子他可以不再迷信金钱，也可以知道一粥一饭的来之不易，不要那么无休止地去寻求美味。

我这样想并不是幸灾乐祸，因为我和朱自冶同处于一个灾祸之中，他饿我也饿，同样地饿得难受。按说，我是一个饭店的经理，在吃的方面还是有点儿办法的，在这种特定的时刻，权力的作用会明显地超过金钱。可我一贯自认为是个很好的人，饿死事小，失节事大，不去搞那些鬼把戏。老实说，也没有饿到真的爬不起来的地步。况且我的家庭很巩固，妈妈和我的爱人拼命地保证重点。妈妈总是让我先吃：

"快吃吧，吃了上班去，我反正没事，等一歇。"我知道这"等一歇"是什么意思，总是偷偷地把饭拨掉点。我的爱人重点保证女儿，孩子读小学，正在长身体，放学回家等不及放书包，便喊肚子饿，不管给她多少，她都会呼呼啦啦地吃下去，哪像现在的孩子，吃饭都要大人逼！

我爱人的身体本来就不好，不久便发现腿也肿了，脸也泡了。这是当时的一种流行病，浮肿病，谁都会医，药方也很简单：一只蹄膀、一只鸡，加四两冰糖煎服便可以，到哪里去找呢？

我有点心事重重了，走路也闷着头。走过阿二家门前时，他在门内向我招手。

阿二早已不挖河道了。当年以工代赈时，每天只拿三斤米，他积极工作，毫无怨言，不愧为工人阶级。领导上十分器重他，安排他到搬运站去工作，现在是基层工会的主席。他对我很信任，总以为我说的话都是对的。可不，那黄包车已经进了博物馆，三轮车也不多见，他虽然没有当上司机，却也是司机的领导哩。

我进了阿二家的门，见阿二的爸爸也坐在天井里。这老头儿有好几年对我不予理睬，后来儿子当了干部，定了工资，讨了媳妇，阿三、阿四也都就了业。老头儿也不卖葱姜了，在那摆摊头的地方摆张小桌子，天天晚上弄点老酒抿抿，看见我总是笑嘻嘻地打招呼："来来，弄一杯！"如今的日子又不大好过了，小桌子又搬到天井里。我喊他一声老伯伯，他想笑也却没有张开嘴。

阿二把我拉到一边："怎么样，我看见阿嫂的脸色有点不对！"

"是啊，有点浮肿。"

"这样吧，我们有两辆汽车到浙江去拉毛竹，毛竹没有拉到，却在哪个山沟里弄来两车南瓜。你准备一辆小板车，天不亮便到码头上去，我弄一车给你。"

"不不，我又不是你们单位里的人，怎么好分你们的东西，再说……"

"别说啦，我绝不会做那种'狗皮捣灶'的事情，那南瓜有我的一份，你先拉去吃。我们经常有车子在外面跑，总比你活络点。"

"那……"

"那什么呀，去拉吧！"老头儿在旁边插话了："南瓜有什么稀奇，大农场，拖拉机，我还等着喝你的伏特加哩！"老头儿咧开嘴笑了，他是在挖苦我的。

我也笑了："老伯伯，你别挖苦我，我还没有翻你的老底呢。那时候阿二去挖河泥，你看见我连头也不点。后来怎么样啦，天天喊我弄一杯。别着急，目前是暂时的困难，好日子会回来的！"

老头儿真心地笑了，连连点头："对对，我相信，相信。"

千千万万个像阿二爸爸这样的人，所以在困难中没有对新中国失去信心，就是因为他们经历过旧社会，经历过五十年代那些康乐的年头。他们知道退是绝路，而进总是有希望的。他们所以能在当时和以后的艰难困苦中忍耐着，等待着，就是相信那样的日子会回头，尽管等待的时间太长了一点。我很后悔，如果当年能为他们多炒几盘虾仁，加深他们对于美好的记忆，那，信心可能会更足点！

我回家把这件事情告诉了妈妈，妈妈谢天谢地，连忙四处奔走，去借小板车。

小板车借回来了，可那朱自冶却像幽灵似的跟着小板车到了我的家里！他的样子很拘谨，也很可怜。叫他坐也不坐，痴痴呆呆地站在门角落里。我暗自稀奇，现在来找我干什么，难道还对大众菜有意见！

妈妈对朱自冶一直很尊敬，硬拉朱自冶坐下，还替他倒了杯水：

"朱先生,有什么话你就说吧,是不是又和孔碧霞吵架啦!"

"哪有力气吵啊,你们看,瘦的!"朱自冶叹了口气,拍拍他那曾经两度凸出来的肚子,他那肚子是生活的晴雨表。

是呀,朱自冶那个颇有气派的肚子又瘦下去了,红油油的大脸盘也缩起来了,胖子瘦了特别惹眼,人变得像个没有装满的口袋,松松拉拉地全是皮。我说:"忍耐一下吧朱先生,这对你也是一种磨炼!"

"啊……也对,也对。"朱自冶迟疑着,想站起来,又坐下去。

妈妈是个饱经沧桑的人,她从朱自冶的神态上就已经看出,这是一种有求于人而又难以启口的表现。她在解放前被逼得无路可走时,也曾向朱自冶借过钱。也曾经对我说过,向人借钱的日子最不好过,失魂落魄地跑进门,开不出口来又跑出去,低声下气地不知道要兜几个圈子。她大概是不想让自己受过的罪再让别人受,便替朱自冶壮胆:

"朱先生,有什么话就说吧,说出来也好让我们帮助。人生一世,谁还没有个为难之处!"

"南瓜。"朱自冶没头没脑地开了口:"听说你家去拉南瓜,能不能分点给我,我……我给钱。"

妈妈虽然知道绝不是来借钱的,却没料到他是来讨南瓜,这事儿她不好做主,因为南瓜和我爱人的浮肿病有点关系,万一有个三长两短,那就说不过去。不答应朱自冶吧,她也觉得说不过去,因为她知道许多公子落难,义仆救主的故事,只好抬起头来看看我:"小庭,你看呐!"

用不着看了,朱自冶那可怜巴巴的样子就在眼前。从他趾高气扬地高踞在阿二的黄包车上,大摇大摆地出入茶馆酒肆,直到今天抖抖缩缩地向人家讨几只南瓜,天意的惩罚也是够受的啦!

我点了点头:"好,分点给你。"

朱自冶双手一合："谢谢，谢谢，我给钱！"说着便把手伸进口袋，他并没有忘记钱的魔力。

我突然产生了反感："不要钱，你要答应我一个条件！"

"什么条件？"朱自冶又惶了。

"跟我一起去拉板车。不劳动者不得食，总不能再叫人把南瓜送到你家里！"

"当然当然，我一定劳动！可……可我不会拉板车，弄不好会把车子拉到河里。"

我一想，这倒也是个实际问题："你总会推吧，我在前面拉，你在后面推。"

"会，我一定用力推。"

"那好，明天早晨四点钟，你在巷头上烟纸店的门口等我，过时不候！"我给他把时间定死了，劳动者总要守点儿劳动纪律。

第二天早晨三点五十五分，我把小板车拉出了大门，在空寂的小巷里哐啷哐啷地向前滚。

果然不错，朱自冶站在那里哩。我本来的意思是叫他站在烟纸店的屋檐下，那里可以避一避深秋黎明时的寒露。可他却紧紧地裹着一件旧雨衣，像个电线杆似的站在路灯的下面，为的是能让我一眼便看见。我看了很高兴，劳动是能改造人的，起码叫他懂得了准时准点。

"早啊，朱先生，叫你久等了吧。"

"可不是，我已经抽掉了五根香烟！"朱自冶说着便脱雨衣，弯下身来帮我推。

我连忙说："穿上，空车是用不着推的。"我存心要教会朱自冶一点儿劳动的本领，便把车杠向上一提："你看，只要前高后低，重心在后，它自己会向前滚的，费不了多少力。等会儿装了南瓜，也只要你在上坡下桥时帮我一把。到了平地，你只要一手搭住车帮，弯腰向前，把体重压到车帮上，跟着跑跑便可以。"

朱自冶嘘了口气，原来这推车也不费力！他把雨衣向手弯里一搭，甩打甩打地走在我的身边。朱自冶东张西望，兴致勃勃，好像是第一次看到这黎明前的苏州，第一次看到清洁工人在路灯下扫地，第一次听到那粪车在巷子里辚辚地滚过去。

"高经理，现在几点啦，我怎么觉得还是在半夜里。"

"四点零三分。怎么，你没有表吗？"我有点奇怪了，朱自冶的时间怎么是用抽几支香烟来计算的？

"不瞒你说，读大学的那一年家里给了我一只浪琴金表，我戴了三天就不想要了，总觉得手腕上多了个东西，很不舒服。"

我差点儿笑出来了，那只浪琴表大概早已下肚，放在肚子里是最舒服不过的。

"那你不要准时上课吗，迟到了也是很不舒服的。"

"迟到，嘿嘿，我根本就不到。野鸡大学，文凭也可以卖的。唉，书到用时方恨少呀，现在想看点儿书了，还有许多字不识呢！"

我对朱自冶刮目相看了，不会拉板车也罢，能看点儿书总是好的，开卷有益。

"都看点儿什么书呢？"

"喏，当然是关于吃的，食谱。这些时没有什么吃的了，晚上睡不着，想起自己一生吃过的好东西，好像那些大盘小碗，花花绿绿的菜肴就在眼前。不瞒你说，我在这方面的记忆力特别好，我能记得几十年前吃过的名菜，在什么地方吃的，是哪个厨师烧的，进口是什么味道，余味又是怎么样……你别笑，吃东西是要讲究余味的，青橄榄有什么吃头？不甜不成，不酥不脆，就是因为吃了之后嘴里有一股清香，取其余味。人真是万物之灵呀，居然能做出那么多好吃的东西！从天上吃到地下，从河里吃到海里。人要不是会钻天打洞地去吃的话，就不会存在到今天！恐龙只会吃草，那么巨大的东西如今又在哪里？……你别叹气。是的，我也觉得很可惜，当年吃过了就算了，没有写日记，现在回想起来就不那么全面，所以想看食谱，复习复习，还可以熬馋呢！……哎哎，你慢点走啊，听我说，那些食谱看了叫人生气，记载得很不详细，我认为最好吃的里面都没有，特别叫人生气的是看不起我们苏州的菜，都是些奇里古怪的东西，什么皇帝吃过的。皇帝有什么了不起，每天一百只菜，摆摆场面，还不知道有几只是可以吃的！乾隆皇帝为什么要三下江南呀，就是到苏州来吃的……"

我实在熬不住了："快走吧，拉南瓜去！"我把南瓜二字说得特别响，目的是让他的头脑清醒点。

"对对，我们绝不能忽视南瓜，用南瓜照样可以做出上等的美味。你们的店里过去有一只名菜，名叫西瓜盅，又名西瓜鸡。那是选用四斤左右的西瓜一只，切盖，雕去内瓤，留肉约半寸许，皮外饰以花纹，备用。再以嫩鸡一只，在气锅中蒸透，放进西瓜中，合盖，再入蒸笼回蒸片刻，即可取食。食时以鲜荷叶一张衬在瓜底，碧绿清凉，增加兴味。"朱自冶背完了食谱，又摇摇头："其实那西瓜盅也是假的，鸡里并没有多少瓜味。瓜甜鸡咸，二者不配，取其清凉之色而已。我们可以创造出一只南瓜盅，把上等的八宝饭放在南瓜里回蒸，那南瓜清香糯甜，和八宝饭浑然一体，何况那南瓜比西瓜更有田园风味！……"

够了，这一大篇吃经念下来，已经快到码头了。我也不想打断他的话，也不再希望他有什么转变，这人是本性难移！让你去画饼充饥吧，我可要改变主意。我本来想把南瓜分给他一半，现在重新决定：分给他三分之一。

八、殊途同归

万万没有想到，一个好吃的人和一个反好吃的人居然站到一起来了！"文化大革命"中我成了走资派，朱自冶成了吸血鬼，两个人挂着牌子，一起站在居民委员会的门口请罪。

朱自冶成为吸血鬼犹可说也，我成了走资派……也有道理。因为在困难年过去之后，我觉得时机已到，可以对过去的改革加以检讨，再也不能硬把白菜炒肉丝塞到人家的嘴里了。何况当时的形势和人们的要求也逼着我的转变。领导上提出要开高级馆子、卖高价菜，借以回笼货币。我们本来就是名菜馆，更是义不容辞的。人们在困难年中饿坏了，连我这个素以不馋而自居的人，也想吃点好东西。妈妈也到自由市场上去游转，五块钱一斤豆油，十块钱一只鸡，看了摇头惊呼，还是笑嘻嘻地拎一只回来，加水煎熬，放在我爱人的面前："吃吧，孩子，这两年苦坏了你！"老人说这话的时候眼泪都掉下来了，其实我爱人的浮肿病早已消退。只有小女儿兴高采烈，到处宣扬："我们家今天吃了一只鸡！"好像发生了什么惊天动地的事情！

高价菜又把朱自冶吸引到我们的店里来了，而且是和孔碧霞一起来的。两个人虽然没有套着膀子，却是合拎着一只大草包，一人抓住一个拎襻，相视而笑，十分亲热。那包里装满了高级糖、高级饼，两人刚刚剃过高价头，容光焕发，喜气洋溢，一股子高级香水味。金钱又发生作用了，那垂老的爱情当然是可以弥合的。

二十元一盆的冰糖蹄髈，朱自冶一下子便买了两只，分装在两个饭盒子里。我和朱自冶自从拉了那趟南瓜之后，见了面都要点头，说两句天气，以纪念那一段共同的经历。困难终于过去了，店里有了东西卖，我也觉得增添了几分光彩。看见朱自冶来买蹄膀便和他搭话："好呀，老顾客又回来啦！"

朱自冶也高兴，笑着，拉拉我的手，可那话却是不好听的："没有办法呀，蹄膀和冰糖自由市场上没有，只好到你们店里来买老虎肉！"

"噢……那你为什么不趁热吃，带回去给孩子？"

"不不，你们的蹄髈没烧透，不入味。我们带回家去再烧一下，再用半斤鸡毛菜垫底，鲜红碧绿，装在雪白的瓷盘里，那才具备了色香味。你们的菜呀，还差得远呢！"

我听了有点懊丧了，当年不该把南瓜分给他三分之一。可我也接受了教训，绝不把这股气扩散到别人的头上去。一九六三年、一九六四年的供应情况又和"大跃进"之前差不多了，我要致力于炒虾仁，使人对这美好的日子留下更深刻的记忆，人总不能老是后悔。可这恢复工作比我当初的改革要困难百倍，从精细到粗放，从严格到马虎，从紧张到懒散，从谦逊到无理都是比较容易的，要它逆转可得费点劲儿哩！

包坤年早就不当"店小二"了，这是在我的启发下改变的。他的行政职务虽然还是服务员（对此他很有意见），服务的时候却像个会议的主持人，高坐在那会场似的店堂里。吃客拥进店堂的时候他便高声大喊："喂喂，不要乱坐，先把前面的桌子坐满！听见没有，你为什么一个人溜到窗子口？"

"同志，请你来一下。"

"要点菜吗？看黑板，都写着咧。"

"同志，我想要两只苏州名菜。"

"名菜？每一只菜都有名字，写得清清楚楚的。"

几乎每天都有吃客吵到我的面前："我们是来吃饭的，不是来受气的！"我忙着给人家赔不是，同时抓紧时间开会，做思想工作，订服务公约，批评别人，检查自己。还得感谢我们苏州的滑稽艺术家张幻尔（愿他安息），他那时编演了一个滑稽戏，名叫《满意不满意》。这戏还真帮了我不少忙，我还请他到店里来做了一次报告，他的报告比我的报告有效，所以便招待了他一顿，没有收钱，是在宣传费用中报销的。

以上种种，到了"文化大革命"中自然就成了罪孽，说我是全面复辟了资本主义，伤天害理地强迫革命群众去服侍城市里的老爷！张幻尔的那一顿饭也不是好吃的，他陪着我狠狠地被斗了一整天！

包坤年成了头头了，对准着我造反。他那时有一种错觉，认为打倒了局长便可以当局长，打倒了经理便可以当经理。局长已经被人家抢先打倒了，他也只好屈就点，马马虎虎地先当个经理。包坤年确实也具备了各种对我造反的条件：历史清白，一贯拥护革命路线，最最难得的是在一九六三年便抵制过我的"复辟行为"，遭到过我的残酷打击！这话也并非完全捏造，一九六三年我是批评过他，他那名菜都有名字的妙语，还被报纸上的一篇文章引用过，虽然没有点名，总会有点压力。所以他在控诉我的罪行时总是义愤填膺，热泪盈眶："那时候黑云压城城欲摧，我势单力薄，孤军奋斗，只好暂时屈服在他的淫威下面，我盼啊，盼啊……"包坤年经常在店堂里看小说，词儿是不少的，也不空洞，他对我的情况十分熟悉，重磅炸弹都捏在他手里。那时候他老是跟着我转，我也把他当作左右手，可算是无话不谈的。诸如我小时候曾经帮朱自冶买过小吃，住了他家的房子不给钱等等。有些话是为了说明旧社会的不平，有些话纯属闲聊，并无目的。包坤年把这些事儿都串起来了，批道：

"这个死不悔改的走资派,从小便被资本家收买,眼看蒋家王朝的末日已到,便带着不可告人的目的混入我解放区,混入革命队伍。解放初期伪装积极向上爬,攫取了权力;一有机会便全面复辟资本主义,为他的主子效力!"这些话虽然不合事实,却也很有逻辑性。我是在蒋家王朝末日已到时到解放区去的,解放初期我是很努力,当了经理当然有了权力,一有机会是改变过经营管理!任何事情只要先把它的性质肯定下来,怎么说都有理,而且是不需要什么学问的。"白马非马",如果我首先肯定了你是只马,那就不管你是白的还是黑的,你怎么玄也休想滑得过去!要不然的话,世界上的黑白为什么会那样容易被颠倒呢?

　　也有人是出于一种好奇心理:"是呀,哪有房屋资本家是不收房钱的?不是一天两天啊,一住几十年,这里面到底是什么关系?"这些人并无恶意,只是想知道人与人之间的秘密关系。

　　包坤年可要抓住这些关系做文章了,立刻通过居民委员会去外调。

　　这个朱自冶呀,没说头。他除掉好吃之外还有个致命的弱点——怕打。当包坤年把袖管一捋,桌子一拍,他就语无伦次,浑身发抖。

　　"说,你有没有收买过高小庭?"

　　"收……收买过的。"

　　"怎么收买的?"

　　"经常给他钱。"

　　"在什么地方给的?"

　　"在酒店里。"

　　"总共给了多少?"

　　"大……大约有几十万。"

　　"啊!这么多的钱你是怎样从银行里取出来的?"

"用，用不着取，是零钱，对对，是伪币。"

幸亏包坤年要比我的老祖母明白得多，如果他也只知道铜板和银元的话，很可能要闹笑话，几十万元的伪币只是一包香烟钱。

"伪币？……伪币也是钱！快说，解放以后你们是怎么勾结的？"

"没有。解放以后他对我不大客气。"

"胡说，把他带走！"

"啊啊，我该死，我忘了，困难年他还给了我一车南瓜哩！"该死的朱自冶呀，他忘了说三分之一，为了这个数字，还害得我多挨了几拳头！

这下子不得了啦，证据确凿，罪行累累！更不得了的还在后面呢，三转两绕把个孔碧霞也牵出来了。她的前夫解放前夕逃往香港，困难年还从香港给她寄过罐头，秘密指令就藏在罐头里！她是潜伏特务，我和特务内外勾结，窃取国家机密……包坤年看的都是反特小说，看多了自己也会编。你看：天亮前的三点五十五分，朱自冶穿着一件美制的雨衣（那件破雨衣确实是美国货），歪戴着一顶鸭舌帽（没有戴），站在电灯柱下徘徊，连续不断地抽了五支香烟。准四点，高小庭拉着板车从巷子里出来，左右这么一看，轻轻地说了一声："走……"故事的开头很有吸引力，因而十分畅销，到处请他去作批判发言。他没完没了地讲着。我弯成四十五度角站在那里，还要不时地回答问题：

"你有没有罪？"

"有罪，我有罪！"我确实承认自己有罪。当年包坤年听说杨中宝到孔碧霞家吃饭，便编造出杨中宝开地下饭店，而且还有个妖里妖气的女人收钱。我不但没有批评他，却从自己的需要出发，对他重用，加以鼓励。如果编造谎言能得到好处的话，那他为什么不编呢？好处越大，他就会编得更加离奇！

"回答，你是不是罪该万死！"

我拒不回答。我不想死，我要活。我有错误要纠正，还有那愿意为之牺牲的共产主义事业……

拳头又落到我的身上来了，打得并不重，却像刀尖刺在心头，我总觉得包坤年握着的刀柄，有一半儿是我作成的！

居民委员会也不能没有表示，可那批斗的事儿都给包坤年包了，他们捞不到，只好勒令我和朱自冶、孔碧霞早晨到居委会的门口请罪。我和朱自冶终于站到了一起！

挂着牌子站在居委会的门口请罪，那滋味比"押上台来！"更难受。押上台去向下一看，黑压压的一大片，也不知道有几人是我认识的。站在居委会的门口就不同了，巷子里早晨进出的都是熟人。那拎着菜篮的老太是看着我长大的，那阿嫂结婚的时候曾经请我坐过席，那孩子嘛……前几天见了我还喊叔叔哩！我低着头不敢看人，人们也不忍看我。好端端的一个人，又不偷又不抢，怎么突然之间像个吊死鬼似的，胸前挂着个牌子，一动不动地竖在那里！有人绕道走了，绕不掉的人便匆匆地奔过去，装着没看见。偏偏我又能从他们的脚步和鞋袜上看得出是谁。看得最准确的当然是我的妈妈了，她小时候缠过足，后来才放开，那双半大的脚围着儿子转过多少回啊，如今是那么沉重而零乱，歪斜而迟疑。

只有阿二满不在乎，他走到我身边便高声咳嗽，轻轻地说："别着急，先熬着点。"

孔碧霞可熬不住呀，她是个爱打扮而又讲风度的人，如今剃了个阴阳头，挂着个女特务的牌子站在那里。特务而加女字，更容易引起人们的注目和非议，因为谁都不会想到女特务会做菜，总是想到女特务会搞一些乱七八糟的男女关系。再加上那个该死的朱自冶，居然交代他曾经看到孔碧霞从外国罐头上剥下商标纸,一直压在玻璃台板里,破四旧的时候才烧毁,使得包坤年的故事里又多了一个情节。这密码就在商标纸的背后!孔碧霞又羞、又恨、又急,站了不到半个小时便砰然一声倒地,满脸鲜血,人事不省。亏得居委会主任并不存心要和谁作对,便叫人把她搀回去。

我对朱自冶更加反感了,请罪的时候都离他远点,表示我和他并非同类。你朱自冶好吃倒也罢了,在那样的情况下,好吃根本就算不了一回事体。可你为什么那么怕打,为了一时的苟安,竟然不顾夫妻情义,提供那种不负责任的细节。由此我也得出结论,好吃成性的人都是懦弱的,他会采取一切手段,不顾任何是非,拼命地去保护、满足那只小得十分可怜而又十分难看的胃!

第二天一早,阿二带着二十多个搬运工人来了,一个个身强力壮,头上戴着柳条帽。队伍由一部大榻车开路,榻车上装着杠棒、绳索和铁钎。车子到了我们的面前时便往下一停,有人大喝一声:"是谁叫你们站在这里的?"

朱自冶又吓了,慌忙回答:"是居委会主任。"

阿二把手一挥:"去几个人,把主任找来。"

五六个人同时拥进大门,把主任拉到了大门口。

"是你叫他们站在这里的?"

"是的,请问你们是哪一派的?"居委会主任感到有些来者不善。

"我们是杠棒派,告诉你,这里不许站人,妨碍交通!"说着便有人到榻车上,抽杠棒,拿铁钎。

居委会主任连忙摆手:"革命的同志们,这件事情可以商议,可以商议。"

阿二说:"这样吧,如果你觉得不好交代的话,那就叫他们到拐弯

185

的弄堂里去扫地。"

居委会主任是个很有社会经验的人，他立刻明白了阿二的用意，也没有必要冒挨打的风险，便对我们挥挥手："回去，各人回家去拿扫帚。"

阿二高兴地瞟了我一眼："不许偷懒，扫得干净点！"

我听了暗自发笑，那拐弯的弄堂是条死弄堂，总共不到三十几米，划不了几扫帚。

可是我却无法和朱自冶分开，我扛着扫帚进弄堂，他也紧紧地钉在我后面，我扫他也扫，我歇他也歇，还要找机会向我表示谢意："还是你的朋友好，够交情！"

我忍不住叫出来了："我的朋友是不讲吃喝的！"

九、士别三日

其实并不是别了三日，三三得九，整整九年我没有见过朱自冶。他大概还住在五十四号里，我与全家下放到农村去了九年。

九年的时间不算太短了，所见所闻再加上亲身的经历，足够我进一步思考吃饭的问题。在思考中度过了五十大寿。

过生日的那一天，妈妈杀了一只老母鸡，开后门弄来一斤洋河大曲，闷闷地喝了几杯。三杯下肚之后突然惶恐起来，怎么搞的，什么事儿还没有干呐，却已经到了五十岁！解放初期我和五十多岁的老先生一起开会，上下台阶都要看着他们，防止有个闪失什么的。在我的印象中，年过半百已经是老人了；在农民的生活中，五十岁的人如果有儿有女而且儿女都很孝顺的话，他是不挑重担的。一事无成两鬓斑，长使英雄泪满衫！我虽然不是英雄，却也流下了几滴眼泪。我在泪眼与醉意中胡思乱想：如果能让我重新工作的话，我第一要……第二要……简直像在做梦似的。梦也是一种预感吧，它有时候也能实现，只是实现起来不如梦中那么容易。

　　灾难过去之后，我又回到了苏州。这一次可不是背着背包回来了，一家大小，瓶瓶罐罐，台凳桌椅，农具家具装满了一卡车。我对苏州城有点不习惯了，觉得它既陌生又熟悉。大街小巷都没有变，可是哪来的这么多人哩！苏州人没有事儿并不是游园林，而是荡马路。如今，你连过马路都得当心点！在大街上碰到多年不见的熟人时，只能站在人行道的边上讲话，讲话要提高嗓门，还不停地有人从你的肩膀上擦来擦去。大批下放并没有能减少城市的人口，却把个原来比较安静的城市涨得满满的。涨得我连个安身之处也没有了，只好借住在亲戚的家里。也好，这下子可以和那朱自冶离得远点，他在城东，我在城西。

　　组织部的同志找我去谈话，那位同志也和我差不多的年纪。当年要饿我三天的老部长早已不在了，愿他安息，在"文化大革命"中，他在另外一个城市里"自动跳楼"。什么都懂的丁大头也不在了，他就死在"什么都懂"的上面，而我这个什么都似懂非懂的人却活到了今天……

　　"组织上考虑，你还是回到原来的工作岗位，有什么意见？"

　　我什么意见也没有，只是感到一阵心酸，忍不住自己的眼泪。如果坐在我面前的还是老部长的话，我会和他抱头痛哭的！

　　老部长啊，你再也用不着饿我三天了，我已经深深地懂得了吃饭的意义；放心吧，丁大头，我再也不会硬把白菜肉丝塞到人家的嘴里。我要拼命地干，我要把时间放大三倍，一份为了老部长，一份为了你……

"不要激动，过去的都过去了，困难还在前面。"

我点点头。这是用不着说的，每次灾难都是首先影响到吃饭，灾难过去之后第一个浪头便是向食品市场冲击，然后才想到打扮，想到电风扇和电视机。

我的估计没有错，但是还有两点没有估计在内。十年动乱以后乱是停止了，可那动却是大面积的！人们到处走动，纷纷接上关系，访战友，看亲戚，老同学，老上级，有的被关押了十年，有的从"反右"以后便失去了联系。人们相互打听，谁谁有没有死，谁谁又在哪里。"好呀，看看去！"几乎是每一个家庭都会发生一次惊呼："啊呀，你怎么来啦……"我虽然反对好吃，可在这种情况之下并不反对请客。我也是人，也是有感情的，如果丁大头还能来看我的话，我得好好地请他吃三天！

还有一点没有估计在内，那就是旅游的兴起。旅游这个词儿以前我们不大用，一般地都叫作"游山玩水"，含有贬义。现在有新意了，是领略祖国的山河之美。不管是什么意思，我都不反对，人是动物，应该到处走走。特别是欢迎外国朋友们来走走，请他们看看我们民族的文化，顺便赚点儿外汇。别以为苏州的园林都是假山假水，人工造的，试问：世界上哪有一种文化不是人为的？真山真水虽然伟大，但那算不了文化，是上帝给的。何况苏州的园林假得比真的还典型、集中、完美，全世界独一无二，不是吹的！

苏州的饭菜呢？经理。在这个古老的天堂里吃和玩本来是并驾齐驱的，你既不反对请客，不反对旅游，还欢迎外国朋友，那就不能落后，落后了是要挨打的。

可不是，开始的那阵子人们意见纷纷，什么吃饭难呀，品种少呀，态度坏呀。有人提意见，有人发牢骚，有人指着我的鼻子骂山门。那包坤年还和一帮年轻的吃客打了起来，真的挨了几拳头！没有办法，包坤年也需要有个恢复的过程。"文化大革命"期间他不是服务员，而是司令员，到时候哨子一吹，满堂的吃客起立，跟着他读语录，做首先……，然后宣布吃饭纪律：一号窗口拿菜，二号窗口拿饭，三号窗口拿汤；吃完了自己洗碗，大水槽就造在店堂里，他把我当初的改革发展到登峰造极！

别人对我发牢骚，我也对别人发牢骚，我的牢骚只能私下里发："现在的事啊，难哪……"不能在店堂里发，如果伙着大家一起发的话，那不是要把店堂吵炸啦！我得注意点，年岁也不小了，不能那么毛毛糙糙。特别是对包坤年，得讲个团结，他整天都在等着我打击报复呢！不错，他在"文化大革命"中打过人，但也只是打过我，没有打过别人。朱自冶招得快，没有挨过打，孔碧霞也不是他打的。他自己也是上当受骗，又没有能当上经理，牢骚要比我多几倍！

包坤年挨了人家几拳之后，便到办公室里来找我，面部的表情是很尴尬的："高经理，我……过去，对不起你……"

我连忙摇手："算了算了，过去的事情别提，那也不能完全怪你。如果你是来检讨的话，那就到此为止；如果你有什么事儿的话，那就直说，不必顾虑。"

包坤年翻翻眼睛，半信半疑："我想……我这个人不适宜于当服务员，说话的嗓门儿都是两样的，容易惹人家生气。过去的那些年胡思乱想，都是不切实际。今后再也不能靠吵吵喊喊了，要凭本事吃饭，技术第一。所以我想好好地学点儿技术。"

"你想离开饭店？"

"不，那也是不现实的。我想去当厨师，学烧菜。不管怎么样，我学起来总比别人方便。"

"噢……"我的脑子悠转着，考虑两个问题：一是包坤年的服务态度恐怕一时难改，很难保证他在相当长的时间内不和吃客打起来。二是厨房里确实也需要人，培养年轻的厨师已经成了大问题。我二话没说，马上同意。

包坤年十分满意，到处宣扬："放心，这个走资派是不会打击报复的，我那么打他，他都没有记仇，你贴了张把大字报，发过几次言有什么关系！"

别小看了包坤年的宣扬，还真起了点稳定人心的作用。人心思治，谁也不想再翻来覆去。牢骚虽多，可那牢骚也是想把事情做好，不是想把事情弄坏，只不过性急了一点。性急也是一种动力，总比漫不经心好些。

我和同志们仔细地研究了吃客的意见，发现除掉有关服务态度之外，要求也很不统一。有的要吃饱，有的要吃好；有的要吃得快（赶着玩儿），有的不能催（老朋友相聚）；有的首先问名菜，有的首先问价钱；有人发火是等出来的，有人发牢骚是因为价钱太贵。不能把白菜炒肉丝硬塞在人家的嘴里，可那白菜炒肉丝也是不可少的，只是要炒得好些。

我的思想也解放了，不搞一刀切，还引进了一点洋玩意儿。不叫大众菜，叫"快餐"，一菜、一汤、一碗饭，吃了快去游园林，否则时间来不及。其实那快餐也和大众菜差不多，只是听起来还有点效率。否则的话，人家一看"大众"便上楼，谁都欢喜个高级。我们把楼下改成快餐部，一律是火车座，皮靠椅，坐在那里吃饭也好像是在旅行似的。青年人特别满意，带劲儿，又新鲜，又花不了他们几个钱。我年轻的时候只知道拖拉机，他们现在比我们当年懂得多，还知道外国有种餐厅是会转的。怎么个转法我也不知道，反正在火车座儿里吃饭也有动的意味。当然，快餐的味道也不错，如果要添菜也可以，熏鱼、排骨、油爆虾、白斩鸡都是现成的。有个青年朋友吃得高兴起来还对着我打响指："喂，最好来瓶威士忌！"这一点我没有同意，我担心那威士忌和伏特加也是差不多的。

楼上设立炒菜部，把会场似的店堂再改过来，分隔成大小不同的房间，一律是八仙桌，仿红木的靠背椅，人多可加圆台面，墙角里还放几盆铁树什么的。老年人欢喜怀旧，进门一看便点头："唔，还是和过去一样的！"其实和过去也不一样了，如果真和过去一样的话，他们也会有意见："怎么搞的，二十多年了，还是这样破破烂烂的！"

当我忙得满身尘土，焦头烂额的时候，背后也有人说闲话："都是这个老家伙，当年拆也是他，现在隔也是他，早干什么的！"我听了心往下沉，什么，我也成了老家伙啦！老……老得还可以嘛，那家伙二字是什么含义？也罢，干活儿不能动手抓，总得使几样家伙的，何况我从拆到造也不是简单的重复，内中有改进，有发展，这就叫不破不立。遗憾的是从破到立竟然花去了十多年，我的心里也是不好受的。

改进店堂和引进一点洋玩意儿都好办，要恢复传统的名菜，全面地提高烹饪技术就难了，难在缺少人才。杨中宝和他的同辈人都纷纷退休了，有的是到了年龄，有的是想尽办法提早退休，好让子女顶替。名菜虽然都有名字，有些菜名青年人连听也没有听到过，他们的心里也很急，纷纷要求学习，而且对杨中宝十分想念。许多人虽然没有见过杨中宝，但都听师傅说起过，说杨中宝的手艺如何如何，肯定也会说我当年对杨中宝是怎样怎样的。历史不仅是写在书中，还有口碑世代流传！

我决定去求见杨中宝，希望他不记前隙，来为我们讲课，按教授待遇，每课给八块钱。

我去的那天天下大雨，大雨也要去！

杨中宝见我冒雨而来，十分感动："啊……你还没有忘记我！"他确实老了，行动蹒跚，耳朵也有点不便。当我说明来意并作了检讨之后，他紧紧地握住我的手，拍拍我的手背："你呀，还说这些干什么呢，那些事我早就忘光了。我只记得那里是我的娘家，我在那里学徒，在那里长大。我发过几次狠了，临死之前一定要回娘家去看看兄弟姐妹。你请也要去，不请也要去，听说你们现在忙得不错哩！"

我听了很感动，这是一个老工人的胸怀，也是一个老工人的心意，他对我们的事业是有感情的，那感情比我深厚。

杨中宝来了，是由他的孙子陪同来的。他先把我们的店里里外外看了一遍，不停地点头叫好，说是和过去简直不能比。特别是那宽大的厨房，冰箱、排气风扇、炊事用具、雪白的灶头，他当年在交际处也没有这种条件。我把所有菜单都请他过目，他看得十分仔细。

杨中宝开讲的时候，全店上下都来了，把个小会场挤得满满的。我请他解放思想，放开来讲，多讲缺点。可是杨中宝讲得很有分寸，入情入理：

"我看了，你们工作得蛮好。要说苏州的名菜，你们差不多全有了，烧得也好。缺点是原料不足和卖得太多引起的。这事很难办，现在吃得起的人太多，十块八块全不在乎。据讲有些名菜你们连听也没有听见过，这也难怪，一种菜往往会有很多名字。比如说苏州的'天下第一菜'，听起来很吓人，其实就是锅巴汤……"

下面轰地一声笑起来了。

"就是锅巴汤，你们的菜单上天天有。有些名菜你们应该知道，但是不能入菜单，大量供应有困难。比如说鲍肺汤，那是用鲍鱼的肺做的。鲍鱼很小，肺也只有蚕豆瓣那么大，到哪里去找大量的鲍鱼呢？

其实那鲃肺也没有什么吃头，主要是靠高汤、辅料，还得多放点味精在里面。鲃肺汤所以出名，那是因为国民党的元老于右任到木渎的石家饭店吃了一顿，吃后写了一首诗，诗中写道：'老桂开花天下香，看花走遍太湖旁；归舟木渎犹堪记，多谢石家鲃肺汤。'从此石家饭店出了名，鲃肺汤也有了名气。有些名菜一半儿是靠怪，一半儿是靠吹。"

我向椅背上一靠，深深地透了口气。

"你们的缺点也不少，为什么把活鱼隔夜杀好放在冰箱里？为什么把青菜堆在太阳里？饭店里的东西除掉酒以外，其余的都得讲究新鲜。过去有一只菜叫活炒鸡丁，从杀鸡到上菜只有三分多钟，那盆子里的鸡丁好像还在动哩！"

包坤年举手发言了："杨师傅，请你说说，这么快都有什么秘密？"

"也没有什么秘密，主要手脚快，事先做好一切准备，趁鸡血还未沥干时便向开水里一蘸，把鸡胸上的毛一抹，剜下两块鸡脯便下锅，其他什么也不管。这……这主要是供表演用的，也可以为厨师增加点名气。"

杨中宝为我们讲了两个多钟头，又到厨房里去实地操作表演；老人的兴致极高，不肯休息，回家后便犯老病，睡了十多天。

我本来想打报告，把杨中宝请回来当技术指导，补足他的原工资，外加讲课津贴。现在再也不敢惊动他了，让老人安度晚年。青年人的学习热情很高，不肯罢休，说是刚刚听出点味道来，怎么能停下呢！这话很对，我过去没有重视人才，更没有想到培养的问题，现在悔之未晚，得加倍努力！想来想去，想出了一个主意：出招贤榜！谁熟悉哪个烧菜的名手，都可以推荐，不管是在职的还是退休的，讲一课都是八块钱，年老体弱的人，可以叫出租汽车去接。

这一下可坏了，一张招贤榜又把个朱自冶引到了我的身边！

十、吃客传经

　　不知道是谁首先想起了朱自冶,一经宣扬以后,人人都同意请朱自冶来讲课。这使我十分吃惊,原来好吃也会有这么大的名气!
　　是的,请朱自冶来讲课的理由是很充分的。他从一九三八年开始便到苏州来吃馆子,这还没有把他在上海的"吃龄"计算在内,不间断地吃到了"大跃进"之前。三年困难之中虽然一度中断,但他从未停止在理论上的探讨,据外间流传,就是在那极其困难的条件下,他写成了一本食谱。"文化大革命"期间他什么都肯交代,唯有这份手稿却用塑料纸包好埋在假山的下面。此种行为的本身就可以跻身于科学家、理论家、文学家的行列,且不说他到底写了点什么东西。包坤年说得好:"只要他讲讲一生都吃了哪些名菜,就可以使我们大开眼界!"我同意了。我再也不能把个人的好恶带到工作里。何况我不见朱自冶已经整整十年,十年寒窗还能中状元,你怎么能把个朱自冶看死呢?可是我没有亲自登门求教,是包坤年叫了一部出租汽车去的。朱自冶六十八岁,符合我所说的坐车条件。包坤年说他想借此机会去向朱自冶和孔碧霞检讨,过去的事情是一时昏了头。我想也对,这个检讨由他去做比较适宜,谁欠的账谁还,我也不能包揽。
　　朱自冶讲课的那一天,也是我主持会议。他的吃经我已经听过一些了,特别是关于南瓜盅,我的印象是很深的,我要听听这些年他到底有了哪些发展。
　　朱自冶并不是很会讲话的人,尤其是到了台上,他总是急急巴巴,抖抖合合的。讲起吃来可大不相同了！滔滔不绝，而且方法新颖。他一登台便向听众提出一个问题：

"同志们，谁能回答，做菜哪一点最难？"

会场活跃，人们开始猜谜了：

"选料。"

"刀功。"

"火候。"

朱自冶一一摇头："不对，都不对，是一个最最简单而又最最复杂的问题——放盐。"

人们兴致勃勃了，谁也没有料到这位吃家竟然讲起了连一个小女孩都会做的事体。老太太烧菜的时候，常常在井边上，一面淘米一面喊她的孙女儿："阿毛，替我向锅子里放点盐。"世界上最复杂和最简单的事情都有最大的学问在里面，何况我们的几个老厨师都在频频点头，觉得是说在点子上面。

朱自冶进一步发挥了："东酸西辣，南甜北咸，人家只知道苏州菜都是甜的，实在是个天大的误会。苏州菜除掉甜菜之外，最讲究的便是放盐。盐能吊百味，如果在鲃肺汤中忘记了放盐，那就是淡而无味，即什么味道也没有。盐一放，来了，肺鲜、火腿香、莼菜滑、笋片脆。盐把百味吊出之后，它本身就隐而不见，从来就没有人在咸淡适中的菜里吃出盐味，除非你是把盐放多了，这时候只有一种味：咸。完了，什么刀功、选料、火候，一切都是白费！"

我听了大为惊讶，这朱自冶确实有点道理！

朱自冶的道理还在向前发展："这放盐也不是一成不变的，要因人、因时而变。一桌酒席摆开，开头的几只菜都要偏咸，淡了就要失败。为啥，因为人们刚刚开始吃，嘴巴淡，体内需要盐。以后的一只只菜上来，就要逐步地淡下去，如果这桌酒席有四十个菜的话，那最后的一只汤简直就不能放盐，大家一喝，照样喊鲜。因为那么多的酒和菜都已吃了下去，身体内的盐分已经达到了饱和点，这时候最需的是水，水里还放了味精，当然鲜！"

朱自冶不仅是从科学上和理论上加以阐述，还旁插了许多有趣的情节。说那最后的一只汤简直不能放盐，是一个有名的厨师在失手中发现的。那一顿饭从晚上六点吃到十二点，厨师做汤的时候打瞌睡，忘了放盐，等他发觉以后拿了盐奔进店堂时，人们已经把汤喝光，一致称赞：在所有的菜中汤是第一！

整整的两个小时，朱自冶没有停歇，使人感到他的学识渊博，像冰山刚刚露了点头。他在掌声中走下台来，挺胸凸肚，红光满面，满头的白发泛着银光，更增加某种庄重的气息。包坤年从人群中挤上去，紧紧地拉住了朱自冶的手："朱老，你讲得太好了，我都做了记录，只是记录得不全面，我想带只录音机到府上去拜访，请你再讲一遍。"

"这个嘛……可以，不过最好请你在下午三点以后，我吃了饭得睡一会。"

"当然当然，你以后的报告我一定当场录下来，不再麻烦你。我想根据录音再加整理。"

"不必了吧，我是随便讲讲的。"

"哪里，你的讲话太珍贵了，不留下来太可惜！"

"好吧，整理好给我看看。"

"一定，一定要请你过目的。"

朱自冶到底在野鸡大学里混过，老来颇有点教授风度。包坤年一贯重视收集材料，包括收集批斗你的材料，热情都是很高的。我也向朱自冶发出邀请，请他下个星期继续讲下去。

朱自冶连续为我们讲了三课，包坤年借来一只四喇叭，把朱自冶的讲话全部录下。可惜的是讲到第二课大家便有点着急，讲了半天的盐，这盐怎么还没有放下去呢？厨师们不像我那么外行，放盐的重要性他们是知道的；他们更想知道朱自冶在放盐上有哪些绝技。朱自冶不像杨中宝，他只肯在台上讲，不肯到厨房里去表演。讲到第三课的时候便开始说故事了，说是哪一年和哪几个人去游石湖，吃了一顿船菜如何精美，哪一年重阳节吃螃蟹，光是那剔螃蟹的工具便有六十四件，全是银子做的。而且讲来讲去只有一个观点，现在的菜和过去不能比，他以前说皇帝不懂吃，现在又说清朝是如何的。我当然不能说他是宣扬今不如昔，却也产生了一点怀疑，饭菜不比文物，文物是越古的越值钱。如果在山洞里发现了一幅原始社会的壁画，哪，了不起！可那山洞里的烤野牛是否也算是最好吃的？厨师们打哈欠了，有的干脆回家去睡觉，说是不听他吹牛。讲到第四课味道就不正了，把什么大姑娘唱小曲、卖白兰花、叫堂会等等都夹在菜里面。

我决定叫暂停，可那包坤年有意见，说是这样珍贵的材料如果不及时抢救，那是要对历史负责的！

我听到对历史负责就发怵，心里就没有个底。很难说啊，万一那朱自冶还有许多货真价实的东西没有讲出来，或者说他已经讲出来的东西我们并不理解，那倒真是要负责的！好在这一类的难题现在已经难不倒我了，我也学会了一套，即遇事拿不准时，千万不能说死，这里打一个坝，那里要留一个口，让他走着我瞧着，到时候再说话，总归是我对。

"这样吧，朱自冶的报告必须暂停，因为人们已经听不下去。抢救材料的事情当然不能停，反正你已经开始了，那就由你负责到底，我可以提供一定的条件。"

包坤年雀跃了："买个四喇叭！"

"四喇叭不能买，那是属于集团购买力，要上面批。录音磁带你可以买，宣传费用中可以报销，也不要全买TDK，买点儿国产的。"

包坤年十分满意："高经理，谢谢你的信任，我一定把这个任务好好地完成。"

讲课就这样结束了，朱自冶前后讲了三课，三八二十四，外加出租汽车费。可是事情并没有结束，另外的一个口子还开着哩，那录音磁带不停地向外流。

包坤年每隔一个星期便要报销两盒磁带，而且全是TDK，我在批发票的时候便问他："你的任务什么时候才能结束呢？"

包坤年神气活现："啊呀经理，现在的事情闹大了，到处都来请朱自冶做报告，而且都是找我联系，不会有结束的时候。我们也不想结束，决定成立一个烹饪学学会，对外联络可以有个正式的名义。朱自冶当会长，我当副会长，你也是发起人之一。考虑到你的工作忙，所以请你当理事长，挂挂名的。"

"啊！"我的脑袋嗡了一下，立刻产生了一种条件反射，那包坤年又像在"文化大革命"期间一样了，要成立什么战斗队！

"不不，我不能参加，我对烹饪学是一窍不通。"

"不需要你通，表示赞助而已。"

"不不，我赞助不起，我们没有那么多的宣传费，当年请张幻尔吃顿饭，也不过花了一盘磁带的钱。"

包坤年笑了："经理呀，你也真是……赞助不等于要钱，钱我们有办法，可以印讲义。你看地摊上卖的《缝纫大全》，一本一块多，成本才几毛钱？穿的有人要，吃的还愁没有生意！何况我们可以趁做报告的时候往下发，用不着私人掏腰包，人家也有宣传费。"

我看着包坤年直翻眼，佩服。他实在比我还会做生意，我只想到掏私人的腰包，没想到要挖公家的宣传费。可以预料，那比掏私人的腰包更容易。我无权反对他们这样做，只好提一点忠告式的意见：

"讲义也不能瞎编呀，不能把那些大姑娘唱小曲等等的东西也编进去。"

"不不，讲义是我执笔的，它和小说不同，全谈学术，牵不到男女关系。"

我笑笑，在发票上签了个名："拿去吧，下次请买国产的。"

包坤年拎起发票抖了抖："放心吧，下次用不着你批了，我们还要买四喇叭，买计算机！"

说实在，我没有把包坤年的话全当真的，他们想得起劲罢了，成立个学会谈何容易！就凭包坤年这点儿烧菜的本领，再加上朱自冶讲放盐，又有多少学术可以研究呢，弄不成的。包坤年欢喜赶时髦，赶那么一阵子就要回头。

我想得太简单了，过分低估了包坤年的活动能力。不错，包坤年在烧菜方面的本领还没有学到家，可是他在估量形势、运用关系方面却很老练。饭店是个公共场所，什么人都有；有名的饭店当然会有有名的人物前来光顾，只要主动热情，多加照顾，帮着订菜订座，那关系便可以搭上去。老的搭不上便搭小的，通过小的也可以牵动老的，包坤年便可由此而登堂入室，看准时机，帮助人家操办家庭宴会。儿女婚事，老友相聚，用得着酒席的地方很多，花几个钱也不在乎，唯一困难的是缺少技术与劳力。包坤年精力充沛，技术虽然不算好，但他能请动技术很好的老师傅。老师傅会烧，朱自冶会吹，包坤年能跑腿，酒席价廉物美，包你满意。趁人家吃得高兴时，他们便宣传烹饪学学会的宗旨，请求赞助。如果他们是成立营养学学会的话，赞助的人可能不多，营养学虽然可以防病健身，延年益寿，但是很难懂，而且也不如烹饪学实惠，烹饪学是看得见摸得着的，硬是有一桌丰美的筵席放在你的面前！"学会"二字也很有吸引力，反动学术权威早已打倒了，现在人人都知道，任何学术总比不学无术好，赞助学术不会犯错误，即使错了，学术问题也是可以讨论的，讨论得越多越有名气！

朱自冶的名气越来越大了：一个老专家，在十年浩劫中写了一本书，某某经理看了佩服得五体投地，用小汽车接他去做报告，出两百块工资请他当顾问，他不去……

包坤年在外面活动的风声，朱自冶那越来越大的名声，呼呼地吹到我的耳朵里。"让他走着我瞧着，到时候再发表意见。"现在时候已经到了，我也无话可说了。我不能说朱自冶讲课是吹牛，大家别去听，听一次讲放盐还是可以的。我也不能揭朱自冶的老底，说他一贯好吃，死不改悔……正中，一个人要做出点学问来，必须终身不渝，坚持到底！对于包坤年我也不好说什么，我不能说他是开地下饭店，他再也不找我在发票上签字。唉，一切实用主义的工作方法都是自搬石头自砸脚，有的随搬随砸，有的从搬到砸要隔几十年！

十一、口福不浅

过了不久，我的老朋友阿二到店里来找我。我们两个人虽然不再住在一条巷子里，可是两家人家却经常来往。当我搬进新大楼的时候，他们一家都来道喜，连阿二的爸爸也由孙子们搀扶着爬上楼。他对我的妈妈说："恭喜你呀老嫂子，你活了一生一世，从今以后再也不必担心房东会把你赶出去！"我的妈妈老迈了，回不出话来，只是擦眼泪。阿二更是经常到我家来，说说老话，坐一坐。有时候觉得老话也重复得太多了，便抽烟喝茶，无言相对，好像也是一种享受。他直接到店里来找我，这还是第一次。

阿二见了我便把手一举："无事不登三宝殿，有件事情求求你。"

"什么事？"

"我家大男要结婚了，就在这个星期天。我想到你们店里订两桌酒席，可你们要排到三个星期之后！经理呀，能不能帮帮忙呢？"

我为难了："哎呀，你何必来凑这种热闹，人家在饭店里摆酒席是图排场，收人情，省事情。你也准备收人情吗，我应当送几十块呢？"

"去，我也不准备大请客。你家、我家、亲家，还有几个小朋友，总共不到二十人。"

"那好，两桌酒席你家摆不下吗，不能摆在天井里吗？你到店堂里去看看，闹哄哄的，想说几句高兴的话谁也听不见；到时候服务员要下班，拿着扫帚站在旁边，你能吃得安逸？"

"啧啧，哪有卖瓜的说瓜苦的？"

"瓜倒不苦，不是吹的，现在的几只菜都不推扳，表扬信收到了一大堆，可我总觉不如家宴随便。还有一个问题不好解决，我们有店规，凡属本店的工作人员，一律不得在本店与熟人同席，以免吃客们产生误会。你叫我怎么办，站在边上看！"

"嗬，那不能。这一次我要好好地请你喝两杯，当年如果不是你动员我参加失业登记，今天的情况也许就是两样的。"

"行，自家办。我可以帮助你请个好厨师，呱呱叫的手艺。"

阿二笑了："那倒不必，我们家人手多，个个能动手。鸟枪换炮啦，伙计，人人都有一两样拿手菜哩！"

"更好，一人烧一只，我烧最后的一只汤。"

阿二拱拱手："免了，你的汤我已经领教过了。星期天晚上早点来，等你。"

我的心里喜滋滋的，真的等着这桌酒席。我给他家惹过麻烦，害得阿二的爸爸摆葱姜摊头。也就是在那个天井里，阿二叫我去拉过南瓜，如今在那里摆上两桌酒啊，不吃也美！

正当我美的时候，包坤年蹦跳着进来了，看样子他也很美；我美他也美，这个世界才会变得更美！

包坤年高高地叫了一声："经理，给！"把一张印着金字的大红请柬塞到了我手里。我把请帖翻过来一看："为庆祝烹饪学学会成立，特订于二十八日中午（星期日）假座××巷五十四号举行便宴招待各界人士，务请大驾光临。"好，又是一顿酒席来了！我对这桌酒席的反应很快，不假思索地便说了出来："抱歉，我星期天有个约会，要到人家吃喜酒去。"说着便把请帖向桌上一丢。

包坤年搔搔头皮："你那是什么时候？"

"晚上六点。"我又不假思索地说了出来。

"好极了，不冲突，我们是中午十二点。"

我再把请帖拿起来看看，果然不错，中午二字明明白白地印在那里。我只好摆观点了："不行，我没有参加你们的学会，也算不了是哪一界的人士，去是不合适的。"

"经理呀，正是因为你不肯当理事长，才使得我们的工作进行得十分顺利，空出一个理事长的位子来，解决了大问题！要不然的话，我们早就吵散啦，学会到今天也不能成立！"

"噢！"原来如此，参加是一种赞助，不参加还是更大的赞助！事物的因果关系实在微妙之极！

"去吧经理,某某某都去了,你不去是不像话的。又不是开大会,也不要你发言,纯粹是吃,一顿美餐,不去很可惜。"

"我不大欢喜吃。"

"那就少吃点,见识见识,对你来说也是一种业务学习。老实告诉你吧,这一桌酒席是百年难遇。朱自冶指挥,孔碧霞动手,我们几个人已经忙了四天。所有的理事都想参加,挤不进来大有意见。没有办法,孔碧霞有规矩,最多不得超过八人,再三商量才同意改用圆台面,连你十个。"

包坤年的话使我动摇了。当年杨中宝到孔碧霞家去吃饭,只听说吃得好上天,却一直不知道究竟吃了些什么东西。如今有了机会,不去见识一下是会终身遗憾的。何况我参加不参加都是赞助,如果再空出一个位子来,还不知道会引出什么后果哩!

"好吧,我去。"

"一言为定,不来接你了,五十四号你是熟悉的。"

"太熟悉了,我闭上眼睛也能摸到。"

五十四号我是很熟悉,读中学的时候我每天都要从那里经过,常常看见有许多油光锃亮的黄包车停在门口,偶尔还有一辆福特牌的小轿车驶过来,把巷子里的行人挤得纷纷贴上墙头。那两扇黑漆的大门终日紧闭着,门上有一条缝,一个眼。缝里投信件,眼里装有玻璃,据说这是一种窥视镜,里面能看清外面,外面看不见里面,叫花子是敲不开门的。那时候沿门求乞的人很多,差不多的人家都装有这种东西。我从来不知道那里面是什么样子,只是看见那高高的围墙上长满了爬墙虎,每到秋天便飘送出桂花的香气。如今的桂子又飘香了,我从一个孩子变成了"各界人士",又到了五十四号的门前。

那两扇黑漆斑驳的大门敞开着,有一位年轻而漂亮的妇女站在门里面。她的穿着很入时，高跟皮鞋、直筒裤，银灰色的衬衫镶着两排洁白的蝴蝶边，衬衫也是束腰的。她笑嘻嘻地迎了上来，我以为是收入场券的，连忙把请柬掏出来给她看。她掩嘴，深深一鞠躬，左手向前一伸："请进。"跟着便高声地叫喊："妈妈，高经理来啦！"

噢……对了，她就是孔碧霞的女儿，是那个政客兼教授留下来的。姑娘也应该有这么大了，连我的女儿都有孩子了。我再回过头来看看她，活像孔碧霞，孔碧霞年轻的时候，也该是一代风流！

孔碧霞从那条铺着石子的花径上走过来了。我抬头一看，简直不认识了，她好像已经把原来的脸型留给了女儿，自己变成了一个半老的贵妇。现在不会有人喊她"干瘪老阿飞"了，她也发了胖，胖得丰满圆润，比站在居委会门前请罪时年轻得多。她的头发向上反梳着，在后脑上高高隆起。这种高，正好抵消了因发胖而造成的横向发展，所以不会造成人们视觉上的错误，好像发了胖的女人都比以前矮了一点。她的衣着并不花哨，时间已经使她懂得了打扮的真谛：年轻而漂亮的人不管穿什么衣裳都好看，淡妆浓抹都相宜；年老的人如果要打扮的话，主要是用衣着来表示某种风度和气质而已。所以孔碧霞的衣着很素净，一件普通的蓝色西装外套，做工考究，质地高贵，和她的年龄、体型都很相配。

孔碧霞对我很热情，像她这样精细的人，很难忘记细小的事情。

"高经理呀，就怕你不来呐。唷，也老了，当阿爹了吧？"

"没有，刚当上外公。"

"好，都是一样的。快请进，就等你开席。"

我跟着孔碧霞往前走，一个幽雅而紧凑的庭院展现在面前。树木花草竹石都排列在一个半亩方塘的三边，一顶石板曲桥穿过方塘，通向三间水轩。在当年，这里可能是那位政客兼教授的书房，明亮宽敞，临水是一排落地的长窗。所有的长窗都大开着,可以看得清楚,大圆桌放在东首,各界人士暂时都坐在西头。

包坤年从曲桥上走过来了,把我向各界人士一一引见,其中有两位是朱自冶的老吃友,我当年替他们买过小吃的。有一位是我的老领导,我年轻时便听过他的报告。其余的三位我都不熟悉,一个沉默寡言,两个谈笑风生,谈吐间流露出一股市侩气。

朱自冶穿着一套旧西装,规规矩矩地系着一条旧领带,领带塞在西装马甲里。这套衣裳不知道是从哪个箱子的角落里翻出来的,散发着浓重的樟脑味,可是朱自冶穿着并不显得滑稽,反而使我肃然而有敬意。好熟悉,这种装束是在哪里见过的?对了,我在读高中的时候,老师们的衣着基本上分为两大派。一派是长袍蓝衫,一派是西装革履。国文教员总是穿长袍,物理教师都是穿西装的。烹饪学属于科技,穿长袍蓝衫显得太陈旧,穿制服又没有特点,穿崭新的西装又显得没有根基,西装而是旧的,妙极!好像是一个潦倒多年的老科学家刚被重视,刚被发现!这一身打扮肯定是出于孔碧霞的大手笔,朱自冶穿衣裳一贯是很拆烂污的。

朱自冶多年不穿西装了,行动很不自然,碰碰撞撞地越过几张椅子,把一本烹饪学讲义塞到了我的手里。我拿着讲义在我的老领导的面前坐下,也觉得十分拘谨。解放初期当我还在工作队的时候,曾经和这位领导同志有过一段时间的接触,在我的印象中他是个不苟言笑,要求严格,对知识分子有点不以为然的人。我们那一伙"小资产"在他的面前都装得十分规矩而谨慎。今天在此种场合中相遇,还使人感到有点手足无措,最主要的是找不出话来说,只好把手中的讲义慢慢地翻阅。

"小高。"

"!"

老领导叫了我一声小高以后,也发现我的年纪已经不小了,立刻改了口:"老高呀,你要好好地看看这本书,多向人家学习学习。"

"是,我一定好好地拜读。"

"现在不能靠外行领导内行了,要好好地钻进去。"

"是的,我在这方面过去犯过错误。"

"知道错误就好,现在还来得及。"

我点点头,继续把讲义翻下去,发现这本由朱自冶口述,包坤年整理的大作并不是什么新鲜的东西,是从几种常见的食谱中抄录而来的,而且错漏很多,不知道是抄错的还是印错的。我抬起头来看看朱自冶,想向他提出一点问题,可那朱自冶却避开我的目光,双手向前划着,好像赶鸭子似的请大家入席。

人们鱼贯而出,互相谦让,彬彬有礼,共推我的老领导走在前面。

人们来到东首,突然眼花缭乱,都被那摆好的席面惊呆了。洁白的抽纱台布上,放着一整套玲珑瓷的餐具,那玲珑瓷玲珑剔透,蓝边淡青中暗藏着半透明的花纹,好像是镂空的,又像会漏水,放射着晶莹的光辉。桌子上没有花,十二只冷盆就是十二朵鲜花,红黄蓝白,五彩缤纷。凤尾虾、南腿片、毛豆青椒、白斩鸡,这些菜的本身都是有颜色的。熏青鱼、五香牛肉、虾子鲞鱼等等颜色不太鲜艳,便用各色蔬果镶在周围,有鲜红的山楂,有碧绿的青梅。那虾子鲞鱼照理是不上酒席的,可是这种名贵的苏州特产已经多年不见,摆出来是很稀罕的。那孔碧霞也独具匠心,在虾子鲞鱼的周围配上了雪白的嫩藕片,一方面为了好看,一方面也因为虾子鲞鱼太咸,吃了藕片可以冲淡些。

十二朵鲜花围着一朵大月季,这月季是用勾针编结而成的,可能是孔碧霞女儿的手艺,等会儿各种热菜便放在花里面。一张大圆桌就像一朵巨大的花，像荷花，像睡莲，也像一盘向日葵。

人们从惊呆中醒过来了，发出惊讶的叹息：

"啊……"

"啧啧。"

还没有入席我就受到批评了："老高，你看看，这才是学问呐！看你们那个饭店，乱糟糟的。"

我没有吭气，四面打量，见窗外树影婆娑，水光耀廊，一阵阵桂花的香气。庭院中有麻雀吱吱喳喳，想当年那位政客兼教授身坐书房……

朱自冶又把两手向前划着，邀请大家入席。同时把领带拉拉松，作即席讲说：

"诸位，今天请大家听我指挥，喝什么酒，吃什么菜，都是有学问的。请大家不要狼吞虎咽，特别是开始时不能多吃，每样尝一点，好戏还在后面，万望大家多留点儿肚皮……"

人们哈哈地笑起来了，心情是很愉快的。

"……吃，人人都会，可也有人食而不知其味，知味和知人都是很困难的，要靠多年的经验。等会儿我可以一一介绍，敬请批评指教。开席，拿酒杯。"

包坤年立即打开酒橱，拿出一套高脚玻璃杯，两瓶通化的葡萄酒。这一套朱自冶不说我也懂了，开始的时候不能喝白酒，以免舌辣口麻品不出味。可我就想喝白酒，我学会喝酒是在困难、苦闷的时刻，没有六十四度不够味。

包坤年替大家斟满了酒，玻璃杯立刻变成了红宝石，殷红的颜色透出诱人的光辉。葡萄美酒夜光杯，那制作夜光杯的白玉之精也可能就是玻璃。

包坤年是副会长，斟完了酒总要讲几句的，为了要突出朱自冶，多讲了也不适宜，便举起筷子来带头："同志们请吧，请随意……"

朱自冶也不想为别人留点面子，煞有其事地制止："不不，丰盛的酒席不作兴一开始便扫冷盆，冷盆是小吃，是在两道菜的间隔中随意吃点，免得停筷停杯。"说着便把头向窗外一伸，高喊："上菜啦！"

随着这一声叫喊，大家的眼睛都看住池塘的南面，自古君子远庖厨也，厨房和书房隔着一池碧水。

电影开幕了：孔碧霞的女儿，那个十分标致的姑娘手捧托盘，隐约出现在竹木之间，几隐几现便到了石板曲桥的桥头。她步态轻盈，婀娜多姿；桥上的人，水中的影，手中的盘，盘中的菜，一阵轻风似的向吃客们飘来，像现代仙女从月宫饭店中翩跹而来！该死的朱自冶竟然导演出这么个美妙的镜头，即使那托盘中是装的一盆窝窝头，你也会以为那窝窝头是来自仿膳，慈禧太后吃过的！

托盘里当然不是窝窝头，盖钵揭开以后，使人十分惊奇，竟然是十只通红的番茄装在雪白的瓷盘里。我也愣住了，按照苏州菜的程式，开头应该是热炒。什么炒鸡丁，炒鱼片，炒虾仁等等；第一只菜通常都是炒虾仁，从来没见过用西红柿开头！这西红柿是算菜还是算水果呢？

朱自冶故作镇静，把一只只的西红柿分进各人的碟子里，然后像变戏法似的叫一声："开！"立即揭去西红柿的上盖：清炒虾仁都装在番茄里！

人们兴趣盎然，纷纷揭盖。

朱自冶介绍了："一般的炒虾仁大家常吃，没啥稀奇。几十年来这炒虾仁除了在选料上与火候上下功夫以外，就再也没有其他的发展。近年来也有用番茄酱炒虾仁的，但那味道太浓，有西菜味。如今把虾仁装在番茄里面，不仅是好看，而且有奇味，请大家自品。注意，番茄是只碗，不要连碗都吃下去。"

我只得佩服了，若干年来我也曾盼望着多给人们炒几盘虾仁，却没有想到把虾仁装在番茄里。秋天的番茄很值钱，丢掉多可惜，我真想连碗都吃下去。

唔，经朱自冶这么一说，倒是觉得这虾仁有点特别，于鲜美之中略带番茄的清香和酸味。丁大头说得不错，人的味觉都是差不多的，不像朱自冶所说有人会食而不知其味。差别在于有人吃得出却说不出，只能笼而统之地说："啊，有一种说不出的好吃！"朱自冶的伟大就在于他能说得出来，虽然歪七歪八地有点近于吹牛，可吹牛也是说得出来的表现。在尽情的享受和娱乐之中，不吹牛还很难使那近乎呆滞的神经奋起！

"仙女"在石板曲桥上来回地走着，各种热炒纷纷摆上台面。我记不清楚到底有多少，只知道三只炒菜之后必有一道甜食，甜食已经进了三道：剔心莲子羹，桂花小圆子，藕粉鸡头米。

朱自冶还在那里介绍，这种介绍已经引不起我的兴趣，他开头的一笔写得太精彩了，往后的情节却是一般的，什么芙蓉鸡片，雪花鸡球，菊花鱼等，我们店里的菜单上都有的。

人们的赞叹和颂扬也没有停歇：

"朱老，你的这些学问都是从哪里得来的？"

"很难说，这门学问一不能靠师承，二不能靠书本，全凭多年的积累。"

"朱老，你过了一世的快活日子，我们是望尘莫及。"

"哪里，彼此彼此，'文化大革命'和困难年也是不好过的。"

"算啦，那些事情都过去了，吃吃！"

"是呀，将来到了共产主义，我们大家天天都能吃上这样的菜！"

我听了肚里直泛泡，人人天天吃这样的菜，谁干活呢，机器人？

也许可以,可是现在万万不能天天吃,那第五十八代的机器人还没有研制出来哩!

"老高。"

"……"

"你为什么不说话呀,像朱老这样的人才你以前一点儿也不知道吗?"

"知道,我很早便知道。"

"那你为什么不请他去指导指导,把你们的饭店搞搞好。"

"请……请过,我们请他讲过课。"

"那是临时的,没有个正式的名义。"

人们突然静下来,目光都集中在我的身上。我凝神了。在今天的这顿美餐里,似乎要谈什么交易?!

"名义……这名义就很难说了。"

"也是一种专家嘛!"

"叫什么专家好呢?"我等待着人们的回答。科学家、文学家、表演艺术家,你哪一家都靠不上去!

"吃的……"说不下去了,"吃的专家"是骂人的。

"会……"会吃专家也不通,谁不会吃?

包坤年把筷子一举:"外国人有个名字,叫'美食家'!"

"好!"

"好!"

"对!"

"美食家,美食家!"

"来来,为我们的美食家干一杯!"

朱自冶踌躇满志了,忍不住把那旧西装敞开,举杯离座,绕台一周,特别用力地和我碰了碰杯,差点儿把那薄薄的玻璃杯都碰碎。是呀，他那吃的生涯如今才达到了顶点；辛辛苦苦地吃了一世，竟然无人重视，尚且有人反对，他的真正的价值还是外国人发现的！

我只恨自己的孤陋寡闻，一下子就败在包坤年的手里。我只知道引进"快餐"，却没有防备那"美食家"也是可以引进的。好吃鬼、馋痨坯等等都已经过时了，美食家！多好听的名词，它和我们的快餐一样，也可以大做一笔生意。如果成立世界美食家协会的话，朱自冶可当副主席；主席可能是法国人，副主席肯定是中国的！

人们在欢乐声中拨动了第十只炒菜，这时候孔碧霞走了进来，询问大家对炒菜的意见。人们纷纷道谢，邀请孔碧霞同饮一杯，我站起身来为孔碧霞斟满酒，举起杯：

"谢谢朱师母，你的菜确实精美，谢谢你，也谢谢孩子，她为我们奔走了半天。"我对孔碧霞也没有多少好感，但是我得承认，她的确是做菜的能手，一级厨师的手艺，应该由她来当烹饪学学会的主席或者是副主席。世界上的事情往往是会做的不如会吹的，会烧的也不如会吃的！

孔碧霞很高兴："哪里，能得到经理的称赞很不容易。"她举起杯来划了个大圈子："怠慢大家了，几只炒菜连我也不满意，现在没有冬笋，只好用罐头。"

"啊，没说的。"

"来来，为美食家的夫人干一杯！"

一杯干了以后，包坤年开始收酒杯了，别以为宴会已经结束，早着呢，现在是转场，更换道具的。

朱自冶又拿出一套宜兴的紫砂杯，杯形如桃，把手如枝叶，颇有民族风味。酒也换了，小坛装的绍兴加饭、陈年花雕。下半场的情绪可能更加高涨，所以那酒的度数也得略有升高。黄酒性情温和，也不会叫人口麻舌辣。我向那酒橱乜了一眼，看见还有两瓶五粮液放在那里，可能是在喝汤之前用的。我暗自思忖，这桌饭不知是谁出钱，是朱自冶的银行存款呢，还是人家的宣传费？

孔碧霞告辞以后，下半场的大幕拉开，热菜、大菜、点心滚滚而来：松鼠桂鱼，蜜汁火腿，"天下第一菜"，翡翠包子，水晶烧卖……一只三套鸭把剧情推到了顶点！

所谓三套鸭便是把一只鸽子塞在鸡肚里，再把鸡塞到鸭肚里，烧好之后看上去是一只整鸭，一只硕大的整鸭趴在船盆里。船盆的四周放着一圈鹌鹑蛋，好像那蛋就是鸽子生出来的。

人们叹为观止了：

"老高。"

"……"

"你看看，这算不算登峰造极？"

"算。"

"就凭这一手，让朱老到你们的店里去当个技术指导还不行，每月给个百二八十的。"

我明白了，这恐怕是今天的中心议题，连忙采取推挡术："不敢当，我们的庙小，容不下大菩萨。"

"你们的庙也不小呀，就看方丈的眼力啰……"

幸亏那只三套鸭帮了忙，当它被拆开以后人们便顾不上说话了，因为嘴巴的两种功能是不便于同时使用的。

我看了看表，这顿饭已经吃了将近三个钟头，后面还要喝五粮液（我很想喝），还会有一只精彩的大汤作总结，还会有生梨或者是菠萝蜜。可我不敢终席了，因为终席之后便是茶话，那圈套便会绕到我的脖子上面。

"实在对不起,我下面还有一个约会,不能奉陪到底。谢谢朱先生,谢谢诸位,谢谢……"我不停地说谢谢,不停地向后退,退了五步便转身,径直奔石板桥而去。过得桥来回头看,见那长窗里的人都呆在那里。

我觉得今天的举止很不礼貌,也不光彩,好像是逃出来的。如果不向女主人打个招呼,那孔碧霞会伤心,她是很要面子的。

孔碧霞和她的女儿还在忙着,听说我要走,有点儿扫兴:"啊呀,大概是我做的菜不好吧,不合你的口胃!"

"哪里,你的菜做得确实不错,什么时候请你到我们的店里去讲讲,交流交流。"

孔碧霞笑了:"有什么好交流的,这些菜你们都会做,问题是你们没有这么多的时间,细模细样地做,还得准备个十几天……哎,你不能再坐会儿吗,还有一只大汤咧。"

"知道……"我突然想起件事情来了:"朱师母,今天的甜菜里面怎么没有南瓜盅?困难年朱先生和我一起去拉南瓜的时候,说是要创造出一只南瓜盅,有田园风味!"

孔碧霞咯咯地笑了:"你听他瞎吹,他这人是宜兴的夜壶,独出一张嘴!"

十二、巧克力

出了五十四号向西走,到阿二家去。天啊,那里还有一桌酒席等着我哩!我什么也不想吃了,三套鸭不好消化,那一番谈话也值得回味。可我想和阿二和他的爸爸干几杯，当然是白酒，六十四度，喝下一口之后像一条热线似的直通到肚里，哈地一声长叹，人间无数的欢乐与辛酸都包含在内。

秋天对每个城市来说，都是金色的。苏州也不例外，天高气爽，不冷不热，庭院中不时地送出桂花的香气。小巷子的上空难得有这么蓝湛，难得有白云成堆。星期天来往的人也不多，绝大部分的人都在忙家务，家务之中吃为先，临巷的窗子里冒出水蒸气，还听到菜下油锅时滋啦一声炸溜。

从五十四号到阿二家，必须经过我原来住过的地方，这地方的样子一点儿也没有变。石库门，白粉墙，一排五间平房向里缩进一段，朱自冶住过的小洋楼就在里面。我仿佛看见阿二的黄包车就停在门前，朱自冶穿着长袍从门里出来，高踞在黄包车上，脚下铃铛一响，赶到朱鸿兴去吃头汤面。四十年来他是一个吃的化身，像妖魔似的缠着我，决定了我一生的道路，还在无意之中决定了我的职业。我厌恶他，反对他，想离他远点。可是反也反不掉，挥也挥不走，到头来还要当我的指导，每月给个百二八十的。百二八十是多少？加起来除以二，正好是一百元人民币！如果杨中宝能来当指导，我情愿在一百之外再加二十，奖金还不计算在内。可这朱自冶算什么，食客提一级最多是个清客而已，他可以指导人们去消遣，去奢靡，却和我们的工作没有多大的关系。美食家，让你去钻门子吧，只要我还站在庙门口，你就休想进得去！

一直走到阿二家，我心中的怨气才稍稍平息。这里是个欢乐的世界，没有应酬，没有虚伪，也谈不上奢靡。天井里坐满了人，在那里嗑瓜子，吃喜糖。我的一家都来了，包括我那个刚满周岁的小外孙在内。这孩子长得又白又胖，会吃会笑，还会做眯眼，捏捏小拳头和人表示再会。现在都是独生子女,一个娃娃可以有六个大人在他的身上花费物力和精力。满天井的人都以娃娃为中心,给他吃,逗他笑,从这个人的手里传到那个人的手里。

有人把硬糖塞到我那小外孙的嘴里,他立刻吐了出来。

"怎么,他不吃糖吗?"

"他呀,要吃好的!"

"试试,给他巧克力。"

有人拿了一条巧克力来,剥去半段金纸,塞到孩子的手里。果然,这孩子拿了就往嘴里送,吃得咂咂地流口水。

人们哄笑起来了:"啊呀,这孩子真聪明,懂得吃好的!"

我的头脑突然发炸,得了吧,长大了又是一个美食家!我一生一世管不了个朱自冶,还管不了你这个小东西!伸手抢过巧克力,把一粒硬糖硬塞到孩子的小嘴里。

孩子哇地一声哭起来了……

满座愕然,以为我这个老家伙的神经出了问题。

1982年8月—9月

附言:

　　本文是小说,纯属虚构,不得已而借用苏州风物,此亦文学之惯技,务请读者诸君不必一一查对。

作者再拜

小贩世家

小贩而称世家，有点不伦不类，此地只能望文生义，说是有个叫朱源达的人，他家世世代代是做小贩的。

朱源达家从哪朝哪代便开始做小贩？没有考证过；都是贩卖的哪种货品？也难一一说清楚。只记得三十二年前，我到这条巷子里来定居时，头一天黄昏以后，便听见远处传来一阵阵敲竹梆子的声音，那声音很有节奏：笃笃笃、笃笃、的的的笃；的的的、笃笃、的的笃，虽然只有两个音符，可那轻重疾徐、抑扬顿挫的变化很多，在夜暗的笼罩之中，总觉得是在呼唤着、叙说着什么。

我推开临街的长窗往下看，见巷子的尽头有一团亮光，光晕映在两壁的白粉墙上，嗖嗖地向前，好像夜神在巡游。渐渐地清楚了，原来是一副油漆亮堂的馄饨担子，担子上冒着水汽，红泥锅腔里燃烧着柴禾。那挑担子的便是朱源达，当年十七八岁，高而精瘦。担子的旁边走着一个头发斑白、步履蹒跚的老头，那是朱源达的父亲。他再也挑不动了，正在把担子向儿子交付，敲着竹梆子走在前面，向儿子指明他一生所走过的、能够卖掉馄饨而又坎坷不平的小路。

那时候我没有职业，全靠帮几个兼课太多的国文教员批改学生的作文簿，分一点粉笔灰下的余尘，对付着生活。这活儿不好干啊，夜夜熬着灯火！

那"的的笃笃"的竹梆子声，夜夜从我的窗下经过，出去总在黄昏，回来得却有早有迟，通常都在京戏散场之后。

如果有谁熬过冬天的长夜，身上衣衫单薄，室内没有火炉，那窗外朔风像尖刀似的刺透窗棂，那飘洒的夜雨变成了在瓦垄上跳动的雪珠；十二点钟以后，世界成了一座冰窟，人冻僵了，只有那紧缩着的心在一阵阵地颤抖。这时候，五分钱一碗的小馄饨，热气腾腾，可以添汤，可以加辣，那是多么巨大的引诱，多么美好的享受！

几乎是从头一天开始，我便成了朱源达的主顾。后来成了习惯，每当京戏馆的锣鼓停歇以后，我便不时地把视线离开作文簿，侧起头来，等待着那使人感到温暖的梆子声。

朱源达敲过来了，敲得比他父亲好，有一种跳跃的感觉，显得顽皮而欢乐。快到我的窗下时，那竹梆子简直是在喊话："吃、吃，快点儿吃；快点儿快点儿，吃吃吃！"如果我的动作迟了一点，朱源达便歇下担子叫唤：

"高先生，下来暖和暖和。"

我慌忙下楼，站在朱源达的担子旁边，看着他投下馄饨，扇旺泥炉，听着他叙述这一晚做生意的经过。他的话很多，东搭西搭，一大连串，使你在等吃馄饨的时候不感到焦急，不感到寂寞。

"今晚生意很好。"他总是这样开头，好像他的生意从来就没有坏过："散戏馆的辰光，起码有二十个人围着我的担子转。急死人啦，肉馅儿不够！不瞒你说，那最后的几碗馄饨，肉馅只有一半……呃，你这一碗是特意留着的，肉包得很多。"

他用铜勺搅动着锅里的馄饨，向我证明："你看，一个个都是胖鼓鼓的。"

我笑着说："不管你肉多肉少，我只要多加辣椒！"

朱源达顺水推舟："天冷啊！要不要再来一碗？"

"好的，可你的肉馅儿已经卖完。"

朱源达爽朗地笑起来，狡黠地眨眨眼睛："高先生，要是让你来卖小馄饨，准定是蚀光老本！做买卖的只能说货色不够卖，人家就买得快；你说肉馅没有了，他连馄饨皮子都要的！"说着便从小碗橱里拿出肉钵，向我的面前一伸："看，还不够你吃的！"他咯咯地笑着，十分得意。

我也笑起来了，好像看见变戏法的人很幽默地把自己的骗术故意说破。

那时候我也不觉得朱源达有什么奸诈欺骗，唯利是图。我觉得他想多卖几碗小馄饨，就等于我想多改几本作文簿，都是为了那艰难的生活。他夜夜为我送来温暖，我能够多买他一碗，简直是"涸辙之鱼，相濡以沫"。

解放以后我有了职业，在教育部门当了干部。虽说工作也忙，却用不着夜夜去熬灯火；虽说工资也不高，却对那五分钱一碗的小馄饨看不上眼了。如果看京戏回来晚了，街上有面馆，一毛五分钱一碗的肉丝汤面比小馄饨好，何况大模大样地坐馆子，要比站在摊子旁边，缩起肩膀捧着个碗体面得多！

那竹梆子的声音还是夜夜从我的窗下经过，那声音却因为时间的流逝而失去了顽皮与欢乐，又像在呼唤着、叙说着什么。我也很少碰到朱源达了,当他深夜敲着竹梆子回来时,我已经入了梦乡,偶尔听到几声笃笃,矇眬中还有一种温暖的感觉,但也非常模糊,非常遥远。

大概是五八年以后,到店里去吃面要排队了,于是我突然想起已经好久没有听到深夜的竹梆子,觉得可惜,也觉得少了点什么。但是自从经过"反右"斗争之后,我怎么也不敢恋旧,不仅要说服自己,而且要说服别人,社会主义应该整齐划一,不应该有个资本主义的小贩深夜游转在街头。我为朱源达庆幸,他已经挣脱了沉重的枷锁,投入了大跃进的洪流!

事情出乎意料。朱源达不敲竹梆子了,却在大白天挑着柳条筐串街走巷,悠悠荡荡,形色仓惶,躲躲闪闪的,春天卖杨梅,秋天卖菱藕,夏天卖西瓜,冬天放只炉子在屋檐下,卖烘山芋。有时候还卖青菜、黄豆芽、活鸡和鱼虾,简直闹不清他究竟在贩卖些什么。院子里有人家来了不速之客,常听见主妇悄悄地命令当家的:"到朱源达家去一趟,看看可有什么东西?"我从来不向朱源达买东西,也不许爱人和孩子们去,认为买他的东西便是用行动支持了自发的资本主义。记得有一年的中秋节,机关里的反右倾正进行得火热。我和所谓的"右倾机会主义分子"进行了一场舌战之后,回家时月亮已经升到了中天。满城桂子飘香,月色如水。斗争是如此的猛烈,景色却如此的幽美,我的心中有一种异样的感觉,好像这个世界的格调很不统一。走过一座小石桥的时候,忽然发现朱源达在桥头上摆的地摊,一筐是水红菱,一筐是白生生的嫩藕。我立刻停了下来,真想买一点回去,这是传统的中秋果品,不见已有多年。可是我迟疑着,因为眼前不是国营水果店,而是黑市摊头。

朱源达凑上来了:"高同志,买点儿回去吧。你看,多新鲜,这东西现在国营商店里买不到,说是有一点,跟我的货色也不能比。他那是什么水红菱呀，老的咬不动，嫩的干瘪得有臭味！"朱源达把菱筐颠簸了一下，表示他的货色是表里如一。他的话还是那么多，还是变着法儿叫人买他的东西。

我一听，唔！气味不对。他的论调和机关里的那个"右倾机会主义分子"简直如出一辙，污蔑社会主义！我不想斗争朱源达，但是得开导他几句，也是与人为善：

"你呀，以后讲话要注意。这种小买卖嘛，还是趁早歇手，这是资本主义的细胞，很快要被消灭！"

朱源达一惊："怎么，要抓小贩啦？"

"不是抓，资本主义性质的东西，迟早要被消灭。"

朱源达笑起来了："你放心，消灭不了的。有人愿买，有人愿卖，国营商店里又不卖，你看怎么消灭？"

"怎……怎么消灭呀，蒋介石八百万军队都消灭掉了，还在乎什么小商小贩的！"这种话是我在斗争会上常用的杀手锏，说起来带有很浓的火药味，是任何人都招架不了的。

朱源达连忙点头哈腰："是是，高同志，我是无知无识的人，不懂世面，今后还请你多照顾。"说着，慌忙挑起担子往回走，生怕我会抓他似的。

看着朱源达踉跄而去的背影，我有点后悔，心里也不是滋味。当年站在他的担子旁边吃小馄饨，怎么也没有想到要把他消灭，而且还结下了一定的友谊。朱源达渐渐地走远了，我弄不明白，我和他之间的距离是怎样产生的。

我很想再碰到朱源达，向他笑笑，点点头，说几句平和的话，表明友谊还是存在的。想不到朱源达却跑到我的楼上来了，很拘谨地坐在藤椅子上，打量着我的房间里的陈设："高同志，你现在好了，记得那年你生病，叫我送一碗馄饨上楼，那时候你只有一张板床，一张破台子，真可怜。"

我记起这件事来了，不无感激地笑笑，但是心里却在盘算："他来找我有什么事情？"说老实话，自从"反右"以后，我和差不多所有的人都怕作私下往来，以免惹出点什么事，有口难辩。

朱源达很会鉴貌辨色，连忙说明来意："高同志，实在没有办法，在我认识的人当中，只有你是懂文墨的，所以来请你写个东西。"

"写什么？！"我对落笔更害怕。

"检讨。"

还好，写检讨可以。"检讨什么呢？"

"投机倒把呗，其他能有什么东西。"朱源达说得很轻飘，无所谓。

我叹了口气："又卖高价啦！"

"其实也不算高价，我买来的虾每斤四角，卖出的是六角。跑三里路就要蚀掉一斤秤，虾在路上会滴水。算下来，熬了一夜天，跑了六十里，也不过赚了两三块钱。说句不好听的话，你们在办公室里漫淡一天，还要比我多赚点。"

我听了很不舒服："这怎么好比呀，我们是为人民服务，你是为了自己赚钱！"

朱源达也不服："我不是为人民服务呀？我不服务他那油锅里有虾炸吗？"

咦！这是什么歪理，必须予以反击。我站起身来，指指戳戳地说："你卖官价就是为人民服务，卖高价就是投机倒把的行为，这个问题是很严重的！"

朱源达突然意识到他所处的地位，像皮球泄了气："好同志哎，你不做买卖，不懂价钱。货真才能价实，菜场里根本就没有货，那牌价只能挂在那里哄人，是假的！"

"你敢！……"我接受了上次的教训，把过分重的话忍在肚里，但还是向前跨了一步，气势汹汹的。

朱源达连忙抱拳打拱："好好，我不说了，求求你，替我写个检讨吧。"

这下子被我抓住了："你既然没有错，还写检讨做啥？不写！"

朱源达拉住我的袖子，从口袋里掏出一张揉皱了的纸："啊啊，别生气，我错，我是资本主义！随你怎么写都可以，写得高点！老朋友啦，我十几岁的时候便认识你！"

我的心软下来了，坐到写字台旁，拿起笔，可是不得不问一问："你能保证下次不犯吗？"

"保……证……保证保证，保证下次放得机灵点！"朱源达对我眨眨眼睛，又像年轻时那么狡黠。

我忍不住放下了笔，真心诚意地劝说他："你呀，人很聪明，手脚麻利，又肯吃苦，为什么不去做工，或者到商店里当个营业员什么的。哪样工作不受人尊敬？何必像个老鼠似的被人赶来赶去！"

朱源达的脸色暗淡下来，呆呆地坐在藤椅子上，双手交叉在胸前，半晌才吐出几个字："我……不能。"

"为什么不能呢？"我把椅子向前拖了一点，开始替他分析："主要是自私自利的思想在作怪，这是万恶之源，资本主义就是靠它产生的，要下决心改造。当然，从唯利是图变得大公无私，很不容易，是需要有一个痛苦的过程。就拿我们这些知识分子来说吧，改造起来也是很痛苦的。"

朱源达十分惊讶："你们也痛苦吗？"

"痛苦得很哩。"

"不不，不要客气。你们夫妻俩都是干部，每月能拿一百多，风不愁，雨不愁，到了十号发工资。要是能把你们的痛苦换给我呀，我就升到天堂里去啦！"

"那那……你为什么不去做工，工人……干部……"我没防着朱源达来这一手，简直有点语无伦次。

"我去做工，一窍不通，一月能拿几个钱？"

"拿……拿……拿三四十块总可以的。"

朱源达跳起来了："高同志呀，我有四个孩子，再加上父母，一家八口人，这三四十块够养活谁？难道我是天生的贱货，不要脸，只要钱！你没有看见过啊！孩子饿得哭，老婆淌眼泪，那比尖刀剜心还疼啊！我……我直不起腰，抬不起头……"朱源达哽住了，刷刷地流下了眼泪。

我好像被兜头泼了一盆冷水，好像站在高楼上放眼明媚的大千世界时，突然看见就在楼下还有一块阴暗潮湿的地面，它破坏了人们的豪情，弄脏了美丽的画面。我不敢多想，只能在思想上筑起一堵高墙：这是个别的，暂时的。对这个别而又暂时的朱源达，我又无法替他找到出路，无法对他加以安慰，只好迅速地、含糊其辞地为他写了个检讨塞在他的手里。

从此我对爱人和孩子撤消了禁令，让他们去向朱源达买东西。我觉得朱源达不会成为资本家，如果我算是无产阶级的话，他这个资产阶级怎么会比我还要穷和累？

直到三年困难之后，开放了自由市场，我为朱源达高兴，这下子明确了，他不算是资本主义；紧接着又抓阶级斗争，这下子又糊涂了，他好像还是资本主义！含含糊糊拉倒吧！平地一声惊雷！"文化大革命"吹响了进军的号角，要消灭一切资本主义！

实在是冤枉，我也挨了一顿批斗，因为我觉得每月拿了工资，总得努力办事，也不能老是"等因奉此"，个人总得拿点主意，这就成了积极推行资反路线。我心里有气，好，从此以后混在人群里，十个指头一样齐。

我混在人群里看大字报，看抄家、游街和批斗。看多了也心慌，总觉得不像是在过日子似的。还是小巷子里安静些，生活还像河水似的向前奔流。所以每天上下班便不走大街，穿着小巷跑来回。

小巷子里慢慢地也出现了大字报，但都很不醒目，纸不大，字也写得歪歪斜斜，看起来很吃力，所以也不曾注意。后来仔细一看，内容十分奇异！其中没有什么资反路线、残酷镇压、惊人惨案等等的东西，都是些十分具体的事情：谁曾经打过人，谁在楼上把污水倒在人家的天井里，谁和谁曾经养过私生子，谁又和谁轧姘头。而且也用了极其可怕的词句，什么无情镇压、荒淫无耻、勒令交代……我看了心情沉重，仿佛看到这里也有无数的人在互相揪着头发厮打，起因都是鸡毛蒜皮。政治迟早会作出结论，这私仇怎么了结！我不想再看下去，转身东拐，经过了朱源达家的门口。

朱源达家的大门敞开着，他家没有后窗，堂屋里昏昏的。我突然大吃一惊，只见朱源达在昏暗之中立在一张长板凳上，垂手低头，好像被吊在那里。他的头发被剃掉了一半，左颊青紫，左眼肿得像核桃似的。门旁贴了一张白纸，上写：资本主义黑窝，朱源达必须低头认罪！限二十四小时内交出犯罪的工具！

朱源达没有看见我，我也不敢多看朱源达，因为我不知道他应该向谁低头认罪。向我吗？我补天无术，问心有愧！

我匆匆地掠过朱源达家。再一看，那些在巷子里卖大饼的，开老虎灶的，摆剃头摊的，绱鞋子的，家家门前都有一张白纸，署名都是

"捣黑窝战斗队"。我感到事情不妙,朱源达要沉没在这一场灾难里了!文化大革命要铲除一切资本主义赖以产生的土壤哩,不铲他朱源达铲谁?

果然不错。二十四小时之后来了一帮捣黑窝的。有的拖着铁棍,有的仿照江湖奇侠的样子,一把系着红绸的明晃晃的大刀斜插在腰眼里。巷子里的孩子们闹嚷嚷地跟在后面:"抄家啦,看抄家去!"

我在楼上犹豫了半响,去看看呢,还是不去?按照当时的防身之道,最好是不要单独涉足这种是非之地。可是我忍不住要去见识一下,他们到一个贫困的小贩家抄什么东西?

等我到达的时候,战斗队已经开始了战斗。这不像抄老干部的家,也不像抄知识分子的家。抄这些人的家时,着重点是"四旧"、信件、日记、原稿之类。而被抄的人往往是默默地站在一边,用一种悲愤的目光看着自己毕生的事业、珍贵的纪念、人类的智慧产品消失在烟尘里。那邪恶的化身在行动时,毕竟还披着一件庄严的外衣。

抄朱源达的家可不同啊,那场面是十分惊心动魄的。老远便听见哭喊、喧嚷、呼唤、嚎叫、杂物的破碎和折裂,还有壮胆助威的口号声……朱源达家成了格斗场,里面打得乒乓山响,一团团的灰尘喷到大门的外面。柳条筐被抛出去了,用大刀斩得粉碎。因为这是犯罪的工具,用它卖过菱藕。菜篮也逃不了,拎过鱼虾的。缸盆一只只地飞出来,在石街沿上摔成十八瓣,这些东西都是做过黄豆芽的。铅桶不知何罪,也被铁棍敲瘪。每抢出一件东西,便是一阵孩子的哭声,女子的嚎叫。孩子们死命地拖住柳条筐,这是他们活命的东西;朱源达的妻子紧抱着瓦盆,这里面还有舍不得吃的绿豆。争夺啊,厮打,翻滚,流血;哭声和吼叫声混成一片!我简直不敢相信自己的眼睛,堂皇的理论怎么会制造出海盗的行为!

馄饨担子终于被拖出来了，朱源达像疯子似的在后面追："救命呀，饶了它吧！"

　　我多么熟悉这副馄饨担啊，我知道它一生除掉给人以温饱外，没有犯过什么罪。何况它本身是那么精致、小巧，有碗橱、有水缸、有柴房、有利用余热的汤罐、有放置油盐佐料的地方，简直是一座微型的活动厨房，如果在飞机上设计一个餐厅，它都有参考的价值。我真想挺身而出，来保护这并不值钱的文物，可是我没有胆量，只能看着这精致的馄饨担——骆驼担，被大刀和铁棍砍砸得木片乱飞，灰尘四溢。

　　黑窝捣完了也就完了，没人无休止地叫朱源达交代和检讨。这点倒也爽快，可是朱源达的生计却成了问题。第三天的黄昏以后，我看见朱源达的妻子领着四个孩子走过我的楼下，每人的手里都有一根绳子……天明时五个人先后回来了，每人都背着一大捆废纸。这也是"文化大革命"的恩赐，大街小巷里那铺天盖地的大字报，最后总要变成废纸，捡废纸也能卖钱，捡得多的每日能卖四五块，真是天无绝人之路！谁也没有想到那些叫人发疯和自杀的大字报，竟能拯救朱源达的一家于水火之中！事物的功过实在难以评说。

　　朱源达在家里养伤，我去看过他一次。他的话还是很多，讲起了许多往事："高同志，我真后悔呀，当初应该听你的话，趁'大跃进'的时候，夫妻俩都混到厂里去。养不活家小又怕啥呀，把孩子拖到工会里去讨救济，共产党不会饿死人的！该死，我何必爱那么一点面子，脸上的肉是不值钱的！咳，我太相信自己，总以为凭自己的努力能把孩子拉扯大的。现在好了，老婆孩子都拉到街上去捡垃圾！……"朱源达一连串地说下去，好像替自己的前半生作出了小结。

　　我只好劝他："别急，先把身体养好，将来……哎，那馄饨担子砸了真可惜。"

这时候,报纸上出现了一个响亮的口号:"我们也有两只手,不在城里吃闲饭!"据说是哪个城市的居民提出来的。我对居民提出的口号并不介意,只注意干部要大批全家下放,可不能把我也列在名单里,忙着去找军代表、工宣队,这一场无声的战斗也是十分惊心动魄的!

很幸运,我没有被下放。朱源达却含着眼泪来向我告别,他的一家被下放到最艰苦的地方去了。我这才明白"我们也有两只手,不在城里吃闲饭"的意义。谁在城市吃闲饭哪,当然是没有职业的,朱源达算不上有职业,应属吃闲饭之列,找谁讲都是没有用的。

我和朱源达对坐着,默默无言。他用一种羡慕的眼光看着我,我用一种羞愧的眼光看着他,我不知道哪一点比他强,每逢风浪来时我能躲让,他却无法逃避!即使我逃不了而被下放,那工资还是少不了的。

朱源达临走之前,从包里拿出一样东西,说:"昨天收拾破烂的时候,在墙角里发现了它,当劈柴烧了可惜,送给你做个纪念。"说着把那个竹梆子递到我的面前。

我双手接过竹梆子,仔细打量:这是一块六寸长的半圆形的毛竹板,没有任何秘密,可是在朱源达的手掌里却能发出那么美妙的音响:由于几代人的摩挲,手汗、油渍的浸染,那竹板乌泽发光,像块铜镜似的。朱源达把它送给我,也可能是要我记住他曾经在这儿住过,并且也曾经为别人做过一点事体。

朱源达一家从巷子里消失了,消失的时候很是热闹,敲锣打鼓地贴上了喜报,还有"光荣户"三个字写在旁边。黑窝怎么又变成光荣户了,真是眼睛一眨,老母鸡变鸭。

和朱源达同时消失的,巷子里还有四家,一家是干部;其余的是开老虎灶的,摆剃头摊的,绱鞋子的,这都属于吃闲饭之列。从此以后，泡开水来回要走一里多路，绱鞋子起码要等二十天，老年人要理个发，也得到大街上去排队。老太太开始骂啦："是哪个没窍的想出来的，说人家是在城里吃闲饭，他们到乡下吃闲饭去啰，你也就别想喝开水，老头子哎，干脆留辫子吧，别剃头！"

朱源达一去八年，没有音讯。直到今年春天，听人说朱源达的两个儿子招工回来了，都分配在工厂里。后来听说朱源达回来了，而且托人带来口信，说是要向我讨一样东西。我一听便知道，准定是来讨那竹梆子的。因为这时候人们都在谈论着社会服务、商业网点、老虎灶和馄饨担什么的。朱源达回来，当然要重操旧业。我把那个竹梆子找了出来，揩拂干净，放在手边。在那乌泽发光的铜镜里面，我仿佛又见到红泥锅腔里的柴禾在燃烧，又听到那"的的笃笃"的声音响彻在深夜的街头巷尾，停歇在一个个亮着灯光的窗前。那窗内也许是一个大学生，也许是一个喜爱钻研的青年工人，也许是一个两鬓风霜的长者吧。他们深感失去的时间太多，而且又没有太多的库存。他们个人所作的努力不仅是为了自己的生活，可是他们的生活也需要有人送来温暖和方便。二十多年的时间，才使我明白了这个极其简单的道理。

也是一个黄昏，朱源达叩响了我家的大门，他和我的爱人说着话，一路嚷嚷着上楼。那声音和脚步都在跳跃，就像他年轻时敲的竹梆子，那么欢乐而顽皮。青春不能常在，精神却是可以返老还童的。

"哎哟哟，老高同志。回来一个多月了忙着找房子，报户口，不曾有时间来看你。想不到啊，要不是粉碎了'四人帮'，哪会有今天！"朱源达的声音响亮，眉飞色舞，和当年的神态完全两样。

我看了欢喜，觉得他真的是直起了腰，抬起了头，忙说："啊，快请坐。"

朱源达向藤椅上一坐，抢先掏出一包好烟，一人一支，一一点燃。

他深深地吸了一口，一连串地叙述着他在农村生活的八年。那些生活我都知道，并不是田园牧歌式的，可是朱源达说起来样样都是胜利，即使卖光了破家具，也都是卖得了好价钱。说完了打量着我的房间，不以为然地摇摇头："还是老样子嘛，怎么没有变？"那口吻是对我房间里的陈设有点瞧不起。

我笑着说："东西没有变，人变了。"

"哪，还有说的，再不变就没有日子了！"朱源达把新上装拉拉直："你看，我这不是一个筋斗跌到了青云里！两个儿子回来了，全民。两个姑娘在县里，大集体。还有个晚生的阿五呢，我要让他读到大学毕业。四只铁饭碗，一只金饭碗，只只当当响，铁棍子也砸不碎啰！"朱源达乐哈哈的，十分轻松，也十分得意。

我连忙把竹梆子送到朱源达面前："你还是去挑馄饨担子，祝贺你重新开张复业！"

朱源达翻着白眼，好像不明白我是什么用意，跟着就是脸色微微地一红，把我那拿着竹梆子的手推到旁边："你你……你这是和我开玩笑什么的！"他的表情尴尬，好像一个财大气粗的人突然被揭出了以往的瘪三行为。

我连忙声明："不不，不开玩笑，现在允许个体经营了，生活也有这种需要，巷子里的人都在牵记你！"

朱源达把头一仰："咄，还叫我挑馄饨担呀？"

我一想，对了。那像艺术品一样的馄饨担子已经砸烂了，一时也造不起来，便说："那就烘山芋吧，那玩意儿老少都爱吃，现在就是看不见！"

朱源达对我笑笑，狡黠地眨眨眼睛："老实告诉你吧，劳动科本来也要我在里弄里摆个馄饨摊什么的，我给他们来了一点滑稽，嘿哈，已经到厂里报到啦，就是工种有点不满意。我本来想去看大门，他们却叫我到车间扫铁屑。扫就扫吧，混混也可以，总比烘山芋省心思，省力气。"他把这个小小的滑稽告诉我，就像当年把肉钵头伸到我的面前。

我没有什么幽默的感觉，只是叹了口气："哎，何必呢，你不挑馄饨担子，你的儿子也不会再挑，真可惜！"

"可惜！有什么可惜的？"朱源达从椅子上站了起来，挺起腰："从今以后，我不比任何人矮一头！"

"本来也不矮，都是为人民服务的。"

"还为人民服务哪！你忘啦，那是小资本主义，要消灭的，我差点儿把命都送在黑窝里！"朱源达突然激动起来，嗓音有点发抖，哆嗦着掏出那包好烟："来来，再抽一支，别谈那种倒霉的事情。我今天是来向你找点儿复习材料，让我家阿五看看，准备考大学。"

考大学我并不反对，连忙找了几份油印材料递到朱源达的手里。

朱源达千谢万谢，向我告别。临行时再三邀请我哪天到他家去喝两杯："来吧，别怕吃不起，五只铁饭碗月月会满起来的！"

楼下的大门吱呀一响，我下意识地推开了临街的长窗，好像要发现一副冒着热气的馄饨担子移过来；好像要听到那"笃笃"的响声掠过去……什么也没有，只有夹着油印材料的朱源达，渐渐地消失在夜暗里。我有点失望，但也不敢对朱源达有意见。这些年来我和别人都伤害过他，打击过各种各样的个人努力。到头来大家都想捧只铁饭碗，省心思，省力气。那铁饭碗到月也不会太满吧，可那锅子里的饭却老是不够分的！

1979 年 10 月 13 日

献　身

　　晚上七点半，月亮刚刚升起。一个女人来到了土壤研究所的传达室里。这女人看上去像四十多岁，眉目清清，圆圆的脸，短短的头发向后掠起。她迟疑了一下：

　　"麻烦，我找卢一民。"

　　近日来，找卢一民的人很多，这位曾被"四人帮"赶出研究所的科学工作者，前两天刚调回来，找他的人川流不息，所以值班的老宋也没有细看来人，便把会客单递到她的手里。等到老宋拿起会客单一看，不禁叫起来：

　　"啊，唐琳！"

　　唐琳也叫起来了："老宋，你还在这里！"

　　"在呀，在呀，我这老头儿是离不开大门的。"老宋拖过凳子，"坐，你坐。哎呀，头发还没有白嘛，还在公司里？"

　　唐琳没有讲话，只是点了点头。

"哎呀,唐琳,好人还是好人,是非总是颠倒不了的。'四人帮'那么陷害卢一民,把他赶下农村,嗨!倒是如鱼得水,他在那里治沙改土,取得了很大的成绩,还写了一本书呐!"

老宋岔开两个指头比划着,"喏,这么厚!"

唐琳还不讲话,笑笑。

"老卢这一回来,咱们研究所都乐啊,要甩开膀子干啦!可是……你们夫妻,呃,破镜就圆了吧,有什么过不去的!"老宋乐哈哈地在唐琳的肩膀上拍了一下,把她轻轻地向前一推,"去吧,他在家,还在你们住过的老房子里。"

唐琳讲话了:"老宋,我是作为一个朋友来看看他的!"

"行行,去吧,重新交个朋友吧!"

唐琳沿着水泥道往前走,拐弯以后,路面铺着石头,高大的法国梧桐耸立在路的两边,月光从枝隙间筛下来,使景物变得迷离。唐琳的脚步慢下来了,想法在动摇,勇气在消退。

灯光闪烁在石路的尽头,一排平房的轮廓显现在月光的下面,窗子里有人影晃动,高声的谈论传到了窗子的外面,接着便是一阵爽朗的大笑。

唐琳听得出,这是卢一民和党委书记曾同林的谈笑声,过去的那些年,他们的谈笑曾经为家庭带来过生气。

唐琳犹豫起来,踟蹰不前:去,还是不去?

她想起来了,就在附近的冬青树旁,有一张木制的长椅,多少年来,她曾经坐在长椅上结毛衣,看着女儿小玲在草地上嬉戏。

长椅还在,而且是新近油漆过的,沾着夜来的露水。唐琳坐下来,望着前面那熟悉的门户:去,还是不去?

其实,这件事唐琳想过何止千遍,再想也是徒然。眼前的景物倒

使她想起了往事,往事虽然久远,却又那么清晰:

那时候,卢一民多么年轻,多么俊逸;高高的个子,深邃的眼窝,眼珠儿像黑色的玻璃球浸在清水里。虽然有些不修边幅,可是那才华,那充沛的精力,好像是从散乱的头发、从敞开的衣衫中向外漫溢!他家庭贫困,是靠一位小学老师的资助,靠自己的刻苦读到大学毕业。他学的是土壤化学,却对历史、音乐、文学都有涉猎。他会写诗、会唱歌,还会画几笔,在反饥饿、反迫害时他的诗画传单飞舞在街头,他和同学们手挽着手,高唱着《团结就是力量》,冲向国民党的刺刀和水龙头。那时他参加了共产党。初到研究所时做团的工作,后来,党委书记曾同林和他谈话:"小卢,还是干你的老本行吧,无产阶级需要自己的专家!"

好像是一个有风的天气,唐琳也坐在这椅子上,卢一民站在她的面前,讲到他们的未来,讲到社会主义,风吹着他那散乱的头发,吹着法国梧桐的枝叶,哗哗的呼啸增加了他语言的激昂和情绪的热烈:"唐琳,我要把毕生的精力都献给它!"卢一民弯身抓起一把泥土,"你看,这是先烈们用鲜血换来的,四万万同胞在这九百六十万平方公里的土地上栖息;可是我们对它还很陌生,不完全了解它的奥秘。我的老师说过,他那时研究土壤,总担心会把地主和资本家养得太肥。我们是幸福的,我们的研究将直接造福于人民,造福于人类!"卢一民把手中的泥土高高地抛向天空:"开始啦!唐琳,我们是幸福的!"

当时,唐琳确实也感到幸福。她觉得未来的丈夫即将从事一项伟大的、轰轰烈烈的事业!她也和卢一民一样,憧憬着未来,憧憬着社会主义。可惜她的社会主义概念,是从苏联画报和什么小册子上得来的,那是美满的家庭、幸福的生活,是海滨的浴场和欢乐的假日……

这一切虽然遥远,却像夜空的星星一样明灭可见!

  婚后的唐琳,不那么如意,觉得丈夫所从事的事业并不轰轰烈烈。相反,卢一民却像潜水员下了大海,隐没在万顷波涛之中,无声无息。他经常出外踏勘山川河谷,风尘仆仆,辗转万里;经常去参加学术讨论和专业会议,一去几个月、半年;回来以后不是蹲实验室便是坐图书馆,晚上又寂静无声地钻进书堆里。生活的一切光彩,通过他的凸透镜,统统聚成了一个光点,一个白炽的光点,深深地钻进土壤里。他没有星期天,没有假日,甚至缺少必要的休息。唐琳只听见他深夜轻轻地咳嗽;只看见那些读不完的厚书和写不完的笔记。开始的时候,她不去打扰他,让他专心一致,早点作出成绩,一年、两年……

  卢一民的第一部学术著作,是和他的女儿同时呱呱坠地的。他从广泛的角度论述了土壤与宏观世界各方面的关系,跳出了传统土壤学狭隘的范围。立论新颖,论据详细,文笔清晰流畅,富有文学意味,引起了学术界的普遍重视,国外的刊物也转译了某些章节。同志们敬佩他,曾书记表扬他,号召研究人员向他看齐。

  丈夫的成就,女儿的诞生,使唐琳的面前闪耀着一种奇异而炫目的光彩,照亮了她那几乎被遗忘在家庭琐事间的憧憬,那夜空的星星似乎已经落到了地面!卢一民却什么也没有看见,反而更深地隐没在土壤之中,更加没有声息。

  和他们差不多年纪的人,这时候是个小家庭蒸蒸日上的建设时期,可是他们这里却是清水冷灶,没有增设,连必要的投资也都送进了书店。

  唐琳是个要胜好强的人,经过一番比较,有点沉不住了:

  "一民,我们也该添置点家具吧?"

  "对对,书架子还需要买几只。"

"一民，明天带孩子到公园里去吧？"

"好好！不过……最好还是你带她去，我这里还有点问题。"卢一民说着，眼睛又回到书本里。

唐琳认真了，把那些看不完的书向旁边一推："一民，我想问问你，你大概把我们这个家忘记了吧！"

卢一民抬起头来，深深地透了口气："没有，我总是记着，每个家庭都建造在土地上面。对了，我们这里似乎冷清了一点，是吗？"

"我不明白，难道研究土壤的人就不要孩子，不要鲜花，不要山光和湖水？"

"啊，要，全要！"卢一民站起来了，窗外鸟声啾唧，春光是那么明媚。"要啊！我们要让禾苗长得更茂盛，要让鲜花开得更美；要让群山都披上新装，要使湖水更加明澈；让孩子们生活在繁荣富强的社会主义国家里……"卢一民满怀着真挚的感情，用着诗一般的语言。

唐琳不再为这种语言感动了："既然是这样的话，你为什么要像个苦行者呢？"

卢一民想了一下："不是苦行者，我们是登山队。一个登山队员为了爬上喜马拉雅山顶，就只能带一点仅能够维持生命的东西；如果他什么都想要，一样也舍不得丢弃，那是无法达到顶点的。唐琳，我很抱歉，不能为你分担许多杂事，不能和你一起休息。我觉得，一个人登上山顶，总是和许多人的辛劳分不开的，因此我感到惶恐，一刻也不敢停息！"

唐琳感动了，觉得卢一民的心地是一片真诚，不应该受到责备。可是，生活里不会天天放焰火、过节日，却天天有工作、家务和柴米。天长日久，唐琳感到幸福十分渺茫，身心十分疲惫，不免时有怨言。

研究所里有个人，名叫黄维敏。此人虽然在工作上毫无成就，却能研究出许多实用的东西，诸如房间布置、家具款式、烹调技术、假日的游戏等等。他觉得卢一民已经是个名人，马上就要提升，很想接近接近，尽管不一定立刻就得到什么好处。他相信，多拉一个有用的关系，等于投放一笔资金，什么时候用到的话，那利息会大得惊人！平时也可以作为一种抬高身价的资本："某某嘛，他和我是老朋友啰！"

有一次，唐琳到食堂里去拿菜，黄维敏见了直摇头："你们呀，是工资少呢，还是职位低，老是这么寒寒伧伧的！"

唐琳笑着说："没有办法，老卢就是那个脾气。"

黄维敏很起劲："有办法，星期天到我家来做客，让他增加一点感性知识！"

唐琳答应了。她并不希望卢一民成为黄维敏那样的人，而是想让他有点交游，扩大一点眼界，看看人家是怎么生活的。

那是个暮春天气，唐琳难得出外做客，她特地穿了一身新衣，拉着没精打采的卢一民，走到黄维敏家的门口。

黄维敏揩擦着双手迎出来："请到客堂里去坐，我正在亲自动手。"

客堂里已经到了几个人，正在谈论黄维敏生活的本领。

唐琳四面打量着，开始启发卢一民："你看，人家的客堂多雅致，齐白石的虾，徐悲鸿的马，都是从哪里弄来的？一民，你看看嘛！"

卢一民笑着说："看见了，都是荣宝斋的产品。"

客人们都忍不住笑起来了。

唐琳不服："荣宝斋的产品也很精致，总比钉两张地图好一点。"

"不一定……"

黄维敏拎着水壶，兴冲冲地进来："你们笑什么？"

唐琳故意开了一句玩笑："笑你忙得像猴子似的。"

"啊，这是对我的赞美！今天卢老兄肯光临寒舍，我情愿扮演我们的祖先。"黄维敏说着,便拎着水壶走到卢一民的面前,卖弄着:"卢老兄,你喜欢什么茶叶,我这里差不多都可以满足的。"

卢一民对黄维敏的为人并不钦佩。这人在学生时代就倒卖过"袁大头"①,有一种令人厌恶的市侩习气,便忍不住把茶杯伸到他的面前:"谢谢,我希望从你这里得到一杯干净纯洁的水。"

黄维敏愣了一下:"呃呀,你的要求太高,一壶崂山矿泉水的价钱会超过所有的茶叶!"

唐琳连忙打岔:"老黄,你这些古怪的家具在哪里买的?"

黄维敏笑着:"先喝茶,关于家具以后再议。"说着,向唐琳眨眨眼睛,退了出去。

这是一顿十分好看而并不丰盛的筵席,颜色很美,价钱不贵,至于那些细瓷的餐具,当然不会吃到肚子里。

宾主入坐时,有人发出啧啧的叹息:"唷,多美,看了叫人开胃!"

黄维敏得意了:"食物有三大要素:色、香、味。"

卢一民听了有些倒胃,他不是一般地反对美食,而是联想到黄维敏这个人,工作逢迎讨好,花拳绣腿,却把精力集中在这些事情上面。便也跟着叹息:"唉,老黄,弄这么一桌饭要花多少时间和精力!"

黄维敏懂得这话的意思,但是并不介意,人生的哲学是各不相同的:"卢老兄,这种精力是不会白费的,它会以双倍的欢乐偿还的!"说着,举筷一划:"请!"

唐琳说:"一民,你看这萝卜花做得多美!"

---

① 一九四八年国民党的货币贬值,一日三变,人们多以银元作为保值货币。一时间市场上出了许多银元贩子,进行银元与货币的捣卖,获取暴利。因为有一种银元上有袁世凯的大头像,所以人们便把银元称作"袁大头"。

卢一民伸手就是一筷子："让我试试，这萝卜花吃进肚里是什么样子的。"

桌子上的人都哄笑起来，话意虽然不投，气氛还是欢畅的。

黄维敏得意地掂着酒瓶："别看不起这种酒，它的质量不比茅台差，价钱却比茅台便宜。在生活中，我们必须懂得用最小的代价，去获得最大的实惠！"说着便替卢一民斟上一杯："卢老兄，讲科学我是望尘莫及，讲生活我还是可以当当顾问的，以后嘛，多多联系。"

卢一民不想讲话了，人家请你吃饭，你和人家顶嘴，总是不礼貌的。只希望快点受完这份罪，早些回家去。

想不到黄维敏两杯落肚，酒酣耳热，竟想从更高的意义上来标榜自己："卢老兄，如果一个人不懂得生活受用，那是一种不文明的表现。就说这吃饭吧，它也是一种文化，我们的祖先高度地发展了它，在世界上是无与伦比的，我们应该好好地继承才对。"

卢一民忍不住了："我承认这是一种文化，应当继承和发展它；可是当我们侈谈这种文化的时候，应当焦急，应当惭愧，因为我们国家的其他文化，还远远地落在这种文化的后面！"卢一民举起杯："来，感谢老黄的盛情款待，也希望老黄为我们国家的其他文化多做贡献，像筹办酒菜那样精心尽意！"

唐琳恼火了，横眼拦阻："一民，你……"

卢一民不讲话了，端坐着等待终席，宴会的气氛降到了冰点，简直像一顿送葬后的斋饭似的。

这下子可把唐琳惹恼了，真是岂有此理！回家后把小玲往卢一民的身边一推，自己回娘家去了：让你尝尝生活的滋味！

这时候小玲已经九岁，长得很像妈妈，她爱妈妈，也很疼爱爸爸。她觉得爸爸太辛苦，不贪玩，天天在念书，所以也不去麻烦他，自己

到食堂里去打饭、扫地、灌开水。晚上还偷偷地多买一盒饭,捂在被窝里,半夜醒来时送到爸爸的面前:

"爸,你饿了吧,饭还是热的!"

卢一民紧紧地搂着小玲,不禁流下了眼泪。他打开那散发着孩子体温的饭盒子,咽下去,擦干泪,一直工作到鸡啼……

科学的道路不平坦啊,生活的道路也不是一帆风顺的。

月亮渐渐地升高了,露水更加浓重。唐琳坐在长椅子上,还在回忆。她想,卢一民不会忘记这些,会想到他们之间的龃龉从开始就有的。后来虽然从娘家回来了,而且相处得还算好,但她并没有真正地理解他,只是觉得他辛劳得可怜,在生活上多照顾他点。现在人家回来了,受人尊敬了,你要破镜重圆了,你势利……不,他不会这样想,也不会记恨的。谁没有年轻时代的幼稚、幻想与短浅,都是靠时间与经验来纠正的;所以发生龃龉,也只是希望共同的生活能变得更加美好一点。去!唐琳从椅子上站起来,抹着头发上的露水,向前走去。走了几步又后退,一步一步退到椅子上面:不行,不能去啊……

那是十年之前,"文化大革命"的飓风刮过了这九百六十万平方公里的土地,刮得树倒房塌,山崩地裂!许多人都被刮得不知所措,无法逃遁,无能为力,只好小心翼翼地等待着风势减弱,风浪平息。

善观风色的黄维敏开始的时候不动声色,随波逐流,既不保守,也不积极。等他看到风势越来越大,而且是不可逆转的时候,立刻表态,加入一派。他比那些年轻幼稚的人熟悉内情,能言善辩;他没有什么热情的冲动,有的是深谋与熟虑。三转两绕,便成了一派的头头,进入了革委会,成了土壤研究所的主宰,一时间声势显赫,炙手可热!但是他是个实用主义者,他知道冷盘上的萝卜花虽然好看,却是不中吃的。他所得到的只是一种表面上的权力，研究所的知识分子对他不会尊敬，只会阳奉阴违，而且会在暗中等待着时机，来结束这一场历史的误会。

黄维敏也在等待，等了许久却不见动静，他的心腹们很高兴，说那些臭知识分子已经不敢翻天！

黄维敏笑笑："早着呢，你们不懂得知识分子的心理，他们从内心到行动十分曲折，不是直来直去的。沉默也是一种抗议，而且是很难对付的抗议，留心点！"

果然，黄维敏渐渐地发觉，一到夜晚，图书馆和实验室里灯火辉煌，老少咸集。人们把白天的八小时用来应付他的政令，晚上各自开展研究活动，甚至以卢一民为中心，进行着一种不拘形式的学术讨论。黄维敏立刻发起进攻，下令封闭实验室和图书馆，宣布研究所有个地下黑俱乐部，这些人继续推行业务挂帅，走白专道路，阴谋以生产压革命，头头就是卢一民！

他们吆五喝六地把卢一民押上台，要他交代。可是卢一民刚要反驳，便有人扭他的膀子揿他的头。卢一民索性不讲话了，任凭他们横拖竖拽。黄维敏知道"士可杀而不可辱"，他反其道而行之，不杀，却非辱不可！给卢一民戴上高帽子，而且强迫他每天上下班要戴着高帽子走来走去。

卢一民沉默着，杀头并不怕，这种对人格的侮辱却是受不了的！他十多年来第一次中断了研究，晚上呆呆地坐在门口，仰望长天；看着流星煜煜东逝，听着大雁嘎嘎南飞，那黑玻璃球似的眼珠，深深地凹陷进去。

有一天晚上，靠了边的曾书记悄悄地走来。他被折磨得身体虚弱，行走不便，挂着一根竹制的拐杖，一步一步地挪向前。

卢一民腾地跳起来，迎上去，双手搀着，喊了一声："曾书记！……"其余的声音都哽咽在喉咙里。

唐琳也忘记了通常的礼节，顾不上张罗茶水，端起板凳，坐在大门口，了望着石路的尽头。她好像是在做什么地下工作，担任着警戒，担任着保卫。但是她没有地下工作者的那种正义与凛然的气概，胆怯和心慌占了主要的地位。他们两个人的谈话不到一小时，唐琳却好像过了整整的一天。

自从这次谈话以后，卢一民很快地恢复了常态，变得超脱而自在，不再害怕那顶高帽子了，而且对这种锐利的武器还十分爱惜。晚上回来轻轻地除下，掸掉灰尘，好端端地挂在衣架上面，然后又开始看书、写笔记。那深秋的凉风，严冬的冰雪，好像都没有看见。

黄维敏倒是看得见的，可是他正忙于参加社会上的武斗。他当然不会去冲锋陷阵，可那出谋划策、发布文告等等也是够忙的，不得不把他的卢老兄暂时搁置在一边。每天叫卢一民坐在一间阴暗的小房子里，当然不给茶水啰，却允许给他纸笔，叫他交代问题。

卢一民倒也乐意，这么一来，连白天的八小时也可以由他支配。他面对着一堵黄墙，让思想在科学的天地间飞翔，想到了什么便在纸上作一种符号，划一些别人看不懂的东西。他现在什么也不怕了，只怕生命在囚住中白白地浪费。

唐琳可不同啊！她终日恍恍惚惚，走路做事都像梦游似的。日落之前便到石子路口去守候，一直要等到卢一民的那顶高帽子从林木间探出来，要等到卢一民不伤不残地走到她的面前，心里才放下了一块石头。回到家还要追问："今天受苦了吧？"

卢一民从来不对唐琳讲某些人的禽兽行为，因为他还没有找到足够的科学依据，来说明这些非人行为是怎么产生的。这是一种变态心理学，很少有人研究，他也未曾涉猎。所以他总是马马虎虎地说："喔，没有什么，还是老一套，叫我交代问题，喏，都在这里！"他从口袋里掏出那张划满符号的纸来，笑着。接着便坐到书桌旁，把符号变成公式和语言，补充修改，写进笔记。

唐琳也跟着挪过凳子，坐在卢一民的身边做针线，这种时刻，她总想在卢一民的身边多待一会。

卢一民埋头写着，笔在纸上沙沙作响；唐琳慢慢地缝着，线在布上咝咝地曳过，两种微弱而宁静的声音十分和谐地混合在一起，这种声音只有挑灯夜坐的夫妇才能听得见。唐琳听着这种声音，像有一条潺潺的清泉流过了心田，心像被幸福之泉浸泡得膨胀起来似的。过去的那许多年，唐琳竟把这种幸福当作日常生活的烦琐景象，感到寂寞而疲惫。幸福原来要从愁苦中回过头来才能看得见，看见的时候却又带着愁苦的意味！

正当唐琳愁丝不断的时候，卢一民却突然变得兴高采烈，喜滋滋地对唐琳说："告诉你一个好消息，我在研究中又有了重大的发现……"

如果是在以前，唐琳听到卢一民的研究有了进展，一定会把这种时刻当作家庭的节日。可是现在，唐琳抬起头来，看着卢一民那清瘦而苍白的脸，不觉流下了眼泪："一民，不要作茧自缚了，但愿能平安地度过这场风暴，然后把你的笔记收起来，把那些书籍卖掉。我也不希望你有成就，只希望你能不挨斗，默默无闻、却能够安安稳稳地过日子。你不为我着想，也要替小玲考虑。小玲为什么常住在外婆家？她怎么能和戴帽子的爸爸相处啊！……"提到了孩子，唐琳更心酸，忍不住哭了起来。

卢一民没有哭，说话的声音却也有些颤抖："唐琳，请你不要劝我回头。我这人虽然生得晚些，却也被骂过'华人与狗'，也被称作'东亚病夫'，也曾流着眼泪重读《最后的一课》！[①]那时候满腔热血地要救国救民，却又找不到正确的道路。当年的科学虽然不能救国，今后要救国却非靠科学不可！是啊，眼前的情形叫人痛苦，也叫人捉摸不透。天空中总有浮云吧，大海里也有逆流。眼睛看得远一点，心地放得宽一些，人的精神需要有一种支柱！"

唐琳用泪眼望着丈夫，也不忍心叫丈夫回头。她知道，卢一民如果离开了土壤，生命就会枯萎。可是她也不能离开孩子，丈夫和孩子是一架天平上两个等量的砝码，少了一个天地都会倾斜！她只能忧心忡忡地劝卢一民："你要注意，天天在纸上划符号，总会被人发现的！"

卢一民答应今后不再划了，他要进一步锻炼自己的记忆力，准备长期作战！

黄维敏回来了，他那一派在武斗中得胜，班师回朝。他竟然能做到功成身退，对那些主任和常委的桂冠没有多大的兴趣。他有某种直觉，觉得那些架空的权力机构有点变幻莫测，非久留之地。最实惠的是要有个巩固的地盘，攻守自如，可进可退。他一回来便查问卢一民的情况，发现卢一民并未屈从，整个研究所还是一种沉默和僵持的局面。他苦苦地思索了一番，决定重开大会！

这一次的大会开得很特别，他们没有吆五喝六地把卢一民押上台，也没有扭他的膀子揿他的头，还在台口放了一张凳子，叫卢一民坐在那里。在长长的批判发言之后，黄维敏讲话了：

[①]《最后的一课》是法国作家都德的一个短篇小说，描写普法战争中法国的亚尔萨斯省被德国占领，柏林下令在亚尔萨斯的学校中只许教德文，不许教法文。小说以一个孩子的口吻，写他的法文老师上最后一堂法文课的情景，十分动人。抗日战争初期，国土沦陷，爱国师生都垂泪而读。

"前些时工作忙，没有时间参加会议，以致在批斗中使用了体罚，出现了违反政策的行为，十分抱歉。从现在起，受批斗的人也可以摆事实讲道理，任何人都不许拦阻，更不许动手！"黄维敏显得公正严肃，对台口的卢一民示意："卢一民，你现在可以自由答辩。"

卢一民的眉毛耸动了一下，没有作声。

台下发出了窃窃的议论，汇聚成一片嗡嗡的响声，几百双眼睛都盯着卢一民。有人高声叫喊："讲嘛，真理愈辩愈明！"

黄维敏竟然也点头同意，对着卢一民讪笑："怎么样，如果真理在你的手里，你就当众申辩；如果不在，你就低头认罪。沉默和默认是一样的！"

卢一民看看台下那么多期待的目光，又看看黄维敏那副阴阳怪气的脸，沉不住气了。他错误地认为也可以利用对方的讲台当作宣扬真理的阵地！他唰地站起来，来到话筒前。他本来不准备多讲，只准备使用几句投枪式的语言。可是一讲便不可收拾，那话像开了闸门的水，滔滔不绝地向外流。他讲得慷慨激昂，明确尖锐；讲得台下的人失声叫好，喧嚣四起！黄维敏真的不加拦阻，让他讲下去。一次讲不完，下次再开会；快要讲完了，又提出新问题。热烈紧张的辩论整整地进行了三天……

等到卢一民发觉这是个陷阱时，已经来不及。黄维敏把他的历次讲话添枝加叶，减头除尾，编印了一本《卢一民反革命言论集》，造成了轰动一时的"卢一民反革命事件"。卢一民被关押审查，不能回家！

唐琳站在石子路口！等啊！直等到夜幕降临，仍然不见卢一民的身影。

突然间，几十道手电的白光划破了夜幕，几十个人飞奔而来，包抄而上，把铁棍子在石子路上拖得当啷作响，制造出一种紧急而恐怖的景象。几十道白光同时集中到唐琳的身上：

"就是她！"

"抓住她！"

"回去，把卢一民的黑材料交出来！"

唐琳还没有弄清楚是怎么回事，便被架到了家门口，叫她把门打开，却又不许她进去。他们搬出一张方凳子，叫她站在凳子上，随时随地回答问题：

"卢一民的黑材料藏在哪里？"

"他没有什么黑材料。"

"把橱柜上的钥匙交出来！"

"都没有锁。"

"好，抄！"

唐琳这才明白，是要抄家了！她不怕抄家，因为家里根本就没有什么黑材料，可怕的是这帮人太粗暴！为什么把地板踩得咚咚地像打鼓？那地板已经腐朽，踩不得的，前几天她还在破裂的地方钉了一块铁皮。哗啷啷一声响，唐琳的心也跟着炸裂。她听得出，那是衣橱上的大镜子被铁棒砸碎！那是一面不改容貌的镜子，唐琳每天都要擦一遍，她准备在这面镜子里送走自己的青春，迎来幸福的晚年……轰然一声巨响，书架子被推倒在地，那书架子上还有几件精致的小瓷器哩！

唐琳像一只鸟雀，眼看自己终日衔泥衔草修筑起来的窝巢被人捣毁，可是她却不如一只小鸟，她不能叫，也不能飞。

"抄到啦！"

有人抱着卢一民的手稿和笔记向外跑。

"烧，架火烧！"

"不能烧！"唐琳尖叫着，扑过去。她忘记自己是站在凳子上，一个筋斗栽倒在地。她在地上翻滚着向前爬："不能烧啊，那不是黑材料，你们看看清楚嘛……"

等到唐琳被人重新抓住时，看见路口已经燃起了一堆熊熊的烈火，那殷红的火舌在乱舔，带光的纸灰飞上树梢。唐琳再也不敢看了，她的心也在燃烧！二十多年来多少个日日夜夜啊，卢一民从黄昏写到天明；二十多年来多少个严寒酷暑啊，卢一民从挥汗如雨写到满天霜冰！一家人的辛勤与劳累，希望与烦恼，刹那间化为灰烬！

一直没有露面的黄维敏，此时正蹲在火堆的旁边，火光映着他那兴奋得发光的脸，脸上像涂了一层鲜血似的。他不慌不忙地把旧书和废纸抛进火堆，把手稿和笔记装进包里。按照黄维敏的分析，每一个机构里面大体上有两种人，一种是搞政治的，一种是搞业务的。运动来了搞政治的人吃香，要发展生产了，又对搞业务的人有利。这两种人常常会此起彼伏，都是跛足的。他要站得稳些，既是政治权威，又是科学泰斗，两者相辅相成，永远立于不败之地！黄维敏透过那熊熊的火光，看到了一幅美妙的景象：一本本皮面烫金的厚书在飞舞，书名还很模糊，作者的姓名却很清楚："黄维敏"三个赫然醒目的大字。

唐琳至今也记不清楚，那以后的几个月是怎么度过的。只记得有一个早晨，天空飘着雪花，有两个人闯到她的办公室里，说是什么领导要找她谈话。

唐琳忐忑不安地跟着两个人往前走，竟走到了黄维敏家的门口！唐琳像见到了魔窟，直往后退，那两个人不由分说地把她推上了楼。

这一次黄维敏没有迎出门来，只是坐在沙发上，欠了欠身子，点了点头，随随便便地把手这么一摆："请坐。"

唐琳没有坐，垂着眼皮站在那里。她不敢看黄维敏，不是怕，而是觉得她面前是一个异怪，是一个看了会使人产生生理反感的东西！

黄维敏并不反感，脸上虽然毫无表情，心里却是踌躇满志的：看那么一个骄傲的公主，一个要用恭维和美食才能请得动的女人，如今竟俯首帖耳地站在自己的面前，连命运都掌握在自己的手里！

黄维敏咳了一声："唐琳，我们是老朋友了，有些事情嘛，事先得通个气。卢一民的处分批下来了，定为反革命分子，开除党籍；他离不开土壤嘛，到农村去！"

"啊……"唐琳一阵眩晕，抬起眼睛来看黄维敏。眼前的一切都是模糊的，只看到黄维敏的那一张变了形的大嘴，嘴角还在向两边无限制地伸延！唐琳感到天旋地转，人像在浪头上抛掷。她拼命地控制自己，不让自己跌倒在黄维敏的面前。

黄维敏勾着头，啧啧嘴，像魔鬼舔血似的品咂着滋味，感到一种满足，一种快慰。他快活得从沙发上爬起来，替唐琳倒了一杯开水，故意皱着眉头："唉，卢老兄也太顽固了，识时务者才能为俊杰。如今之计……你也只能为自己、为孩子考虑啰！说老实话，今后你们之间也只能保持一种名义上的夫妻。可是这种名义对你很不光彩，对小玲更加有害。她将来升学、分配、使用，都会碰到问题！"黄维敏扬起右手，提高嗓门，随即停顿下来，等待唐琳的反应。他害怕这个女人将来会以妻子的名义来戳穿他著书立说的秘密！

唐琳木木然，没有反应。黄维敏退坐到沙发上，叹了口气："当然啰，你们的感情是很好的，有什么办法啊，夫妻好比同林鸟，大难来时各分飞，咳咳。"

唐琳听了黄维敏的话，不觉打了个寒噤；感到那似笑非笑，似咳非咳的声音，有如鸱鸮啸鸣于漆黑的森林。

"你的话都说完了吧？"

"唔，话是说完了，事情还刚刚开始。据我了解，你家小玲现在正遭到围斗！"

"小玲！"唐琳失声惊叫起来，一转身，踉踉跄跄地飞奔下楼。

唐琳奔到街上，发现雪下得更密。大雪纷飞，远近莫辨，好像无路可走似的。她想喊没有声音，想哭没有眼泪，一路上在心里呼喊："小玲，别怕，妈妈来啦！"

她奔到外婆家，小玲不在；奔回家一看，小玲蜷缩在门角里睡着了，浑身盖着白雪，双手交叉在胸前，手中紧握着红卫兵袖章。

唐琳惊叫着："小玲，小玲！"

小玲猛然跳起来，刹那间看清了是妈妈，哇地一声扑到唐琳的怀里："他们要把我开除出红卫兵，要抢我的袖章啊！妈妈……"

唐琳慌忙把门打开，把孩子搋进屋，紧紧地搂着、亲着，眼泪簌簌地往下流。她发现小玲的额头上滚烫，浑身颤抖："你……你在发高烧！"

"我感冒。"小玲这才发觉自己的力气都用完了，瘫在妈妈的怀里，"爸爸是冤枉啊，妈妈……"小玲的眼泪像断了线的珍珠，一颗颗落在唐琳的手背上。这滚热的泪珠有如烧红的钢针，一根根刺进唐琳的心："小玲，你不要管大人的事情，快去睡一会，呃，听话。"

小玲依偎着妈妈睡着了。

看着小玲那绯红的脸，唐琳心乱如麻：黄维敏已经说过了，孩子今后的升学、使用都会碰到问题。倔强的孩子碰到问题会想不通，会变得自暴自弃，玩世不恭；或者是盲目反抗，铤而走险！会堕落，会犯罪，会毁在他们的手里！……唐琳像站在一场大火的面前，什么都不能顾及了，赶快抱起孩子逃出火堆！怎么个逃法，有什么办法？没有办法，唯一的……唯一的办法……只有和卢一民分手！"大难来时各分飞"？不，那比同归于尽要好一点。唐琳被自己的想法吓出了一身冷汗。这对卢一民简直是落井下石，火上浇油啊！忍心吗？难道就没有其他的办法吗？唐琳的思绪像车轮儿似的飞转，嗡嗡作响，颠颠倒倒，各种各样的念头跳出来，又沿着切线飞出去！

雪还在下着，不是纷纷扬扬地飘洒，而是一层层地往下压，天空变成一种奇怪的，泛着银光的暗灰色。唐琳呆呆地坐着，不想动，也不想吃，看着这奇怪的天空，听着大雪压树枝，发出噼噼叭叭的折裂声。

卢一民踏着大雪归来了。他因为瘦弱而显得更加修长，但是不见佝偻，那黑玻璃球似的眼珠，放出一种冰灯似的光辉："唐琳，事情暂时告一段落，我回来整理行装，三天之后下乡！"他说得十分平静，好像释了重负，好像又要出差一样。

唐琳跳起来，一头扑在丈夫的怀里，千言万语都化成了泪水！

"别哭，应该庆幸，从今以后，时间又可以由我支配，他打他的，我打我的。"

"你！……你的手稿和笔记都给他们烧掉啦！"

卢一民陡然一震，周身像通过了一股电流，一个趔趄，坐在藤椅子上面："野蛮，法西斯，刽子手！"

"我没有想到要藏起来，我对不起你，使你半生的心血都化成了灰！"

卢一民深深地透了口气："噢，不能怪你。好吧，我们前半生总算没白活，在风雨吹打中得到了锻炼！唐琳，抬起头来，擦干眼泪，像二十年前一样，从头做起！"

唐琳擦着眼泪，叙说着自己和小玲的经历……

卢一民不能平静了，在房间来回走着，脸色由白转青，太阳穴上青筋暴起，满腔怒火无处喷射，鼓得那双颊微微地颤抖。

唐琳断断续续地说出了自己的想法："……我们的前半生，结束了。后半生……你不会低头，我也不想抬头。为了救孩子，我……我……请你让我带着孩子离开你！我没有办法啊，我顾不了两头……"唐琳泣不成声，呜咽哽噎。

卢一民坐在那张藤椅子上，不作声，侧着头，看着窗外漫天大雪飘向冬旱的土地。

"一民，你说话呀，你替我拿个主意！"

这一声追问，使卢一民簌簌地流下了眼泪，眼泪在他那清癯的脸上，沿着鼻梁，像檐头的滴水往下流。

唐琳惶乱了，结婚二十一年，她第一次看见卢一民掉眼泪："一民，你不要难过，我是跟你商量的，也许我想错了，不能在这样的时刻离开你！……"

卢一民的目光射向穹窿，仿佛要穿透那厚重的雪幕，去看到农村，看到土地，看到大雪后的丰年！望穿数九寒冬的冰和雪，盼来那山花烂漫的春天！

"我，同意你的意见！"

唐琳号啕大哭起来："一民，你不要生气，你有什么意见，还有什么话，你说嘛，我都会同意的啊！"

卢一民唰地跳起来，好像要冲出门去，好像要和谁搏斗！结果只是在门内绕了个圈子，一把抓住唐琳的手："你不能这样想，是我对不起你；我不能对你提出更高的要求了，你承受不了这么多的痛苦与压力！希望你好好地教育孩子……好啊，黄维敏，你要叫我妻离子散，要叫我灰心低头！错啦，魔鬼想消灭种子，却又把种子撒在土壤里！"

卢一民放下唐琳那冰凉的手,觉得地板在脚下飘浮,连忙扶着书架。书架支扭着,它也摔成了残废。

唐琳抽啜着:"我……只求你答应一件事,往后……多保重身体……"

"也希望你保重。我为科学事业献身已定,死无反悔!"

月亮升得更高了,地面上像涂了一层银粉似的。

吱呀一声门响,打断了唐琳的回忆。

卢一民送曾书记出来,只听见曾书记叫了一声:

"啊,多好的天气!"

"是大干的时候!"

曾书记拖着拐杖,卢一民跟在后面,两个人谈着话,从唐琳的前面转过去。

唐琳的心怦怦地跳着,到时候了,去,还是不去?

不能去啊!这不是一般的龃龉,这是叫人伤心掉泪的事,我为什么如此短浅,如此的软弱呀,不……也不能全部怪我,是那万恶的"四人帮"害的!我也不是为了自己,他所喜爱的小玲,如今已长大成人,分配在县农科所里,应该去!

卢一民送曾书记回来,突然发现唐琳站在面前!他喜出望外,惊叫起来:"啊,是你!"

唐琳有些尴尬:"没有想到吧?"

"早想到了,只是没想到近在眼前!"

唐琳能从卢一民的语调中听出他的心情,因而也感到高兴。抬起头来仔细打量:脸色比过去健康,两鬓却已经斑白了,眼梢上有了鱼尾纹。如果没有记错的话,他今年应该是五十四岁。

"你,老多啦!"唐琳流下眼泪,觉得他脸上的某些皱纹,完全是

251

自己造成的！

"哦，别难过，你看起来还很年轻。"

"女人只是希望年轻吧？"

"男也也不希望年老啊，哈哈。"他们边说边走进房间。卢一民活跃起来："你坐，小玲呢，她为什么不来？"

唐琳也跟着欢跃起来："我知道你要问小玲为什么不来，可你为啥不问我为什么要来？"

"为什么要问呢，难道你我不都是在最美好的想象中盼望着今天！"

唐琳莞尔而笑，点点头："是呀，刚才经过传达室的时候，老宋也跟我说了一大气，他说破镜重圆了吧，你们夫妻有什么过不去的。这话不知道对不对？"

卢一民笑起来了："对对，老宋说得对，我们这面镜子是给'四人帮'打破的。告诉你，今天在会议室的外面，黄维敏还对我流泪呢：'饶了我吧，我其实也是个"四人帮"的受害者'。"

唐琳跳起来："别相信鳄鱼的眼泪！"

"当然，我只问了他一句话：'你还想用最小的代价去获得最大的实惠？'"卢一民仰面大笑，那笑声几乎要震落天花板上的尘灰，人生实在难有如此大笑的机会！

卢一民收住了笑声，停住了脚步，站在唐琳的面前："回来吧唐琳，让我们重新开头！"卢一民伫立着，侧起头，那黑玻璃球似的眼珠，霎时间又变得莹洁。这种神情和语气，都像二十七年前那个有风的天气，卢一民也是这样站在唐琳的面前，只是比那时显得深沉，那时像爆竹在天空爆炸，现在像石碾夯打着地面。

唐琳万万没有想到，萦绕着她的那许多问题，卢一民竟半点也没有提及，只是渴望工作。唐琳惶恐起来了，她这些年已经习惯了独身的清静，想到的是退休与晚年。她丈夫所从事的工作，过去不是伴着鲜花和乐曲前进，现在却要拼着老命向前！唐琳发觉，她和卢一民之间依然存在着距离。这距离曾经造成龃龉，曾经受不住强大的压力……

唐琳站起来了："今天，我是作为一个朋友来看看你。"

"好，什么时候我也作为一个朋友去看看你！"

唐琳走了以后，卢一民还站在那里，想起了这一场历时十年的"文化大革命"，产生了多少痛苦，产生了多少眼泪！可这痛苦的折磨却也使得许多人开始觉醒，那眼泪的冲刷也使得许多人现出了原形！如果能把失去的时间夺点儿回来的话，那就可以少付点代价。他连忙坐下来，架起老花眼镜，奋笔疾书，头也不抬，那一点白炽的光，又深深地钻进土壤里！

月亮在窗外窥视着这位半百少年，看见他深夜用冷水浇头；看见他黎明时分打了个盹，又在火油炉上烧了点什么东西。

当太阳和月亮换班后，卢一民又精神抖擞地在门外来回，舒展筋骨，伸拳踢腿。

猛抬头，唐琳又来了，不是她一个人，曾书记拖着拐杖走在她的身边。

卢一民没料到唐琳来得这么快，心想一定是曾书记在插手，连忙迎上去。

来的不是唐琳，而是小玲。她老远便看清了父亲："爸爸！"她尖叫着，飞奔着，一把抱住爸爸，放声大哭起来。

卢一民抚摸着小玲的肩膀，想起当年替自己拿饭的女儿，已经长得这么高大，不觉纷纷泪下。

曾书记的眼睛也湿润了："哭吧，哭个够；然后再笑，笑个够！"

小玲抬起头来："爸爸，你身体好吗？"

"好，小玲，你怎么来的？"

"特地来看看你，也要向你请教几个问题。爸爸，你还不知道呐，你留下来的那些书，都被一条小蠹鱼啃到肚子里了！"

卢一民笑起来了："那小蠹鱼就是你，小东西。"

曾书记也笑了："一民，我倒有个想法，想把小玲商调回来，一方面照顾你身边无子女，一方面当你的助手，不知道你同意不同意？"

小玲连忙摇着父亲的膀子："爸爸，同意，快点同意，不是当女儿，是当个徒弟！"

卢一民不知如何是好，看看曾书记，又看看女儿："小玲，你也要走这条路？"

"要走，世世代代，前仆后继！"

卢一民心潮澎湃，热血翻腾，一手拉住曾书记，一手拉着小玲；紧紧地握着，高高地举起："走，跑步向前！"

1977 年 11 月 7 日

围　墙

　　昨夜一场风雨，出了些许小事：建筑设计所的围墙倒塌了！围墙要倒，也在人们的意料之中，因为它太老了。看样子，它的存在至少有百年以上的历史了，几经倒塌，几经修补。由于历次的修补都不彻底，这三十多米的围墙便高低不平，弯腰凸肚，随时都有倒塌的可能，何况昨夜的一场风雨！

　　围墙一倒，事情来了！人们觉得设计所突然变了样：像个老人昨天刚刚拔光了门牙，张开嘴来乌洞洞的没有关拦，眼睛鼻子都挪动了位置；像一个美丽的少妇突然变成了瘪嘴老太婆，十分难看，十分别扭。仅仅是难看倒也罢了，问题是围墙倒了以后，这安静的办公室突然和大马路连成了片。马路上数不清的行人，潮涌似的车辆，都像是朝着办公室冲过来；好像是坐在办公室里看立体电影，生怕那汽车会从自己的头上碾过去！马路上的喧嚣缺少围墙的拦阻，便径直灌进这夏天必须敞开的窗户。人们讲话需要比平时提高三度，严肃的会议会被马路上的异常景象所扰乱，学习讨论也会离题万里，去闲聊某处发生的交通事故。人们心绪不宁，注意力分散，工作效率不高而且容易疲劳。一致要求：赶快把围墙修好！

第二天早晨，吴所长召开每日一次的碰头会，简单地了解一下工作进程，交换一些事务性的意见。不用说，本次会议大家一坐下来便谈论围墙，说这围墙倒了以后很不是个滋味，每天上班时都有一种不正常的感觉，好像那年闹地震似的。有的说得更神，说他今天居然摸错了大门，看到满地砖头便以为是隔壁的建筑工地……

吴所长用圆珠笔敲敲桌面："好啦，现在我们就来研究一下围墙的问题。老实说，我早就知道围墙要倒，只是由于经费有限，才没有拆掉重修。现在果然倒了，也好。旧的不去新的不来，一百零八条好汉都是被逼到梁山上去的。嗯，造新的……"吴所长呷了口水。"可这新的应该是什么样子呢？我对建筑是外行，可我总觉得原来的围墙和我们单位的性质不协调，就等于巧裁缝披了件破大褂，而且没有钉纽扣。从原则上来讲，新围墙一定要新颖别致，美观大方，达到内容和形式的统一。请大家踊跃发言。"

对于修围墙来说，吴所长的开场白过分郑重其事了，也啰唆了一点。其实只需要讲一句话："大家看看，这围墙怎么修呀？"不能，设计所的工作不能简单化！一接触土木，便会引起三派分歧：一派是"现代派"，这些人对现代的高层建筑有研究，有兴趣；一派是"守旧派"，这些人对古典建筑难以忘怀；还有一派也说不准是什么派，他们承认既成事实，对一切变革都反对，往往表现为取消主义。吴所长自称对建筑是外行，但是他自认对建筑并不外行，他懂得很多原则。比如经济实用，美观大方，有利生产，方便生活等等。如何把原则化为蓝图，这不是他的事，但他也不能放弃领导，必须发动两派的人进行争议,在争议中各自拿出自己的设计方案,由吴所长根据原则,取其精华,再交给取消主义者去统一。因为取消主义者有一大特点,当取消不了的时候便调和折衷,很能服众。此种化干戈为玉帛的领导艺术很深奥,开始时总显得拖沓犹豫,模棱两可,说话啰唆,最后却会使人感到是大智若愚,持重稳妥。修围墙虽说是件小事,但它也是建筑,而且是横在大门口的建筑,必须郑重一点,免遭非议。

也许是吴所长的开场白把瓶口封紧了,应该发言的两大派都暂时沉默,不愿过早地暴露火力。

吴所长也不着急,转向坐在角落里的一个年轻人颔首:"后勤部长,你看呢?"

所谓后勤部长,便是行政科的马而立。照文学的原理来讲,描写一个人不一定要写他的脸;可这马而立的脸却不能不写,因为他这些年来就吃亏在一张脸!

马而立的脸生得并不丑怪,也不阴险,简直称得起是美丽的!椭圆形,很丰满,白里透红,一笑两个酒涡,乌亮的大眼睛尤其显得灵活,够美的了吧?如果长在女人的身上够她一辈子受用的。可惜的是这张脸填错了性别,竟然长在男子汉马而立的身上,使一个三十七岁、非常干练的办事员,却有着一张不那么令人放心的娃娃脸!据说他在情场中是个胜利者,可在事关紧要的场合中却老是吃亏。某些领导人见到他就疑虑,怕他吃不起苦,怕他办事不稳。这两怕也是有根据的:

马而立整天衣冠楚楚,即使是到郊区去植树,他也不穿球鞋,不穿布鞋,活儿没有少干,身上却不见泥污。这就使人觉得形迹可疑了,可能是在哪里磨洋工的!如果他整天穿一身工作服、劳动布鞋、军用球鞋、麻耳草鞋等等在人前走来走去,那就另有一种效果:"这人老成持重,艰苦朴素。"即使工作平平,也会另有评语:"能力有大小,主要是看工作态度。""态度"二字含义不明，形态和风度的因素也不能排除。

担心马而立办事不稳也有根据，因为稳妥往往是缓慢的同义词。而马而立却显得过分地灵活，灵活得像自行车的轮盘，一拨便能飞转：

"小马（人家都这样叫他），窗户上的玻璃打碎了两块，想想办法吧"

"好，马上解决！"

上午刚说过，下午那新玻璃便装上了，这使人忍不住要用手指去戳戳，看看是不是糊的玻璃纸。因为目前买人参并不困难，买窗户玻璃却是一件很不容易的事；即使碰巧买到，又怎么能马上就请到装玻璃的工人，钉得四平八稳，还用油灰抹了缝隙……不好，隔壁正在造大楼，这油头粉面的家伙是不是趁人家吃饭的时候去……

当然，一切误解迟早总会消失的，可是需要用时间来作代价。马而立以前在房管局当办事员，第一年大家都对他存有戒心，生怕这个眼尖手快的人会出点什么纰漏。第二年发现他很能干，但是得抓得紧点，能干的人往往会豁边，这似乎也是规律。第三年上下一致叫好，把各式各样的事情都压到他的头上去！第四年所有的领导都认为马而立早就应该当个副科长，工资也应加一级。可惜那副科长的位置已经挤满了，加薪的机会也过去了两年。喏，在这种性命交关的地方马而立便吃了大亏，都怨那张娃娃脸！

房管局的老局长是个心地善良的人，他不肯亏待下级。眼看马而立在本机关难以提拔，便忍痛割爱，向吴所长推荐，说马而立如何如何能干，当个行政科长绝无问题。

吴所长答应了。但一见到马而立便犯疑："这样的人能吃苦耐劳吗？办事稳妥吗？"倒霉的马而立又开始了第二道轮回……

吴所长所以要马而立发言，一方面是想引出大家的话来，一方面也想试试马而立的功底，看看他知不知世事的深浅，所以对着马而立微微颔首："后勤部长，你看呢？"

马而立果然不知深浅，他凭着在房管局的工作经验和人事关系，把砖头、石灰、人工略加考虑："没问题，一个星期之内保证修得好好的！"

吴所长"噢"了一声，凭他的经验可以看得出马而立头脑中的东西："你不能光想砖头石灰呀，要想想这围墙的式样对我们单位的性质有什么意义？"

"意义"二字把人们的话匣子打开了，大家都来谈论围墙的意义，其用意都在围墙以外。

果然，对古典建筑颇有研究的黄达泉接茬儿了。这老头儿有点天真，他的话是用不着猜摸的："这个问题我早就提过多次了，可惜没有能引起某些人的注意……这次围墙的倒塌，对我们是一个深刻的教训。在我们过去的设计中，都没有对围墙引起足够的重视，没有想到区区的一堵围墙竟能造成动与静的差别，造成安全感和统一的局面。现在看起来围墙不仅有实用价值，而且富有装饰的意味，它对形成建筑群落特有的风格有着非常重大的意义。吴所长说得对，这是内容和形式如何统一的问题！"

这番话听起来好像是对领导意图的领会，其实是有的放矢，他先把矢引出来，再让别人放出去。他有自己的倾向，但又不愿卷进去。他的话一出口，人们的目光便悄悄地向东一移。

东面的长沙发上，坐着属于"现代派"的朱舟，他双手捧着茶杯，注目凝神，正在洗耳恭听。

黄达泉接着滔滔不绝地说："……从传统的建筑艺术来看，我们的祖先很了解围墙的妙用，光是那墙的名称就有十多种。有花墙、粉墙、水磨青砖墙；高墙、短墙、百步墙；云墙、龙墙、漏窗墙、风火墙、照壁墙……各种墙都有它的实有价值和艺术价值。其中尤以漏窗墙最为奇妙，它不仅能造成动与静的差别，而且能使得动中有静，静中有动；能使人身有阻而目不穷！可以这样说，没有围墙就形不成建筑群落。深院必有高墙，没有高墙哪来的深院？你看那个大观园……"黄达泉讲得兴起，无意之中扯上了大观园。

坐在长沙发上的朱舟把茶杯一放，立即从大观园入手："请注意，我们现在没有修建大观园的任务。如果将来要修复圆明园的话，老黄的意见也许可以考虑，但也只能考虑一小部分，因为圆明园的风格和大观园是不相同的。我们考虑问题都要从实际出发，古典建筑虽然很有浪漫主义的色彩，还可以引起人们对我们古代文化的尊敬与怀念，但在实际工作中是行不通的。我们的当务之急是修建五层楼或六层楼，我不能理解，即使是十米高的围墙，对六层楼来讲又有什么意义？"

"有！"误入大观园的黄达泉折回来了，他对现代建筑也不是无知的，"即使是六层高的楼房，也应该有围墙。因为除掉四五六之外还有一二三，围墙的作用主要是针对一二两层而言的。四五六的动静差是利用空间，一二两层的动静差是利用围墙来造成一种感觉上的距离。"

双方的阵势摆开了，接下来的争论就没有长篇大套，而是三言两语，短兵相接：

"请你说明一下，围墙和建筑物的距离是多少，城市里有没有那么多的地皮？"

"如果把围墙造在靠窗口，怎么通风采光呢？"

"造漏窗墙。"

"漏窗墙是静中有动呀,你这不是自相矛盾吗?"

"它在动中还有静呢,这句话你没有听见!"

"慢慢,请你计算一下这漏窗墙的工本费!"说话的人立即从腰眼里拔出电子计算器。

吴所长立即用圆珠笔敲敲桌面:"别扯得太远了,主要是讨论如何修围墙的问题。"

朱舟不肯罢休,他认为"守旧派"已经无路可走了,必须乘胜追击:"没有扯得太远,这关系到我们应该造一堵什么样的围墙,要不要造漏窗!"

吴所长掌握会议是很有经验的,绝不会让某个人随意地不受羁绊,他立即向朱舟提出反问:"依你看应该造一堵什么样的围墙?具体点。"

"具体点说……"朱舟有点措手不及了,因为具体的意见他还没有想过,只是为了争论才卷进来的,"具体点说……从我们的具体情况来看,这围墙的作用主要是两个。一是为了和闹市隔开,一是为了保卫工作。机关里晚上没有人,只有个洪老头睡在传达室里,他的年纪……"朱舟尽量绕圈子,他知道,意见越具体越容易遭受攻击,而且没有辩白和逃遁的余地。

黄达泉知道朱舟的难处,看看表,步步紧逼:"时间快到了,抛砖引玉吧。"

"具体点说,这围墙要造得高大牢固。"朱舟不得已,把自己的意见说出来了。可这意见也不太具体,多大、多高、用什么材料,他都没有涉及。

黄达泉太性急,见到水花便投叉:"如此说来要用钢骨水泥造一堵八米高的围墙,上面再拉上电网,让我们大家都尝尝集中营的滋味!"

"那就把我们的风格破坏无遗了,人家会望而却步,以为我们的设计所是个军火仓库！"有人附和。

朱舟生气了："我又没有讲要造集中营式的围墙，钢骨水泥和电网都是你们加上去的。真是，怎么能这样来讨论问题！"朱舟抬起了眼睛，争取道义上的支持。接着又说："高大牢固是对的，如果要讲风格的话，我们这里本来就应该有一座高大厚实的围墙，墙顶上还须栽着尖角玻璃或铁刺，以防不肖之徒翻墙越户。"

"栽尖角玻璃是土财主的愚蠢，它等于告诉小偷：你可以从围墙上往里爬，只是爬的时候要当心玻璃划破手！"黄达泉反唇相讥。

一句话把大家都说得笑起来了，会场上的气氛也轻松了一点。

身处两派之外的何如锦，坐在那里一直没有发言。争论激烈的时候他不参加，事态缓和之后便来了："依我看嘛，各位的争论都是多余的。如果这围墙没有倒的话，谁也不会想到要在上面安漏窗，栽玻璃，都觉得它的存在很合适，很自然。现在倒了，可那砖头瓦片一块也没有少，最合理的办法就是把塌下来的再垒上去，何必大兴土木，浪费钱财！我们的行政经费也不多，节约为先，这在围墙的历史上也是有先例可循的。"

这番话如果是说在会议的开头，肯定会引起纷争。现在的时机正好，大家争得头昏脑涨，谁也拿不出可能通过的具体方案。听何如锦这么一说，好像突然发现了真理：是呀，如果围墙不倒的话，根本就没有事儿。倒了便扶起来，天经地义，没有什么可争的。两派的人点头而笑，好像刚刚是发生了一场不必要的误会。

吴所长向何如锦白了一眼，他不同意这种取消主义。他的原则是要修一道新颖而别致的围墙，为设计所增添光辉。会议的时间已到，再谈下去也很难有具体的结果，只好先搁一搁再说："好吧，关于围墙今天先谈这些，大家再考虑考虑。围墙是设计所的外貌，人不可貌相，太丑了也是不行的。请大家多发挥想象力，修得别致点。散会！"

吴所长的话又使得两派的人苏醒过来了，觉得何如锦的话等于零，说和不说是一样的。他们不让何如锦轻松，追到走廊上对他抨击：

"你老兄的话听起来很高妙，其实是无所作为。"

"按照你的逻辑，设计所可以撤销。存在的都是合理的，还设计个屁！"

吴所长倾听着远去的人声，微笑着，摇摇头。回过头来一看，那马而立还坐在门角落里！

吴所长奇怪了："怎么啦，还有什么事吗？"

"没……没有其他的事，我想问一下，这围墙到底怎么修啊！"马而立站起来了，一双大眼睛睁得更大了一点。

吴所长笑了。他是过来人，年轻的时候也是这么活泼鲜跳的，心里搁着一件事，就像身上爬了个虱子，痒痒得难受，恨不得马上就脱光膀子。其实大可不必，心急吃不下热粥，你不让虱子叮，就得被蛇咬，脱光了膀子是会伤风的，这是经验！这种经验不便于对马而立讲，对年轻人应该从积极的方面多加鼓励："到底怎么修嘛，这就看你的了。我已经提出了原则，同志们也提供了许多很好的意见，你可以根据这些意见来确定一个方案。修围墙是行政科的职责范围，要以你为主呢！"吴所长拍拍马而立的肩膀，"好好干，你年富力强，大有作为！"

马而立对所谓方案不大熟悉，不知道从方案到行动有多长的距离。听到"以你为主"便欢喜不迭，觉得这是吴所长对自己的信任，一开始就没有对他的娃娃脸产生误会。士为知己者用，今后要更加积极点。

马而立不积极已经够快的了，一积极更加了不得。不过，这一次他也郑重其事，先坐在办公室里点支烟，把自己的行动考虑一遍，一支烟还没有抽完，便登起自行车直奔房屋修建站而去……

房屋修建站的房屋非常破旧，使人一看便觉得有许多房屋亟待修理，他们的内容和形式倒是统一的。

马而立的速度快得可以，当他赶到的时候，修建站的碰头会刚散，站长、技术员和几个作业组长刚刚走到石灰池的旁边。马而立进门也没有下车，老远便举起一只手来大喊："同志们，等一等！"

人们回过头来时，马而立已经到了身边。

"啊，是你！"

马而立在房管局工作过五年，和他们站的人都很熟悉。不知道是什么缘故，他的娃娃脸在基层单位很受欢迎，人家都把他当作一个活泼能干的小兄弟。

马而立跳下车来直喘气："可被我抓住了，否则又要拖一天。"

"小马啊，听说你高升了，恭喜恭喜。"

马而立撸了一下额头上的汗："少恭喜几句吧，有这点意思就帮我办点儿事体。"说着便掏出烟来散，"喂喂，坐下来谈谈，这事情也不是三言两语说得清的。"为了稳住大家，马而立首先在旧砖头上坐下，百忙之中还没有忘记衣服的整洁，用块手帕蒙在旧砖上面。

技术员坐下来了，站长蹲在马而立的面前，几个作业组长站在旁边抽烟。

站长笑嘻嘻地看着马而立："什么大事呀，把你急的！"

"事情也不大，我们设计所的围墙倒啦！"

"就这么大的个事呀，回去吧，给你修就是了。"站长站起身来，修围墙对他来说确实算不了一回事。

马而立一把拉住站长的裤腿："叫你坐下你就坐下。听我说，修这座围墙并不是容易的事，领导上把任务交给我，要我拿主意。我有什么能耐呀，全靠各位撑腰呢！"接着便把围墙之争详细地说了一遍。

station长摇头了："这事儿不好办，我们只能负责砌砖头。"

技术员笑笑："是呀，设计所不能砌一般的围墙，这是个招牌问题。"

马而立立刻盯住技术员不放，他知道这位技术员肚子里的货色多，很快就要提升为助理工程师："对对，老史，这事儿无论如何要请你帮忙。下次再有什么跑腿的事儿，一个电话，保证十五分钟之内便赶到你府上。"马而立的话是有所指的，去年技术员的老婆得急病，马而立弄了辆车子把她送到医院里。

技术员高兴地捅了马而立一拳："去你的，谁叫你跑腿谁倒霉。何况这事情跟弄车子也不同，你们那里的菩萨难敬，讨论了半天也摸不着个边儿。"

马而立翻着眼睛："不能这样说，边儿还是有的。"他的头脑确实灵活，善于把纠缠着的东西理出个头绪，"综合他们的意见有几条：一是要修得牢。"

"那当然，总不会今天修好明天倒！"技术员拿起瓦碴在地上画线了，他是个讲究实效的人，善于把各种要求落实到图纸上面。厚度、长度、每隔五米一个墙垛，够牢的。

"二是要造得高，但也不能高得像集中营似的。"

"围墙的高度一般的是一人一手加一尺，再高也没有必要了。"技术员写了个2字，高两米。

"三是要安上个漏窗什么的，好看，透气。"

技术员摇摇头，拈着瓦碴画不下："难了，两米以上再加漏窗就太高了，头轻脚重也不好看。砌在两米以下又不能隔断马路上的噪音，还会惹得过路的人向里面伸头探脑的，难！"

马而立挥挥手："好，先把这一难放在旁边。四是要能防止小偷爬墙头，但又不能在墙顶上栽玻璃。"

"又难！"

"好，再放到一边。第五个要求是节约，少花钱。"马而立拍拍屁股底下的旧砖头，"喏，这个难题由我来解决，把你们拆下来的旧砖头卖给我，多多少少算几文，除垃圾还要付搬运费哩！"

人们都笑了，堆在这里的旧砖都是好青砖，哪里有什么垃圾。

站长摇摇头："机灵鬼，便宜的事儿都少不了你！"

技术员还在那里考虑难题："怎么，还有几条？"

"总的一条是要修得新颖别致。"

"那当然……"技术员用瓦碴子敲敲地皮，"最困难的是漏窗，安在哪里……"

一个作业组长讲话了："不能安空心琉璃砖吗？我们去年从旧房子上拆下来一大堆，一直堆在那里。"作业组长向西一指："喏，再不处理就会全部碰碎！"

技术员把头一拍："妙极了，一米七五以上安空心琉璃砖，又当漏窗又不高，颜色也鲜。老王，你去搬一块给小马看看，中意不中意。"

老王搬过一块来了，这是一种尺五见方的陶制品，中间是漏空的图案，上了蓝色的釉，可以根据需要砌成大小长短不等的漏空窗户，在比较古老的建筑中，大都是用在内院的围墙上面。

马而立看了当然满意，这样的好东西到哪里去觅？可是还得问一句："我们先小人后君子，这玩意儿算多少钱一块，太贵了我们也用不起。"

"八毛一块，怎么样，等于送给你！"

马而立把大腿一拍："够意思，来来，再抽支烟。"

技术员摇摇手:"别散烟了,你的几个难题都解决了。"

马而立把烟向技术员的手里一塞:"怎么,你想溜啦,还有怎么防小偷呢!"

技术员哈哈地笑起来:"老弟,这个问题是要靠看门的老头儿解决的。"

马而立不肯撒手:"人和墙是两码事,你不要跟我玩滑稽!"

"好好,我不玩滑稽,站长,你来玩吧,你家前年被偷过的。"

站长对防偷还真有点研究:"小马,你知道小偷爬墙最怕什么吗?"

"谁知道,我又没有偷过。"

"他们最怕的是响声,如果在墙头上加个小屋顶,铺瓦片,做屋脊,两边都有出檐,小偷一爬,那瓦片哗啦啦地掉下来,吓得他屁滚尿流!"

"哎呀,这比栽尖角玻璃管用,现在的小偷都是戴手套的!"

技术员从审美的角度出发:"对,平顶围墙也难看,应该戴顶帽子,斗笠式的。"他把地皮上的草图全部踏平,拿起瓦碴来把整个的围墙重新画了一遍,加上一个小屋顶,那屋脊是弧形的。画完把瓦碴子一扔:"小马,这座围墙如果得不到满堂彩的话,你可以把我的名字倒写在围墙上,再打上两个叉叉。"

人们围着草图左看右看,一致称赞。

马而立也是满心欢喜,但是眼下还顾不上得意。他干事喜欢一口气到底,配玻璃还忘不了买油灰泥,造围墙怎么能停留在图纸上面:"喂,不要王婆卖瓜啦,造起来再看吧,什么时候动手?"

站长盘算了半晌,又向作业组长们问了几个工区的情况:"这样吧,给你挤一挤,插在十五天之后。"

马而立跳起来了,收起砖头上的手帕擦擦手:"那怎么行呢?我已

267

经在会上作了保证，一个星期之内要修得好好的！"

站长唉了一声："嗜，这就难怪人家说你办事不稳了，修建站轧扁头的情况你也不是不了解，怎么能做这样的保证呢！"

"了解，太了解了！老实说，如果了解不透的话，还不敢保证呐。怎么样，你有没有办法安排？"马而立向前跨了一步，好像要把站长逼到石灰池里去。

站长还是摇头："没有办法，来不及。"

"好，你没有办法我就来安排了。先宽限你们三天，星期六的晚上动手。你们出一辆卡车把材料装过来，把碎砖运出去，派十几个小工清理好墙基。星期天多派几个好手，包括你们各位老手在内，从早干到晚，什么时候完工什么时候歇手。加班工资，夜餐费照报，这香烟嘛没关系，我马而立三五包香烟还是请得起的！"

"啊哈，你这是叫我们加班加点！"

"怎么样，你们没有加过吗？难道还要我马而立办酒席！"

"那……那是交情账，半公半私的。"站长只好承认了，他们也经常为熟人干点儿私活，加班加点，叨扰一顿酒水。

"我们是大公无私，只求大家给我一点儿面子。"马而立叹气了，"唉，我这人是死要面子活受罪。人家都怕我办事不稳，可我偏偏又喜欢性急。现在到了一个新的工作岗位，如果第一次下保证就做黄牛的话，以后还有谁敢相信我。帮帮忙吧，各位。"马而立开始恳求了，办事人员经常要求爷爷拜奶奶，那样子也是怪可怜的。

作业组长首先拍胸脯："没问题，我们包了！"

"祝你一帆风顺，马而立！"

十分细小而又复杂的围墙问题就这样定下来了，前后只花了大约半个钟头。

到了星期六的晚上,设计所的人们早就下班走光了。设计所门前拉起了临时电线,四只两百支光的灯泡把马路都照得灼亮。人来了,车来了,砖瓦、石灰、琉璃砖装过来;垃圾、碎砖运出去。足足花了四个钟头,做好了施工前的一切准备。星期天的清早便开始砌墙,站长、组长个个动手。那技术员慎重对待,步步不离;在设计所的门前砌围墙,等于在关老爷的面前耍大刀,没有两下子是不行的。他左看右看,远看近看,爬到办公室的楼上往下看,从各个角度来最后确定围墙的高低,确定琉璃砖放在什么地位,使得这座围墙和原有的建筑物协调,不管从哪个角度看上去都很适意。

星期天机关里没人,马而立忙得飞飞,还拉住看门的洪老头做帮手。泡茶、敬烟,寻找各色小物件:元钉、铅丝、棉纱线;必要时还得飞车直奔杂货店。这里也喊小马,那里也喊小马;这小马也真是小马,谁喊便蹦到谁面前。

砌墙的速度是惊人的,人们追赶叫喊,热火朝天,惹得过路的人都很惊奇:

"这肯定是给私人造房子!"

"不,他们是在技术考核,真家伙,要定级的!"

砌墙比较方便,如果是用新砖的话,速度还会更快点。等到砌琉璃砖和小屋顶就难了,特别是屋顶,细活儿,又不能把所有的人都拉上去。小瓦片得一垄一垄地摆,尺把长就得做瓦头,摆眉瓦,摆滴水。本来预计是完工以后吃夜餐,结果是电灯直亮到十一点。

马而立打躬作揖,千谢万谢,把人们一一送上卡车,然后再收起电线,拾掇零碎,清扫地皮,不觉得疲劳,很有点得意,忍不住跑到马路的对面把这杰作再细细地欣赏一遍。

夜色中看这堵围墙,十分奇妙,颇有点诗意。白墙、黑瓦、宝蓝色的漏窗泛出晶莹的光辉，里面的灯光从漏窗中透出来，那光线也变得绿莹莹的。轻风吹来，树枝摇曳，灯光闪烁变幻，好像有一个童话般的世界深藏在围墙的里面。抬起头来从墙顶上往里看，可以看到主建筑的黑色屋顶翘在夜空里，围墙也变得不像墙了，它带着和主建筑相似的风格进入了整体结构。附近的马路也变样了，好像是到了什么风景区或文化宫的入口。马而立越看越美，觉得这是他有生以来办得最完美的一件大事体！他也不想回家了，便在楼上会议室里的长沙发上睡了下去。他已经两天两夜没有好好地休息了，这一觉睡得很沉，很甜……

　　太阳升高了，一片阳光从东窗里射进来，照着马而立的娃娃脸。那脸上有恬静的微笑，浅浅的酒窝，天真的稚气，挺好看的。他睡得太沉了，院子里的惊叹、嘈杂、议论纷纭等等都没有听见。

　　星期一早晨，上班的人们都被突兀而起的围墙惊呆了，虽然人人都希望围墙赶快修好，如今却快得叫人毫无思想准备。如果工程是在人们的眼皮子底下进行，今天加一尺，明天高五寸，人来人往，满地乱砖泥水，最后工程结束时人们也会跟着舒口气，觉得这乱糟糟的局面总算有了了结。不管围墙的式样如何，看起来总是眼目一新，事了心平。如今是眼睛一眨，老母鸡变鸭，这围墙好像是夜间从什么地方偷来了，不习惯，太扎眼。大多数的人把眼睛眨眨也就习惯了，谁都看得出，这围墙比原来的好，比没有更好。可也有一些人左看右看都不踏实，虽然提不出什么褒贬，总觉得有点"那个"……"那个"是什么，他们也没有好好地想，更说不清楚，要等待权威人士来评定。如果吴所长说一声"好"，多数的"那个"也就不"那个"了，少数善于领会的"那个"还会把它说得好上天去哩！

　　吴所长也站在人群中看，始终不发表意见。他觉得这围墙似乎是在自己的想象之中，又好像在想象之外，想象中似有似无。说有，因为他觉得这围墙也很别致；说无，因为他觉得想象之中的别致又不是这种样子。当人们征求他对围墙的意见时，他只是轻轻地说了一声："哎，没想到马而立的手脚这么快！"

"是呀，冒失鬼办事，也不征求征求群众的意见！"有人立即附和了，首先感到这围墙之事没有征求过他的意见，实在有点"那个"……

被征求过意见的三派人也很不满，觉得这围墙吸收正确的意见太少，好好的事儿都被那些歪门斜道弄糟了！他们都站在围墙的下面指指点点，纷纷评议，意见具体深刻，还富有幽默的意味：

"这围墙好看呐，中不中西不西，穿西装戴顶瓜皮帽，脖子里还缠条绿围巾呐，这身打扮是哪个朝代的？还有没有一点儿现代的气息！"朱舟讲评完了向众人巡视一眼，寻找附和的。

"是呀，围墙是座墙，要造个大屋顶干什么呢？"有点"那个"的人开始明确了，这围墙所以看起来不顺眼，都是那个小屋顶造成的，忍不住要把小的说成大的，以便和五十年代曾被批判过的大屋顶挂上钩。其实这小屋顶也算不了屋顶，只是形状像个屋顶而已。

朱舟十分得意，特地跑到围墙下面，伸出手来量量高低，摸摸那凸出墙外的砖柱。觉得高度和牢度都符合他的心意，就是这漏窗和小屋顶太不像样，都是守旧派造成的！他回过头来喊黄达泉："老黄，这下子你该满意了吧，完全是古典风味！"

黄达泉摇摇头："从何谈起，从何谈起，他对我的精神没有完全领会。屋脊也不应该是一条平线嘛，太单调啦，可以在当中造两个方如意，又有变化，又不华丽。为什么要造这么高呢……老朱，你站在那里不要动，拍张照片，叫插翅难飞！"

"是呀，太高啦。"

"两头还应该造尖角，翘翘的。"

"琉璃砖也安得少了点。"

所有感到有点"那个"的人都把围墙的缺点找出来了，他们的批判能力总是大于创造能力。

何如锦没有对围墙发表具体的意见，却从另外一个角度提出了一个易犯众怒的问题：

"这围墙嘛，好不好暂且不去管它。我是说这样做是否符合节约的原则？那小屋顶要花多少人工，那琉璃砖一块要多少钱！我担心这会把我们的行政经费都花光，本季度的节约奖每人只发两毛钱！"

何如锦的话引起了人们的一点儿激动：

"可不是嘛，修座围墙就是了，还在墙顶上绣花边！"

"这就是……"说话的人向四面看了一下，没见马而立在场，"这就是马而立的作风，那人大手大脚，看样子就是个大少爷，花钱如流水！"

"吴所长，是你叫他这么修的吗？"

吴所长连忙摇手："不不，我只是叫他考虑考虑，想不到会先斩后奏。马而立……"吴所长叫唤了，可那马而立还睡在沙发上，没有听见。

"洪老头，你看见马而立来了没有？"有人帮着寻找马而立了，要对这个罪魁祸首当场质疑。

看门的洪老头火气很大："别鬼叫鬼喊的啦，人家两天两夜没有休息，像你！"洪老头对那些轻巧话很反感，他偏袒小马，因为他见到马而立在修围墙时马不停蹄，衣衫湿透，那不是每个人都能做到的。他在大门口也听到许多路人的议论，都说这围墙很美。他自己对围墙还有更深一层的喜爱，从今以后可以安心睡觉，如果有小偷爬墙的话，那檐瓦会哗啦啦地掉下几片!

吴所长皱着眉头,挥挥手,叫大家各自办公去,同时招呼老朱、老黄、老何等等上楼去开碰头会。

朱舟把会议室的门一推,却发现马而立好端端地睡在沙发里:"唉呀,到处找你找不着,原来在这里呼呼大睡,起来!"

马而立揉着眼睛爬起来了,睡意未消,朦朦胧胧地挨了一顿批……

还好,批评的意见虽然很多,却没有人提出要拆掉重修。围墙安然无恙,稳度夏秋。小草在墙脚下长起来了,藤萝又开始爬上墙去。

这年冬天,设计所作东道主,召开建筑学年会,邀请了几位外地的学者、专家出席。因为人数不多,会场便在设计所楼下的会议室里。几位专家一进门便被这堵围墙吸引住了,左看右看,赞不绝口。会议开始后便以围墙作话题,说这围墙回答了城市建筑中的一个重大问题!目前的城市建筑太单调,都是火柴盒式的标准设计,没有变化,没有装饰,没有我们民族的特有风格;但是也有些地方盲目复古,飞檐翘角,雕梁画栋,把宾馆修得像庙堂似的。这围墙好就好在既有民族风格,又不盲目复古,经济实用,又和原有的建筑物的风格统一。希望建筑设计所的同志们好好地考虑一下,作一个学术性的总结。

设计所的到会者都喜出望外,想不到金凤凰又出在鸡窝里!

吴所长考虑了:"这主要是指导思想明确,一开始便提出了明确的要求,同时发动群众进行充分的讨论……"

朱舟也考虑了:"是嘛,围墙的实用价值是不可忽视的。我一开始便主张造得高一些,牢一点……"

黄达泉简直有些得意了:"如果不是我据理力争的话,这围墙还不知道会造成什么鬼样哩!搞建筑的人绝不能数典忘祖,我们的祖先很早就懂得围墙的妙用,光那名称就有几十种……"黄达泉考虑,这一段话应该写在总结的开头，作为序言。

何如锦曾经有过一刹那间的不愉快，马上就觉得自己也有很大的贡献，如果不是他坚持节约的话，马而立就不会去找旧砖瓦，不找旧砖瓦就找不到琉璃砖，没有琉璃砖这围墙就会毫无生气，简直不像个东西！

马而立没有参加会议，只是在会场中进进出出，忙得飞飞，忙着端正桌椅，送茶送水。他考虑到这会场很冷，不知道又从什么地方弄来四只熊熊的炭火盆，放在四个角落，使得房间里顿时温暖如春，人人舒展……

1982 年 12 月